爱的新发现

上海译文出版社

[德] 威廉·施密德 著　黄明嘉 译

图书在版编目（CIP）数据

爱的新发现／（德）施密德（Schmid，W.）著；黄明嘉译．—上海：上海译文出版社，2014.2
ISBN 978-7-5327-6342-9

Ⅰ.①爱… Ⅱ.①施… ②黄… Ⅲ.①散文集－德国－现代 Ⅳ.①I516.65

中国版本图书馆CIP数据核字（2013）第249957号

图字：09－2011－143号

爱的新发现
[德] 威廉·施密德 著 黄明嘉 译
责任编辑／衷雅琴 装帧设计／邵旻

上海世纪出版股份有限公司
译文出版社出版
网址：www.yiwen.com.cn
上海世纪出版股份有限公司发行中心发行
200001 上海福建中路193号 www.ewen.cc
上海文艺大一印刷有限公司印刷

开本890×1240 1/32 印张7 插页5 字数156,000
2014年2月第1版 2014年2月第1次印刷
印数：0,001－8,000册

ISBN 978－7－5327－6342－9/I·3790
定价：35.00元

目录

前言

同他人交往，全都与爱和爱的缺失相关。最令人痛心的，莫过于爱情的缺失，在许多人看来，这爱情无非就是男女“那种关系”罢了。这关系过去大概从未出现过问题，成问题的倒是另有原因。恰恰是人经过艰苦奋斗得来的“爱情自由”在摆脱宗教的规范、传统的角色分配、习俗的观念以及摆脱为繁衍后代而相爱的自然目的之后，在现代社会里却出现了问题：自由的爱情显得十分棘手，越来越直白地提出“为什么”和“为何目的”这类问题。在某个历史时期，“浪漫主义爱情”向人们许诺无限的幸福感并以此回答了爱情的意义问题，直到它自身在所期许的美好情感与未估计到的麻烦之间被碾成齑粉。它越来越陷于它不愿思索的有限性矛盾中。相爱者在浪漫爱情中寻求的“我的融合”与“我的自由”诉求——不能忍受限制——相冲突，每逢失败，受质疑的便是比爱情本身还要多得多的东西，包括与生活和世界的关系。于是，浪漫爱情在现代社会的进程中突变成一个巨型水母，它用看不见的丝状物将柔弱的生命缠绕、分解并吞食之。有些人出于宗教热情仍相信它；另一些人则对它彻底失望；还有一些人怀着毕竟曾经有过爱的伤感而妥协，满足于以下认识：爱的情感是成分复杂的鸡尾酒，当醉意消散，此酒也荡然无存。

除了别的原则，哲学也许对解释和消除爱情中遇到的困难有所帮助。正巧，哲学本身就是一种爱，字面上的意思是“爱智慧”，以智慧为取向。人从哲学里获取灵感，更彻底的理解、更周密的思考、更审慎的行动，更自觉的放弃，凡此种种无不渴求智慧。推究哲理就是停下来作思考，研究已有的经历，从中得出结论，为未来的经历做准备。思考中，一再更新的生活取向是自苏格拉底以来哲学的一个基本理念，也是自康德以来启蒙运动的一个明确的诉求。推究哲理者都致力于更透彻理解事物的关联，以便在生活里对种种关联妥善处置。思考的取向能使人清醒地过日子，享受“生活的艺术”。纵然没有哪种生活一直是完全清醒的，但必然有一种生活善于利用生活中的“醒豁时刻”。

此书针对爱情的思考，其目的是对急迫的问题找到可用的、但几乎不可能是永恒不变的答案：爱情为何如此困难、但又为何仍然活力不减？对爱情说出结论性的话，这样做也许从一开始就是错误的，但思考的取向可帮助个体更清醒地放弃它，或重新觅到它，或重新营造它。柏拉图《申辩篇》这部最早论爱情的哲学著作记录苏格拉底一度忙碌研究之事：“做爱情的强者”，此书也想尽力为阐发苏格拉底这一思想作贡献。在苏格拉底时代尚被接受、但到了现代社会则遭拒斥的同性恋也将一并述及。本书凡谈及“他人”处，这“他人”既代表男性，也代表女性。“他人”的单数绝不排除被爱者是复数的“他人”；“他人”是复数时，施爱者大多只是既定的单数“他人”。

哲学之路乃思索之路，“思索”字面上与寻求“意义”和产生“意义”相关。这种必要性只有在下列条件下才进入人们的视域：当事物各种关联消失，从出现的空位中可以感觉到生活缺少哪些关联。凡“制造意义”的东西就是关联，但它们在客观性和定义上并不是简单的固定存在，而要不断地予以思考和阐释。采用哲学的“阐释”方式，让人感兴趣的不是随心所欲的阐释，而是可信的阐释，所谓可信，是因为这阐释是可以领悟的，令人信服的。当某种现象的价值和重要性被领悟之时，名叫“意义”的特殊意义就显示出来了。此书与爱情相关的哲学思索针对以下问题：到底什么是爱情？它如何产生？如何发生作用？对生活有何意义？渴望爱情有何意义？爱情并非只代表爱情本身，它具有整体文化和社会范围的意义：那么，生活中其他种种人际关系与爱情何干？爱情嵌在何种关系中？它在某种文化和社会的思想天空里何处安家？它被分派何种角色？人们如何从爱情中看出生活意义？或当爱情失败时，如何让自己不至于因生活无意义而陷入绝望？当思考和阐释摆脱流行的观点时，人们也会探询还有哪些爱情观念，为实现爱情需做哪些必不可少的改变？

思考和阐释的先决条件是要尽可能精确地观察。在通往智慧之路上，哲学成了训练注意力的学校，旨在尽可能专注地感知和描述疑难现象，毫不惧怕初始的纯朴天真。现象学的这种行为方式是用来领悟和重构爱情现象各个层面的，以便最终理解：什么东西作为真正爱情被发现了；当人相信发生了真正爱情还会发生什么；爱情怎么会、为何会变成现在这个样子——既符合规律又违背规律；正如许多人所为，现象学以经历为出发点，并尽量使现象的各个方面显山露水。现象学也包括对经历的艺术“加工”，这“加工”积淀在电影、文学、戏剧、音乐、绘画、雕塑和舞蹈作品里。现象学也重视对经历进行科学研究，顾及爱情现象的其他层面，诸如遗传学、后成论、生物学、生物化学、神经生物学、心理学、社会学、伦理学、文化历史学和神学等方面。附带的（非本质的）方面与本质的（核心的）方面同样重要，并不是要全部弄清某种情况下什么是本质的，什么是非本质的。重要的是既要观察现象的显性面又要观察其隐性面，以便从中得出结论：若爱情失败会发生什么？一种没有爱情的生活可能吗？没有困难的爱情可能吗？一种没有爱情麻烦的生活是更好的生活吗？为何还要相信爱情？人需要爱情吗？如需要，那又为何需要呢？

爱情只是个词而已，具有决定意义的是如何理解它。初始的想法不确切，不清晰，只有在一个比词重要得多的概念中才能更清晰地领悟其轮廓，也就是一个词＋x，即把经历、渴望、忧虑和观念放在一起详加考虑。哲学把内隐变成外显，它力图弄清这个概念，还赋予它新的特点。概念（拉丁文叫“分界标记”）是哲学工具，哲学在概念上花工夫，采用专业术语解决问题。理解就意味着更准确地领悟各种关联和意义，便于做某些改变。这工作的意义容易被忽略，然而概念属于人最内隐的核心，人在生活中不断受概念引导，比如受他的“自由”概念引导（“我的自由不容侵犯”）。概念作为交际工具不可舍弃，即便概念常常引起误解。因为人各不同，隐藏在相同词语中的概念也就不同。关于爱情，没有哪两个人会有相同的概念，然而双方恰恰以此为前提向对方有所期许，因各人概念不同之故，对方会觉得这期许颇为怪异。概念中没有什么东西会自然而然让人理解，所以要探寻这概念追溯的是什么经历、渴望、忧虑和观念，它到底有没有现实的内涵，是否变成了目的本身。在极端情况下应改变概念，以便更好地与经历契合，赋予其他观念以表达形式，开启新的经历前景。为了更好地应对爱情，爱情还可做怎样的理解呢？

同真实的东西打交道，寻求可能性的东西，哲学在通往智慧之路上终于抵达此点。从此点出发就可从关联中观察整体现象，即做综合观察，哲学开启整体观察的视野，在某时消除感知“瓶颈”——感知“瓶颈”在日常生活的无意识中会不可避免地出现。这就要求扩大对所有爱情类型的观察，因为爱情现象大大超越了相爱者的爱情范围，还包括父母与孩子的爱，孩子之间的爱，祖孙之间的爱，狭义和广义的对朋友之爱，对同事之爱，甚至包括敌人在内的普世“博爱”。还有对动物、自然、物质或非物质事物之爱、对生命和世界之爱，对超验物的爱，这超验之爱对人类——即使不是对每个人——也很重要，比如爱宇宙爱上帝等。

在通往智慧之路上，局部或全部掌握、观察和领悟某个现象比如爱情现象的关键在于，为自己应对此现象而采取的态度找出原因，并予以周全思考。哲学对于这个论证过程大有裨益。它成了寻觅正确路径的向导，帮助思考一切赞成或反对某种选择的原因，保护优先选择权，不设定标准。人人都可自行选择，但更有意义的是用经过深思熟虑的、认定有说服力的理由做选择。

他必须用自己的整个生命为后果担责。他可以独立思考，但比较聪明的是与他人一道思考，集思广益，以便有更大的把握。许多东西取决于尽量充分地为选择做论证，只有经过充分论证的东西才能经受住生活和爱情重重困难的考验而持久。为了理由充分，既可动用大脑，亦可动用情感。赞成或反对某些关系尤其是爱情关系，一般的理由很重要，特殊的理由也很重要。

做这一切到底为了什么？当人爱他人时，在生存各层面上难免产生诸多想法和关联；甚至对爱情的否定也会滋生潜在的想法，因爱情的缺失而产生对爱情的渴望；因恨而诅咒爱情；因失望而不想再理会爱情。“你们放弃爱情吧！”卡西米尔·马列维奇在革命前时代如是呼吁，还将此视为创造新文化的一个前提条件。倘若一种文化革新——前提是个体的革新——值得向往，那么就需要用爱情做思想的源泉。关键是重新找到爱情并予以新的创造。某种传统观念的失败正好是某种新观念的肇端，正如画家马列维奇在同旧艺术决裂时用黑色大板块论证一种新艺术一样。在爱情中，人们也应退回到以上这种理论，以图求变。凡在某种现实成问题的地方，参与编织现实的观念都难辞其咎。如果认为爱情根本就不可能，那又怎么办呢？这不应成为放弃爱情的理由。人类前进道路上铺满无望之事，但它们最后还是实现了。问题是不要把每种观念变成固定的意识。伴随浪漫主义爱情观念，亦即幸福的爱情观念所发生的情况就是如此，它对相爱者许诺会有永存的美好情感，可是在日常生活中，各“自我”心绪不佳，给对方造成阻碍。

倘若爱情保持原样，它就会被窒息。另一种使爱情鲜活起来的思想是“会呼吸的爱情”。求新地营造爱情无异于让爱情呼吸。当相爱者不仅关心和研究对方、也关心和研究自己、能在爱情的多层面上来回走动、以不同方式厚待对方时，爱情就会呼吸了（威廉·施密德：《善待自己：论与自己交往的艺术》，法兰克福，2004）。爱情在各种矛盾——它们给浪漫主义相爱者带来巨大疑难——之间必能呼吸：接近与疏离、喜与怒、欲与痛、销魂与乏味、非凡与平庸、感觉与习惯、可能性与现实性、渴望梦想中的世界与适应所发现的丑恶世界——身处丑恶世界，人们还不如在另一世界最小最平凡之事上花工夫。爱情一方面给清醒的现实主义留有活动余地，另一方面又不放弃那充溢丰富情感的浪漫主义，这样的爱情方能呼吸。纯然理智的爱情不会温暖任何人。现实主义-浪漫主义的爱情回应了现代实用主义的冲击，并且努力挽救浪漫主义，但不是通过抗拒、而是通过接纳实用主义元素，以便更好地对付恼怒、平庸、背叛、争执、爱情破裂和其他挑战。

可呼吸的爱情是现代社会的象征，它表明更新的爱情艺术会成为许多人的生活艺术要素，包括所有的爱情类型和关系类型。爱情关系曾经由宗教、传统、习俗和人性的客观力量提供保障，现在则取决于彼此间怀有善意的主观力量了；另外，在自由这个条件下，维持较长时间的爱情几乎不大可能。只有经受住现代社会各种挑战，才会出现一种新的轻松的爱情，不必再费尽心力去思索和感知。 归根结底，爱情的新创造、对爱情艺术的新论证是相爱者们自己的事，他们从各自条件出发，对这种特殊生存方式的可能性予以探询、考验和充分利用，又不必对勇于进行的试验负责。爱情哲学和生活艺术哲学可以给他们提供理论动力，但起决定作用的还是他们自身的实践创造，不断赋予爱情以新的面貌，不断续写爱情历史。

论爱情和其他关系

熟知渴望才知渴望的意义

对爱情的渴望是爱情的开始，渴望与爱情相伴；接踵而至的是对另一种爱情和另一种生活的渴望。当爱情宣告结束，人们经历的爱情常常不是真实存在的爱情，而是缺失的爱情；人们因爱情而失望，因缺少爱情而渴望爱情。缺失导致饥饿，吃饱后人又不安起来。推动他们分分合合的乃一种能量，此能量的强度从渴望者与渴望而得的东西之间的张力中获取。渴望的取向不仅针对他人和离弃他人，也针对其他的生物、自然和地域，其形态有些像“思念远方”，从远方又返归“思念家乡”。对未来而言，渴望是“乌托邦”形式；对往昔而言是“乡愁”形式。不仅爱情、还有无数物质和非物质的、确定和不确定的事物激励人们产生渴望：衣服，美女，稳定的收入，自由，一套居室，宁静，汽车，安全，别墅，受呵护。人们渴望许多前景，又渴望看清现实，渴望此岸生活乃至世界和上帝——然后又离开。

渴望是内心活动，它增强就变为行动。模糊的渴望大多是具体的愿望、渴求和欲念的先导，它引导人们去寻求。内心感到一种律动，它自动产生，不由自主，未经思索，回避有意识的行为。它然后把自我从内心推出并超越自我，寻求与他人他物在各层面上的交往。人们在当下受局限的空间里会感到逼仄和匮乏，渴望却目标明确地感到未来的自由空间，感到彼处会有一种更好的别样的生活，伴随更多的幸福，更深的意义，更丰富的华美。渴望因为这种眼光而预先遣送感情，促使大脑朝彼处着想，好比寻找一套更漂亮的居室，它会使生活更美好。感觉到的和想到的渴望即便与既定之物相关，但又总是针对不确定、非现实和不受限制的东西，其主要原因是人们不能忍受既定的现存的和受限制的东西。

倘若没有渴望，那会怎样呢？人们将安于现状，满足于已有的事物，生活缺乏起决定作用的动力，人类历史将会是另一种发展。渴望的历史表明，人类的形成与渴望这一情感的出现是多么紧密相连：渴望伴随最先出现的意识和随之而来对有限性的恐惧而产生，它要超越任何的有限性，有限性即狭隘，人不要狭隘，于是引起恐惧和焦虑。渴望原本也许因某种偶然变化而产生，后来随着时间的推移就成为动物人的成功模式了。如若没有渴望，人就不可能成其为“经验动物”（米歇尔·福柯：《谈话录》，1978）。人总想突入别的领域，探明新的前景。纵然在任何时代和任何文化里对人的理解不可能完全一样，但渴望总是一种不断出现的需要，亦即需要在感觉上、在思想里或在行动上抵达别样的存在。它关注远方的美好事物，犹如北斗星悬于人生天庭。早在公元前六世纪，希腊女诗人萨福就用希腊文吟咏过爱神埃洛斯对那至美之物的渴求。渴望恰似迷人之火在人类全部历史上闪耀，人类存则渴望存。

渴望的目标是超越此处，超越现存之物，超越所有现实的和有限性的东西，这使得渴望具有超验能力，拉丁文叫“越界”，表示超越某个界线，即渴望从现实的迈向可能的，不管是战胜某种压抑的现实或沉湎于对所有可能之物的激情。渴望无论指向什么，它总是一种本体追求，从存在的一个层面到另一层面，从真实的有限层面到可能的无限层面。这种追求将渴望分为忧伤渴望和爱情渴望，同样寻求超越现实的狭隘和有限。渴望，忧伤，爱情：这只是乞求上帝的另一种说法罢了，上帝乃可能维度和无限维度的化身。公元四至五世纪，奥古斯丁在其著作《忏悔录》第十卷末尾提到，渴望如何占据他的心灵，如何将他从现实吸引至无限，同时提到他如何忧伤，因为他总是坠落到现实中：“此处我能生存，但不愿生存；彼处我欲生存，却不能生存”。在渴望中，生活无法安宁，所以，基督教神学不是把渴望、而是把宁静的希望——以纯粹观望可能之事为满足——加到最重要的名曰信仰和爱的超验能力中。

另一时代的渴望似乎更受欢迎，它获得了前所未有的意义，浪漫主义运动关注的是：渴望是最超卓的浪漫情愫，没有渴望就没有浪漫主义。十八世纪末十九世纪初，随着西方现代社会的滥觞，许多国家的浪漫主义者把渴望变为他们的纲领，并悉心予以维护和强化。他们坚信，"思想找不到比渴望更高的东西了"（弗里德里希·施莱格尔：《路清德》，1799）。贝蒂娜·冯·阿尔尼姆（娘家姓布伦塔诺）那无法抑制的渴望代表着"渴望总是有理"（《选集》，2007）。浪漫主义竭力进入无限，以此同试图撤回世俗和有限对抗，尤其是诺瓦利斯做如是梦想。在那个本欲摈弃向往彼岸视野的时代之初，浪漫主义者在此岸引爆了通往超验之路的障碍，以世俗方式重新获取超越，个体和社会所梦想的另一种生活远远超越此时此地的现存环境。渴望乃浪漫主义媒介，"以美学手段推动宗教继续发展"（吕迪格尔·萨弗朗斯基：《浪漫主义》，2007）这个世俗化的宗教信仰炸毁了稳固的超验的三位一体神祇的统治。当个体和社会的生活过于狭窄和受局限时，许多人除了相信渴望之外，认为在忧伤、梦和幻景之外还存在一种超验的原始能力，类似于心醉神迷，这大概就是宗教信仰的原始形态了。

浪漫主义者将强化的渴望理解为对现代社会的批评，他们对现代化的进程贡献颇多，所以，浪漫主义并非在"反现代"中产生，倒不如说它激励个人和社会寻求新事物，由此促进现代解放运动，以摆脱宗教、传统、习俗和人性的束缚。渴望成了人的自由化身，没有什么东西必须保持它的原样，让一切都运动起来，这无疑推动了现代科学、技术、政治和经济的发展：科学受渴望的刺激，认清并突破各种关系，凭借已获取的知识发明各种技术，让许多人征服自然的渴望得以满足，比如用飞机和汽车可以做无限运动，用火箭甚至可征服行星间的界限。在政治领域，无终极的改革和革命可催生人们渴望的"最佳世界"。而经济界不断提供新产品，以点燃消费者的欲望（埃娃·伊卢兹：《浪漫主义的消费》，1997；沃尔夫冈·乌尔里希：《占有欲》，2006）。

永远得不到满足的渴望激励着现代的进步和不断向前运动——然而总

是被规律性的反向运动所打断，反向运动束缚向前的渴望，每次摆脱宗教、传统、习俗和人性的桎梏又重新渴望它们的恢复。浪漫主义渴望着摆脱现实，转而对逝去现实产生渴望，然后再征服这几乎看不见的现实。从摆脱狭隘回归狭隘，从出世再到入世。在政治领域，浪漫主义也开启相互矛盾的视角，一种是“空想”渴望，即渴望新的、完美的境域，另一种是“思乡”渴望，即渴望恢复旧的现实境域，继之又渴望前者。这种持续的相反的极端化使生活动荡不安，永无消停之日。在来回波动中产生演变，乃一种几乎看不见的过渡，即从丑陋的现在过渡到美好的未来。1805年，弗里德里希·荷尔德林在《颂歌》草稿中赋予浪漫主义两种诉求——姑且不说在强化与极端化之间给浪漫主义造成进退无据的窘境——以贴切表达:“渴望/总是/进入无拘无束/然而许多东西/又被保留”。

强烈的渴望超越有限的现实，开启种种可能的无限领域，这使得回归现实变得十分困难——渴望只有在现实中方可实现。人们在超验地体验种种无限性后，就会感到由现实有限性造成的痛苦。所以，渴望无论未遂还是成功，紧随其后的都是失望，因为成功的追求变换了本体层面，从而封闭了无限的视野。渴望爱情就是真正体验另一个人的爱情，未久，又感到有限性的局限了。满怀渴望地期待，终于，被爱的人具有完美的形象，包括令人向往的个性，丰富的内涵，美好的前途，神圣的体貌，还有声音、气味、表情和善意，但真实交往后又使人明白，被爱者的完美形象只是有限的现实罢了，带有常见的缺陷和弊端。尽管那人同我一样，内心潜藏种种可能性前景，也许它们会慢慢得到发展，但这个想法却远离现在这一时刻，丝毫改变不了对业已实现的东西的失望。我把这归咎于被渴望的客体，他“样样落空”，要么归咎自己，因为我被不中用的客体“欺骗”了，却很少承认自己被局限在自身的现实中。对此谁都没有责任，这事的发生并非偶然，也非恶意，而是必然，因为本体和存在的逻辑都希望如此，都坚持可能性和现实性存在着差异的观点。任何现实都是有限的、受局限的。

过度的渴望随着渴望的实现便失去意义，即目的论意义。渴望针对有望实现的目标，促成强烈的意义关联，渴望者追求目标愈强烈，当目标实现就愈痛苦，原因是意义的缺失，渴望得到的东西顿显空虚，毫无生机。被渴望的东西是伟大的，一旦达到，它就被藐视了，达到了就不可能真正伟大。浪漫主义的渴望面临最大的危险是现实，因为现实使存在受质疑，故此，浪漫主义者宁肯不预期实现什么，也不对实现做任何准备。实现只能暂时维持，不可能维持长久。这就是浪漫主义的渴望为何永不止息的原因所在了。而漫无目的之渴望以及葡萄牙语中的"乡愁"——在葡萄牙民歌里可以听到，它不需要实现——则怀有不可实现的痛苦，从内心深处"拒绝人们称之为现实的东西"(爱德华多·洛伦索:《乡愁的神话》,2001)。渴望层出不穷地发生，自己总是渴望别样的人和事，这在德国浪漫主义文学中具有代表性的象征是那朵"蓝花"。当渴望以及渴望的东西实现之时，人就产生幸福感；当渴望的东西没有得到，或得到了又认为存在缺陷，人就绝望。

在渴望引起痛苦的同时，渴望者仍沉湎于诱惑性的欢乐中，他给自己尽情描绘那些使任何现实都黯然失色的可能性前景。随着内心活动的蔓延，他会将这种渴望当成伟大的情感加以体验，它超越人们日常的那些情感范围，诸如狂热的欢悦，冷酷的愠怒，异常的惊诧，庄严的崇高，惨痛的失望，深切的伤感。凡狭隘的日常生活所缺的，都被投射到可能性的广阔领域，自己死活要把获取缺少之物当作人生取向。没有渴望，人生就没有张力，生活就千篇一律；怀着强烈渴望，自我就倏然变小，因为觉得内心伟大，张力无限。渴望者渴望无度就势必痛苦，歌德的诗句(《迷娘之歌》,后收入其小说《威廉·迈斯特的学习时代》)由弗朗兹·舒伯特谱曲，成了变化无常的浪漫主义的词语："只有懂得渴望的人/才知我的痛苦！"反之，很少渴望的人也因渴望的缺失而痛苦。痛苦的怪圈是：过度渴望之痛，缺失渴望之痛，渴望未遂之痛，渴望实现之痛。纵然现代社会企盼摆脱一切痛苦，一味耽于欢乐，但浪漫主义者仍旧担心，人不可能逃避痛苦。

当实现或未实现渴望而生伤感，而伤感又无终极时，因渴望致病就再自然不过了。这病只有通过实现渴望才能治愈，不过随着实现又会开始新的渴望。现实性与可能性二者之间的张力是创造的源泉，张力过分就成破坏力了。本体的误解对此也难辞其咎，这误解指的就是相信现实性与可能性的差异可以被消除，生存的局限可以得到克服。疾病可能有多种病因：遗传基因，童年所受的影响，个人的易受干扰性，社会环境，疾病媒介，习惯以及随之产生的神经变化。可能兼有拘泥于概念并唤起相应情感的原因：自己决意融合在另一个被主观臆测为“真正生活”的人身上，所谓“真正生活”，无非是把它想象为持续的刺激和兴奋、超然无我的狂热境界，在文化领域，它被归入彼岸世界，而在现代社会，又回归此岸世界的个人领域，但它终究是不可实现的，于是责怪现实，认为披上“另一个意识层面”光辉的现实非常可疑，与渴望得到的生活根本不相契合。

也许，所有的疾病都源于渴望（维尔纳·格罗斯：《每种疾病后面都隐藏着某种渴望》，2002）。无论如何，疾病是渴望的另一面，属于浪漫主义的“黑暗面”。渴望的所有组成部分可能都存在疑问：动因、目的以及达到目的的手段。克服现实存在的干扰，即使不可能，但也会成为动因。即使对欢乐的理解有问题；但充溢快乐的美好情愫也会成为目的；至于实现目的的手段，目的愈“神圣”，采用的手段就愈无所顾忌，也不排除采用暴力手段。比如为了获得渴望的爱情，采用的手段很可能卑鄙无耻。通常，爱情的渴望总有实现之时，但很快会出现持续的失爱状态，疾病也接踵而至。在实现渴望的道路上，似乎一切障碍都可克服，然而疾病在人的内心镌刻上绝望的烙印，体验着生存的严酷，可是浪漫主义者对此种生存毫无思想准备，于是，解脱性的死亡就成了最终目的，以结束永远无法实现的状况，直接进入那似乎是真正生活的太虚幻境。

尽管疾病危害极大，渴望仍旧不可放弃：人类生存需要人释放能量，需要人开拓前景。为摆脱疾病，人需要一种明确的度日意识，首先应正视现实性与可能性的差异不可消除，接受差异便可促成渴望的适度，排除期许无度的压力。有限度的期许加有限度的实现，这样的生活才会美好。关键在于自己，在对渴望之事做理想化设想时，要明白任何理想化均难臻完美，个人应以此为满足：不要力图实现没有缺点的可能性事物。每次实现均受现时生活条件的制约，并非一切可能性都可实现。所有的生活都在向各种可能性告别，过往的生活际遇是这样，重新开始的渴望也是这样。

渴望本身是不可支配的，可支配的是对渴望的态度：要么听从不由自主产生的渴望，要么让渴望落空，要么关注渴望针对的目的，要么就摈弃目的。相爱者可以刺激对对方的渴望，比如通过短时分离，也可以通过尽量满足使渴望达到巅峰状态，然后再从头开始。如此这般，渴望得以自由呼吸，使之更具活力，它是可呼吸爱情的一个方面。说到渴望的适度，绝不是反对极端的没有渴望的实际生活和只为渴望的极端的浪漫主义生活，只要“极端”与本人的生活态度相适应即可，也可以把渴望分级，体验渴望的等级刻度，最适宜的做法是“削峰填谷”，即消除浪漫主义的过度渴望，以填补实际的低度渴望。一种间或出现并可暂时得到满足的渴望，另一种超越自我生活和时代、且不计及实现与否的渴望，此二者的尺度也是可以自由呼吸的，人人均可选择优先权，使渴望控制在某个尺度内，以开启生活视野，强化生活张力，又不致对自己和别人的生活造成毁灭性打击。这样的结果不独对个人、而且对文化领域也很重要，因为它反作用于时代：适度的渴望也会对主张绝对渴望的现代社会起适度控制的作用。

倘若涉及的是爱情，渴望真的能控制在适度范围吗？明白这个任务的艰巨性也就明白失败在所难免。现代社会受浪漫情调的鼓舞，渴望获取伟大的爱情，这爱情应排除一切使情感弱化的平庸，也应排除被浪漫主义弃绝的实用主义。相爱者将自己的一生献给这伟大而纯洁的爱情，一生全部被对方占有。可是，当这爱情实现之时，相爱者的体验与其想象并不完全相符。想象和体验都深深打上个人的烙印，但实际上它们是包藏在一种文化史中，浪漫主义爱情只是文化史上一个阶段罢了。

倘若爱情发生：体验和描述

在所有的时代和文化中，人们对“爱情”这个字眼的体验并不完全相同，流传下来对种种体验的描述给人留下了深刻印象。爱情史是一部特殊类型的历史，它讲述各时代人们对爱情的看法：这看法“常常雷同，但也有差异”（伊什特万·拉特韦格：《爱情史》，1941），表现出人类历史进程中逐渐形成的文化特殊性，也许还受气候条件的影响，正如孟德斯鸠（《论法的精神》，1748）所说，“爱情”在法国文化中是一种激情，在不确定的情况下，它可以抛弃忠诚，而在德国传统文化中，“真正的爱情”总与忠诚连在一起。欧洲每一种文化总是维护它们对爱情的认识，这认识与亚洲、非洲和美洲各文化有所不同（丹尼斯·德·鲁热蒙：《爱情与西方国家》，1939）。每种文化内各地区间的差异也很明显，还有城乡差异，更不用说个体之间的差异了，人人各按其天性体验和思索，提出和实现自己的爱情理念。

爱情史的发端隐藏在暧昧的神话中。柏拉图公元前四世纪所著的《申辩篇》中让喜剧诗人阿里斯托芬讲述爱情，说人原本是球体生物，自身为一整体，也许就像即将分娩的妇人以另一种方式体验自身的合二为一。然而这个神圣完美的球体生物突然变得胆大妄为起来，要冲向上苍，欲与众神平起平坐。最高之神宙斯严厉惩处这种狂妄，球体生物被腰斩，成了“无力”之人。于是人的一半忙于寻找另一半，以期融为一体。找到了另一半，又总是相互滑脱，于是发出声震四野的痛苦哀嚎。宙斯出于怜悯，重新安排它们的性器官，让它们至少能短时聚合一处，体验原本一体的快乐。于是，人的分裂史就如此顺理成章地发展下去，从此每个人都在寻找他的另一半以及与另一半欢聚的节日：“人们把要求和谋求一体生存庄重地称之为爱情。”

其他文化也熟知人渴望重获原本一体的故事，常与爱情的不同层面观念联系在一起，两人的融合包括肉体性结合，感觉到的心灵契合，思想一致和无终极的超验体验。《旧约全书·雅歌》中有“所罗门的歌，是歌中的雅歌”的诗句，这令人惊叹的诗歌集锦涉及爱情各个层面，以变幻的视角歌颂爱情，具有强烈的情欲倾向：“我以我的良人为一袋没药[1]，常在我怀中”，“我欢欢喜喜坐在他的荫下，尝他果子的滋味，觉得甘甜”。渴望实现爱情和品尝爱情各层面的果子，这在其他流传下来的文字里也有所表述，比如希腊诗歌中萨福的诗：爱神埃洛斯和阿佛洛狄特赠给人类的爱情应是肉体、灵魂、精神和神圣的结合。孟加拉宫廷诗人贾亚德瓦的梵文诗《哥文达之歌》中克丽丝娜和拉达的故事也发生在爱情的各个层面，贾亚德瓦在此也重拾古代色情和神话题材。西方国家的爱情史是爱情片断史，如果用一两个层面代表整体，当然代表不了。可以借助革新方法让这部历史几个阶段的草图，变成各时代爱情图画的多角形马赛克平面。

一、古希腊罗马时代

柏拉图将爱情提升至精神层面，旨在摆脱由暂时的外部刺激和摇摆不定的情感所造成的失望。苏格拉底著作提及狄奥蒂玛[2]的演说代表了业已载入历史的“柏拉图式爱情”构想：相爱者应在思想上征服爱情，打消爱情对肉体美色和精神魅力的要求。只有精神美才能激励爱情专注于美的观念，那不可动摇的、永恒的、“超越上苍的”美的观念。专注于此便是升华，肉体层面和心灵层面受贬抑，原本的超验层面也被否定：“埃洛斯不是神。”取代神是美的观念，它劝诱专注于美的人类“在美中诞生”，创造美和精神。本着这一取向，两性关系可维持在同一层面，以慎思为其特点。雅典政治家帕里克勒斯与阿斯帕西娅这一对非凡的伉俪也许接近于这一理想。后者漂亮而有教

1　没药：热带所产的树脂，呈琥珀色，气香味苦。——译者
2　狄奥蒂玛：希腊女性智慧的象征性人物。——译者

养。因柏拉图之故,“爱情意义”发生了显著变化,尽管通常的婚姻关系和非婚关系未受哲理的影响。

二、基督教早期

从公元元年起,许多作者紧步柏拉图和新柏拉图主义之后尘,在很大程度上击退了肉体之爱,将灵魂和精神之爱指向彼岸世界,重新用爱占据超验层面,用希腊语“上帝之爱”和拉丁语“爱心”取代那个总是想起肉欲的埃洛斯,这超验层面成了上帝的化身:“神就是爱”(《约翰福音》),与上帝融合乃是最高目的,认为男女联姻——经上帝允许,且不可分离——是男女之爱的合法形式。然而这平等关系被保罗在《以弗所书》中所做的陈述打乱了:丈夫应像爱自己一样爱妻子,但“妻子要顺从丈夫”,因为丈夫是她的“头”,正如基督是宗教首脑一样。婚姻范围内允许肉体之爱,目的是传宗接代,同性恋则被视为卑鄙。凡此种种长期影响着西方国家文化对爱情的理解和体验。罗马开国皇帝奥古斯都经历了从肉体爱情经由灵魂和精神爱情直至爱情神圣层面的爱情体验,赋予公元四世纪和五世纪基督教爱情以一种在历史上有效的形式,一如他在《忏悔录》中所述:对上帝的爱就是对永恒美的爱,因此爱而欢愉,这便是人生的幸福。对上帝之爱是爱的超验意义,博爱是上帝之爱的尘世表达形式。

三、中世纪

这期间,爱情超验层面占主导地位的情况已不能继续贯彻,至少在心灵和精神层面,人们对爱情做世俗体验的需要重又苏醒,认为人应无条件地遵从情感。有抒情诗吟咏道:“爱情下达了如此的命令”。但也有不少爱情诗人与恋人保持着柏拉图式的关系,他们认为伊人是美的化身,高尚的爱情要求他们坚持渴望,而渴望的实现仅在梦幻中,此过程要证明阳刚的自制、绝对的审慎和永远的忠诚。还有一些人,比如瓦尔特·冯·福格威德赞颂一种平稳的爱情——肉体层面的实现亦属此类——仅为低级爱情罢了。当时彪悍的骑士也致力于传递对意中人的情感，在他们骑马比武时，以服饰的颜色表现情感：绿色红色代表对她的炽热之爱，黑色白色代表痛苦，但对爱情仍抱期待。

阿基坦的埃莉诺是法国国王路易七世的王后，生活在十二世纪，过着动荡不安的生活。一种新的爱情文化因她而得到果断的促进。她同法王生育二女，后又同英王亨利二世生育八子，终被英王逐斥。她在决定当修女前，还在普瓦捷这个地方住过多年并参与“情事法庭”审理爱情诉讼的工作，她运用的法规以及法国国王的神甫助手安德烈亚斯流传下来的法庭仲裁，其中涉及的内容是：婚姻关系主要是尽义务；而真正的爱情是非婚的爱情，恋人出于自愿，彼此满足一切。这是在痛苦和绝望的中世纪里人们所追求的欢爱。在基督教文化中，骑士对妇女评价的提升是与对圣母马利亚的尊崇密不可分的。基督教女性神秘主义者转而谈论与上帝的体验，所说的话与谈论性几乎没有什么区别：“主啊，你使劲爱我吧，经常地、长期地爱我吧！”马格德堡的梅希特希尔德如是请求：“你爱我爱得越有力度，我就变得越漂亮”（《畅达的圣光》）。

四、文艺复兴时代

这个时代清楚表明爱情不能以心灵和精神层面为满足，它迫使爱情向各个层面发展。在十二世纪，埃洛伊兹与阿巴拉德的爱情是包括肉体、心灵、精神和超验各层面的爱情典范。情欲的力量在他们内心开辟了道路，基督教准则只能用暴力压服，阿巴拉德被阉割，但这并未影响二人真挚的爱情，埃洛伊兹从修道院给恋人寄出许多信件，共同爱情遂变成超验。十四世纪，彼特拉卡怀着悲伤的情感，依从爱神埃洛斯的“统治”——埃洛斯的情欲层面使他迷惘——用诗集《冈佐尼勒》讴歌对劳拉的爱情，此爱情各层面无不光彩照人。但诗中的“她”是否真有其人，这是一个从未弄清的问题，但她因这个影响深远的故事而被人铭记，而且导致“爱情的新生”（因格博克·瓦尔特、罗伯特·查皮里：《恋人的肖像》，2007）。

这个时期画家所描绘的妇女，其性感强烈，感情真挚，表情丰富，比如威尼斯画家提香所绘的维纳斯像。文艺复兴时代的妇女要求爱情平等，即按众所周知的套话：婚姻尽责任，非婚关系重情欲。这个时期同性恋已公开，卖淫大行其道。爱情的极大自由表现在弗朗索瓦·维庸和弗朗索瓦·拉伯雷以及彼得罗·阿雷蒂诺的作品里。即便基督教教士也挡不住时代的诱惑，这为马丁·路德反思真正的基督教生活提供了基础，他认为婚姻也是基督教生活的应有之义，婚姻是性生活惟一适合的场所，男女在此不是不自愿而是乐于从事“婚姻工作”。“瞧上帝创造了男女，让他们在一起繁衍后代吧”（《论婚姻生活》，1522）。

五、新时代早期

这时期对形形色色的性欲做了成功的修剪，迫使爱情重新回到精神层面，但与柏拉图时代的情况有所不同。十七、十八世纪直到现代，人们推崇爱情的精神层面，看到的不是爱情的美好，而是爱情的世俗功利：爱情是交易。被理智考虑的是物质供给、社会保障、经济成就和社会地位，为此目的而安排一种“形式上的爱情”，铸就一种联姻的形式。男人的肉欲得到满足，其遗产继承权得到完全保障，而感情和思想交流无关宏旨。剩下的就是忧伤，一如罗伯特·伯顿在《忧伤剖析》（1621）中所描述的。这种爱情不是以人为本，针对的是物质财富的优越条件。当事人一面要“内心禁欲”，一面要“无休止地职业劳作”，被马克斯·韦伯界定为资本积累的推动力（《新教伦理与资本主义精神》，1904—1905）。这爱情被确认为符合常规习俗的资产阶级婚姻，它获得了宗教的祝福，在道德层面谴责非婚关系，随之而来便开始了双重道德的盛期，主要在贵族阶层，然后在资产阶级阶层出现婚外色情泛滥，这被无数的绘画和文学作品所证实。侯爵戴萨德所用的伎俩，其丰富的想象力及轻浮放荡达到了极致，类似这些东西又轻而易举地蔓延到十九世纪比德迈文艺流派时期及维多利亚时代。

六、早期浪漫主义时期

当时的年轻人惊骇于无感情之爱，他们由此获得动力，在着力批驳中世纪和对婚姻爱情提出现代诉求的同时，首先在爱情的心灵和精神层面上进行改革。浪漫主义者与人们毫无诗意地考量爱情进行正面对抗，提出爱情那充满诗意的纲领，爱情是情感，是梦幻。弗里德里希・施莱格尔的《路清德》(1799)、多罗特娅・施莱格尔的《佛罗伦萨》(1801)就是这纲领的实践。情感被赋予神圣的功能，它关切的就是对“无限”的体验，并为爱情的浪漫主义宗教正名，其结论自然是：爱情若缺失情感，分道扬镳就近在眼前了。商业爱情与情感爱情之间的冲突如何造成了致命的后果，这，现实主义作家特奥多尔・冯塔内在《埃菲・布里斯特》(1895)中通过实例做了说明。由情感决定的爱情在十九、二十世纪大大得到普及，这是一种欲摆脱生存的残酷、实现温情人生的大胆尝试。此为人躲避现代社会威胁的避难所。许多人认为现代社会是无爱时代，由冷酷的理性、技术和经济主宰。

在浪漫主义的爱情实验室里，早期浪漫主义者就已经有了情感的综合体验，由情感的炽热过渡到炽热渐熄，由梦幻变为噩梦，任由狂风暴雨般的纠葛摆布，这纠葛古今皆然，具有典型性，但此时却获取了新的动力：给人印象殊深的是索菲・梅罗——作家克莱门斯・布伦塔诺作品中的主人公——的那种长期的渴望，而“她”也是经过长时的犹疑才最终无条件地回应了他的渴望，直至这激情慢慢地在苍白的平庸生活中消亡，空留更为悲苦的绝望。充满浪漫情调的相恋者砸碎宗教、传统和常规的锁链，但自由爱情未能长期可靠地维持，这又最终剥夺了他们对情感的信奉。所余者，惟肉体之爱而已。

七、二十世纪现代社会

这时期，爱情的肉体层面具有决定性意义，在反叛哲学和基督教贬斥肉体层面出现了历史性变革。心理分析发现性要求受压抑（马丁·S·贝格曼：《爱情史》，1987），整个性征随着科学的进展被揭示，成效最为显著的，当属1948年和1953年出版的《金西报告》[1]各种手册详尽描述如何利用性欲（京特·阿门特：《性书》，1979）。随之带来生活与爱情种种利好前景，也误导许多人把简化的性征与性和爱情等同，于是认为情感是风险“投资”，所依据的就是经济作用。无性的生活几乎是不可理喻的，床第之外，一切也必须是“色欲的”：色欲的汽车，色欲的发型，色欲的职业工作。

现代社会不懂性学和生活艺术，米歇尔·福柯1976年在《求知的意志》里提出这个前提。人们从“压制的性道德”中解放出来，但并未实现他们希望实现的自由爱情，反倒造成多方面的空虚和空前的心灵寂寞。纯粹的性关系会带来何种灾难，对此，色情演员奇科利娜和艺术家杰夫·孔斯均有所披露。后者用绘画和雕塑作品为实现爱情肉体层面建造了一座永恒的纪念碑（《天堂制造》，1990—1991）：双方在尽快分离后，剩下的仅是争夺孩子的监护权。但这期间，妇女在维护平等权利方面比以前更有成效，她们借助避孕药从繁衍后代的劳役中解放出来。长期被社会鄙夷的同性恋现在也为社会准则所包容。性的繁衍功能越弱，就越能体现性作为享乐手段的意义，不取决于性的取向。

八、在另类现代社会

这一时期，在爱情的肉体、心灵、精神和超验各层面碎片化之前，人们颇

1 《金西报告》：世界性学史上的一部里程碑式的著作，作者为阿尔弗雷德·金西。

向往能适应各层面的爱情“文艺复兴”。然而，一种更新的爱情艺术要勇于面对那贯串于整部爱情史的旧的爱情常规，也要面对爱情现象的无限性，即爱情了结后又指向无终极的爱情。人从生到死，方方面面无不被爱情笼罩，但又无不感到缺少爱情或受爱情的束缚。真的，爱情这个“世间最美好的次要之事”居然是首要之事。前台站着某人，后台必会有另一个人登场。即便似乎远离爱情的政界和经济界人士，即便在战争条件下和在苦难中，概莫能外，人人都在关心爱情，但并非全都以亲历方式，常常是在梦里、在忆念中。人们所经历和体验的，往往是爱情的缺失多于爱情的实现。尽管如此，爱情依旧是人际关系中占统治地位的主题。没有什么比爱情更令人如醉如痴，原因恰恰在于没有什么比它更令人失望。当爱情发生、生活似乎圆满之际，爱情不意却落了空，顿觉荒唐和空虚。爱情并不是随意可以操控的。人为何要玩这种游戏呢？原因显然是他们尚未想到别的更富张力的游戏。

在观察爱情无终极时，与之十分相宜的态度是劝诫人们宁可打消面对此现象的惊慌失措。人们不可能预见爱情何时何地如何发生，在何人处发生和消失，出现范围十分广阔的爱情的影响力导致何种结果，什么力量蕴藏其中，将爱情置于游戏中并能对抗其他形式的力量又是如何受到力量关系的渗透，凡此种种无不显得奇特。爱情的重复力量，即爱情的重复潜能十分巨大，它与爱的欢愉和痛楚相关。ola capo[1]似乎就是它的原则：总是再来一次，总是重来。爱无终极，其原因就在于此。伴随沉入爱河者而发生的变化有如魔幻一般，但一旦失去爱情，这变化就令人不寒而栗，每个视角变换，每次观点改变，每次不忠，每次背叛，每次作为或不作为都可计入变化之列。人被逐出本体之外，不复认识自己。爱情改变一切，爱情的缺失也改变一切。面对最易发生的不可理喻之事，也可以试着同莎士比亚(《仲夏夜之梦》第三幕第二

1 ola capo：音乐术语，表“重复”、“再次”。——译者

场）一道呼喊："瞧那愚蠢德性，愚蠢得真没法理喻！"但愿人们不要与这些疯子为伍。应给爱情留出什么样的空间呢？因爱情总是争吵，值吗？能抵御爱情而自卫吗？

客体，亦即爱情，它与主体一样，同样是惊慌失措，爱情现象真不可思议，犹如灵魂和上帝令人费解。人们凭着像在雾中摸索时的那种感觉研究爱情，摸索地前行，或许只在原地转圈，这个主题像是没有终极。所以，爱情首先是概念，不可捉摸、包罗万象的概念。为了更准确地理解，人们在各个时代都试图对它给出定义，"爱情是……"，爱情是什么，人人都有自己的看法，但又不可能真正了解。给爱情所下的定义全都被否认：爱情无私吗？倘若爱者和被爱者不保持自我，爱情便失去活力；爱情是利他主义、为他人而存在吗？"我"在爱情中找乐子，这又像是利己主义；爱情如同我自己一样被接受吗？如果不是为了求变，那么爱的目的何在？爱情容易吗？它是一项艰辛的劳作；它被习惯弄得昏昏欲睡吗？但它也因习惯而巩固。爱情是一种不顾及死的战略吗？但又没有任何别的东西比在爱情中想到死亡更痛苦。相爱者信誓旦旦，不愿分离，"你与我——永远相守！"，然而某个时候就不再"永远"。

引人瞩目的是爱情的矛盾体。爱情的内心矛盾让人容易得出结论：爱情只可做极端化理解。爱情温情脉脉？可常显斗士嘴脸。爱情就是斗争？可爱情的至强处恰恰是放弃强大。爱情是和谐？可心灵协和宁静一再被龃龉撕碎。爱情是无终极情感？可并不充溢情感的有限性又给它设定了界限。"爱情就是爱情"，这个累赘的定义看似深邃，但等于什么也没说。爱情本身也潜藏着仇恨，仇恨不独对哪一位阻挠爱情者，也针对本是被爱的人。对被爱者的神圣化，随之又产生对被爱者的妖魔化，盲目信任过后，接着就是极度的悲痛和厌世。爱情可能是人生至强的体验，既有狂喜又有灾祸，它总是一个别样的矛盾体：爱情无终极，常是无爱的结局。相爱者之前醉心于爱情享乐，继之又从头再来，没有终极，没有宽宥。

爱情总是受相爱者本意的激励，探究和试验可想见的和不可思议的可能性，由此产生爱情现象那充满异国情调的多姿多彩。爱情堪称无所不能，“具有实现一切的能力”。它具有的潜能足以弥合人际之间的鸿沟：出身和年龄的、知识和教育的、社会地位和等级差别的、情感和收入的鸿沟。“爱情战胜一切”，正如维吉尔在公元前一世纪所言以及卡拉瓦乔在1601—1602年所绘油画的标题所示。爱情轻而易举跃过深涧，也跃到被它招惹出来又被它取消的仇恨情感面前。它如同蔓生的常青藤越过大墙，它能疗伤，能使不可调和的东西得以和解。它宛如大自然占领一切有生命的地域。它不放过任何机会。说两个人根本不相配吗？可两人硬是聚到了一起。说这样共处不可能吗？可共处之事偏偏发生了。说没有人会如此忠诚吗？可这事刚好变成了现实。对此摇头最厉害的人接下来着实诧异于：从这个意义上说爱情无终极。

在爱情的一切形式上，人们对爱情标准及其计量单位懵懂无知，证明爱情现象不可测量。伴随爱情和以爱情名义发生之事是没有限度的。爱情的终结可能是欢乐，也可能是痛苦，这欢乐和痛苦也不可测。无度献身于爱情，这种一再翻新的诱惑遇到了日常平庸生活的抗拒，并消除了“无度”；适度地生活，这种尝试遭到失去过剩能量行将枯竭的爱情的抗拒。

用测量神经过程的办法来探讨爱情，产生一大堆有关许多领域的知识，但从来就不是整体的爱情学。有关的感觉和思维，对爱情魅力的反应，瞬时的激动，这些是可测的，但还没有大量的数据能解释整体的爱情现象。揭示秘密的工作顶多会产生一种醒悟，无论对客体何种测量都跟不上主体的感知，这又证明爱情的无极限。

恋人可以超越空间距离保持亲近，时间对于他们暂时不存在，这是一种神秘感体验，也代表着爱情现象的无极限。还有肉体、心灵、精神和超验的爱情之间的蜕变以及各种关系——爱情在其中以某种方式起作用——的蜕变，这也代表爱情的无极限。正因为爱情可任意变幻形式，所以同事和朋友间的好感可以演变为爱情，爱情失败后也许又变成同事和朋友关系；从爱自己到爱他人，从缺失的或失望的爱情到爱某项工作，从爱他人到爱动物和物件，从博爱到爱上帝，要么倒过来爱。爱情超越了一切有限性就似乎等同于去到死者那边了，去到仍活在思想里的神仙鬼怪那边了，去到无终极的宇宙和上帝那里了，如此一来，爱情便成了真真实实的超验体验。种种可能的层面和形式，以及它们相互的过渡，这又为无极限的爱情提供了保证。爱情到底是什么呢？在另类现代社会它会演变成什么呢？人类会放弃把爱情各层面割裂和孤立起来吗？会用惟一的概念去领悟爱情的种种表现形式吗？

爱情是什么：激情及其定义

无须过多思考，爱情首先是一种被体验的东西，人们致力于更确切地理解何为爱情，以便更加有把握找到它。种种体验的描述往往用能量来比喻，即谈论一种波动的强度和种种汹涌而至又消逝得无影无踪的力量，那是点燃复又熄灭之火，熊熊燃烧又旋即止息的烈焰。能量运动初始是无意识的冲动，继而在有意识的情感中显现，一旦兴奋和冲动或者兴奋和冲动减弱不被理解时，就要对能量运动作出解释：在我内心以及周围到底发生了什么，对方的每个表情和每句话表达什么，这对于我与对方的关系又意味着什么。

无极限的强烈感觉激励人们做无限丰富的解释。恰似能量永不枯竭一样，对于能量的解释也是没有边际的。可以说，爱情就是无终极的解释，独特的爱情阐释学、对能量运动的阐释艺术就是这样发展起来的，不仅个人，而且各群体和各文化都维护和促进了这类阐释。爱情的能量既是主体又是客体：积蓄能量的情感引发阐释，而情感本身也变成被阐释的状态了。总之，是爱情本身在阐释爱情，比如我需要它时就见到爱情中的至善，爱情失意时就见到了爱情中的至恶。每一种后果都大大超出爱情本身：依据爱情能量增减的不同，人生和世界要么显得五彩缤纷，欢乐无限，要么显得灰暗悲怆；要么充满希望，要么毫无意义。在人的眼中，万物都会呈现不同的面貌。每次解释都要求真实，然而鉴于这解释的从属性和依赖性，爱情、生活和世界在任何时间都不可能被理解为最后的真实。

当人体验到爱情时，那么对洋溢情感的阐释与对过剩能量的阐释就是吻合的；当爱情消失，对爱情、生活和世界的阐释似乎已无活动余地：感觉和思想的宽度变窄，成了点状物，一种荒谬的情感于是蔓延开来。倘若此状态持续下去，便会滋生对人生的厌恶，不久前还相爱的人指责他心胸狭隘，扼杀人生意义。为了重新找到爱情，可以让情感与观念一起活动起来，相爱者可尝试用新的阐释寻找新的意义，释放新的能量，不可因爱情能量消退而让人生意义化为乌有。

对爱情的流行阐释是：彼此怀着强烈情感，持续保持一致，相互谅解，共同成长，双方都情愿克服困难，不质疑爱情关系，无论何种生活境遇都相互信赖。然而也有另外的阐释：习惯也属于爱情，甚至某时放弃情感和房事，漠视忠诚，保持个人更强的独立性，不怎么惧怕矛盾冲突，乐于达成妥协。当爱情的能量和意义最终缺失时，渴望爱情的游戏又从头开始。

事实清楚地表明，爱情还可做一百种不同的阐释，即便科学阐释也只是源源不断的阐释流中的瞬间罢了，科学地阐释爱情理念，将其当作决定情感的蓄能状态和决定思想的阐释运动，这也只是一种可能的阐释罢了。每种阐释鲜有个别的体验，大多是眼中的整体现象。

每种阐释的核心是某含蓄的爱情理念，初始只是模糊的理解而已，必须将此理念置于爱情概念中予以明确的阐释，这不单单是概念专家之事，也是当事人个人之事。他们认为重要的事情，对其思考的经历体验，感觉到的渴望和担忧，秉持的观念和想象，依傍的理想和偶像，这些都属于进入这概念的入门途径（归纳法过程）。此后他们放弃这一长串的东西，"爱情"这个速记简略记号就已说明一切，就是说进入了概念。然后个人根据概念寻求体验，体验与他所理解的"爱情"相符（演绎法）。一方面，体验、感觉和观念必须进入概念，另一方面，概念导致体验、感觉和观念的产生。

我们不可以下断言，说现在还没有一种具有普遍约束力的爱情概念。再三思考自己的爱情观念，做概念解释，这倒也属于爱情艺术的应有之义：在我看来，肉体分担何种角色？情感起决定作用吗？那又是何种情感呢？思想甚至某种估算起作用吗？爱情是否意味着彼此全身心的奉献，或只共处到自己设定的目的已"达到"为止？当爱情概念有疑问——因为不再与体验、需求和观念相符，那么就需要赋予概念以新的词语，于是就产生另外的体验、需求和观念了。解释和新创词语是思考的对象物，自我对话更是同他人对话的对象物，即使不同概念不能取得一致的情况下也是如此。个人的理念和概念是与文化的理念和概念融合在一起的（赫尔穆特·库恩:《爱情》，1975）历史上凡是被阐释和理解为爱情的东西在当今都可找到；同样，当今又为未来的阐释和概念做了准备。所以，关于爱情的每次演讲都应对其他的理念和概念抱开放态度。

以此为前提，就可提出一种理念进而形成一种概念了。据此，爱情就是某人某物对某人某物的关系，出发点对目标点的关系，而在两者之间必然存在某个重要的东西，它以某种方式在起作用，而且不是瞬时作用。现在也许就涉及某种交际了，偶然的交际或目的明确的交际，比如目光的交接如果反复持续就有可能为形成某种关系提供基础。

两者之间具有决定作用的“某个重要东西”就是特色鲜明的字眼“关爱”，它以倾心和爱慕为其特点，所以爱情更精确的定义是：爱情是某人某物对某人某物关爱的关系。对他人的关爱与厌恶形成强烈反差。关爱具有各种强度等级，从简单的喜欢到无所顾忌的激情；关爱表现在各个层面，身体层面——眼神和姿态的转达，心灵方面——情绪和情感的转达，精神方面——思想和阐释的转达。就是说，关爱不单单存在于情感方面。个体超越了自己，眼中不光看到自己的身体，不光对自己的情感感兴趣，也不光琢磨自己的思想。他做这些事是自愿的，高兴的：从拉丁文 liebenter[1] 生出中古德语 liebe[2]，所以，爱情也可理解为喜欢某人某物。它是那么激动人心，以至人会全身心投入对他人的关爱中，哪怕是有期限地“爱上”。关爱未得到回应，那就是“未回应的爱情”了，令人十分沮丧。在“爱上”和“未回应”两者之

1 liebenter：欣然，甘心。——译者
2 liebe：爱情。——译者

间存在很大空间，可提供或多或少令人满足的爱情变体。

把爱情概念当成关爱关系去理解，这虽说明了一些问题，但言未尽意，反正没有浪漫主义爱情概念所指称的那样丰富，但也不像纯实际爱情关系那样含义贫乏。爱情作为关爱关系是对彼此分离者的吸引，从中产生两种危机，其一，彼此吸引可导致出发点和目的点两者接近甚至融合，没有相对的两极就不可能有爱情关系；与之相反的是致力于维持两极。浪漫主义者对两极的重要性很是看重，他们要通过具有张力的距离感来平衡太过亲近，适宜于做这种平衡的是恼怒、误解、伤害和失望，只要通过它们还能指望保持最低程度的关爱，那么它们就可成为爱情的要素。其二，彼此分离导致出发点和目的点分离，直到产生意见分歧。失去了彼此的联系，爱情也就不复存在。反之是致力于彼此亲近，加强关注对方，满怀爱心地谅解对方，给予对方快乐，这样就为爱情关系开发出新的能量和前景。爱情在关爱对方与离开对方、在两极化和“乘方”之间呼吸，与钟摆不断来回运动相似。它抛弃在彼此融合点静止下来的幻想，逃避厌恶的爱情：在彼此关爱和离开之间固定下来的爱情。

诚然，爱情关系的起始点历来是有争议的：谁和什么是真的起始点和关系的主体？在上述定义中一般都说“某人某物”，因为不清楚到底与何人何事相关。柏拉图著作所载苏格拉底和狄奥蒂玛首次对下列信念提出质疑：爱情对人的侵袭来自于一种外力，即来自于埃洛斯神。他们认为，个人不再是神的灵感的执行者，不对发生之事担责。在现代，下意识的情感接受了内部力量这个角色，这内部力量控制着有意识的人，它是现代主体者自主性中一个非同寻常的例外情形，平时这些人是喜欢自主的。在现实生活中，个人要决定，是否跟着情感走，至少要对情感有所影响，这样才能在某种情况下要么抑制要么利用情感冲击力，以走出自我，以表示对某人某物的兴趣并紧随某种魅力前行。如此说来，爱情就不光是某种情感，也是对某人某物关爱的自主选择。在此基础上也就产生了担忧，从担忧便可识辨出爱情来：为某人某物而担忧（胆怯的忧虑）；为某人某物而存在，总关注对方的利益（关怀的忧虑），还有前瞻性的考虑和态度，这不光是为了自己（预防性忧虑）。担忧的感觉和想法以及为他人敞开自我接替了主体功能，抛却一切本是爱情对立物的冷漠（哈里·G·法兰克福：《爱情的理由》，2004）。

那么，谁和什么是真的终点和爱情关系的客体呢？一般又说是“某人某物”，因为弄不清一个人真的爱谁或爱什么。他爱固定的他人他物，如果这个“他人”又是别的他人呢？这令人想起莎士比亚笔下罗密欧这个浪漫主义爱恋者的原始形象，他丢下罗萨琳突然爱起朱丽叶来。诺瓦利斯这个爱情浪漫主义者在索菲死后立即爱上尤丽叶，尽管涕泗滂沱。浪漫主义女士卡罗琳·米夏埃利斯通过结婚改换门庭，抛弃伯默尔，先后与施莱格尔和舍林结婚。爱情的起始点在现代社会进程中成倍增加，即使对施爱者而言，爱情总同被爱者的面孔和特性结合在一起。“爱情就如同你一样”，正如流行歌曲所唱，这是宫廷抒情诗的现代版。可是在爱情中似存在一种包罗万象的因素，否则，无与伦比的“真正爱情”要感染另一个人就不可想象。被爱的尽管是某人，但还有某物，亦即爱情本身，也还有自己，关爱他人对自己有好处。爱情和爱情的受者是两码事，但两者在“爱上了”的狂喜中和在爱情成熟的诸多幸福中合为一体。

将爱情同一个具体对象结合，这种需求是有道理的，因为在对象的真实性中爱情才最容易被体验到，尽管伴随真实会出现许多缺陷。个体在对象身上爱上他解释为爱情的东西以及爱上强烈征服他的东西，他体验到使其心灵翻江倒海的烈度。然而，解除爱情与具体对象的联系也并非没有意义，因为这样的爱情终结也不是爱情本身的终结，爱情并不总是针对人的。体验“人的非连续性”也就能体验爱情“超越人的连续性”，将这些尺度置于一个大的整体，人就不会老是突出自己的独特个性和老是要求对方。强调个性是现代文化的一个特点，这造成人们彼此不断强化的疏离和松散。格奥尔格·西美尔在1910年说，“独特个性无论如何还不是个人主义一锤定音的话语”(《现代个人主义》，2008)。在自由——“扮演”自我独特个性的自由——与渴望建立超越自我的关系之间的张力场建立并维护爱情关系，这毕竟还取决于个人。

爱情与其他关系：自由与关系间的紧张

在非现代的各种文化中，都是由宗教、传统及习俗预先规定人在何种关系中生活，但现代人可自我选择。选择需要辨别力，人并非自然而然拥有辨别力，而是通过体验，包括不良体验以及伴随对体验的思索而获取的。人际交往以这种辨别力为准绳。几乎所有的人际关系均可当作或近或远的关系来体验，似乎存在一种由近向远的漂流，这得益于技术领域各种交流的可能性，受经济必要性的强制和一种与灵活机动性相适应的人生观的推动，由此产生所谓的“交叉关系”。在此条件下，对关系的选择呈现多样性。人可能经历相继的（非同时的）、包括快速接续的关系，或同时并存的关系。

要实现或放弃何种关系，这是当事人的事。每次选择从表面上看只是私人的，但从根本上看却具有政治意义，因为随着个人对关系的安排而发生社交安排：将人聚拢起来的社交陷于冷漠关系或负面关系了吗？许多人在关系中为了自身利益而相互利用，在快速变换关系的非连续性中得到自我满足。在爱情、友情和协作等正面的核心关系里，社交受到支持了吗？参与其事者在其中谋求关系的连续性，而不光看重直接的利益。各种关系有着重大区别。

一、爱情关系

此关系的特点是关爱。从根本上说，它不仅包括恋人间的爱情，而且还包括家庭各种关系，但对后者的特殊性容后专门论述。爱情涉及各个层面和强烈的感官体验。为了使爱情产生最佳的关系值，相爱者必须甘愿限制个人自由。他们对这限制要么长期没有感觉，要么甘愿承受，直到某人突然惊惧起来：“我的自由在哪？”人人要确定甘愿受哪些限制，遇到可疑情况要以何事为先，是自由还是关系？自由受相爱者的彼此要求所限，他们几乎逃避不了这种要求。情感愈浓，彼此稍稍分离也愈觉痛苦，不独爱情初期为然。自由还受相爱者日常私密共处的限制，他们的个性特点和习惯会彼此碰撞，同时他们要对生活领域做时间和空间方面的调整，所以各人难有大的活动余地。自由也受关系排他性要求的限制，即便是与最好女友和男友的额外关系也常常受对方竞争性怀疑。

遇到下列问题，自由更受限制：爱情是否或怎样在肉体层面被体验，性关系是否应被保留，当性关系专有性被单方面取消时，那又当如何。自由受权力游戏限制：相爱者在这个或那个问题上都想影响对方，有时甚至出现强制行为，而且这强制似乎对任何拒绝和伤害都能做出辩解。万不得已，爱情在经历多少年无休止争吵和费力劳神之后，遂变成一所培训听天由命和泰然自若的学校了。自由最后还受担心分手的限制：担心失去对方，担心爱情的无限性和十分重要的情感泯灭，自己会任由有限性和荒谬无意义的摆布。许多人遇到关系麻烦就无以自处，更不用说在关系结束时了。其他形式的关系似乎能较好地同现代的自由诉求取得一致，爱情关系如能从中吸取几个要素便可得到修补了。

二、友情关系

友情关系制造一种强大的关联，类似于爱情关系，它涉及许多心灵和精神的体验。友情关系的特点是能把关系的最佳值同自由最佳值协调一致起来，所以能较好适应现代社会的动力，又不致让关系力量受损。友情的基础并非必要性的追求，仅为自由的选择罢了。而且，要求与对方会面、谈话或共同做某事等，也不像相爱者要求得那么急迫。与那些无论如何意欲同居的人不同，朋友一般都保留自己的生活及其习惯，如此，心灵空间无论远近均能呼吸。友情关系不要求排斥其他关系，可以允许各种交叉和平行的关系，允许在朋友圈大范围内生活。与不同的朋友交往可满足不同的需求，每个人均可充分发展，而爱情关系只提供有限的可能性，“个人总是受煎熬”。

鉴于爱情中性的需求不同会引发性的不对称性，总需要一再协商。这个性问题在友情关系中无须考虑。友情越脱离情欲和利益的考虑，人就越感觉它圆满。在现代社会条件下，在友情中最易实现始终不渝和忠诚。友情大多不受权力游戏的干扰，这样便产生一个人们平时梦寐以求的无权力空间。尤其不可能发生占有对方之事，占有即统治，而非友情。朋友交往很重视顾及对方，要对自己的行为负责，不感情用事。友情与可能是单方面的爱情不同，它建立在相互基础上，朋友相互鼓励。担心被抛弃的顾虑很有限，因为友情之外的生活随时都有可能，朋友分手也不会对整个生活造成损害。

三、合作关系

此关系提供除爱情和友情关系以外的心灵、精神接触和人情温暖。产生一种十分重要的、有望持续发展的人际关系，触及心灵领域，保留大的自由空间。与友情相比，合作关系更多限制在社交范围。因为有许多熟人和“好友”——算不上挚友，所以可以体验到这种关系带有最简单形式的关爱：喜欢某人和被某人喜欢。人际间的日常交往比如熟人和邻人关系的形式、公民在社交中的邂逅、在工作场所的合作连同同事的情感、思想和信任都可认为是合作关系。

许多关系，比如参与交际的人之间，商人与客户、主人与客人、治疗医生与病人、护理员与需要护理者、教师与学生之间的关系，都可能是相互合作的关系。重要的是面对对方的需求和利益不能无动于衷，而应以宽容和通融相待，可能时分担对方的工作，尽管工作场所并没有规定此种义务；对方陷于困境时代替他工作。共同利益存在于相互帮助和相互关照中。合作关系也有点近似于基督教的邻人之爱，人道主义的博爱。然而，在离这些正面关系的不远处，也存在负面、淡漠和否定的关系供人选择，对参与关系的人而言，这些关系谈不上有什么好处。

四、职能关系

职能关系在现代社会已成规律，它在许多场合代替了合作，其特点是纯粹的个体共处，个体虽生活在社群中，甚至在同一屋檐下工作，但彼此只认识对方的“身影”：零关系，没有承诺，没有关爱，没有心灵交流，有的只是交往的绝对自由和随心所欲。这种纯理性关系傲然、冷漠，其意义仅在于例行公事、完全职能，不是以人为本。这已成为现代社会的正常情况，它尽管确保人际关系可靠的规则，却灾难性地渗透在社会基础的结构中，破坏了团结互助。假如人际组织形式诸如家庭、学校、公司、行政管理机构、医院、养老院等仅仅是“尽职能”的话，那也不可能很好地尽此职能。假如当事者只是感觉应该尽职负责，那么就有许多东西在“不应归我负责”中失去，就会因工作太忙而不作为。他们的错误再也得不到服务对象的善意关注，错误也就在所难免了。职能部门表面上运作良好，却蒙骗不了内心的空虚，空虚而产生的影响是体验无意义和“烧光”的感觉。答案是寻找爱情和友情那人情味浓的关系（克里斯蒂安·舒尔特：《心灵密码》，2004）。

五、争吵的关系

此关系倒是远离冷漠，是一种转向的爱，恼怒，也许还有恨，直到转化为敌意和敌对关系，可过后又伴随信赖和忠诚。上文提及的种种关系有时都伴有争吵，但争吵也会独自发生。其特点是“打口水仗”者之间的强势关系，自由大幅度缩水，受彼此厌恶的情感控驭。好斗者为反对或赞成某人某事而争斗，且争斗的热情和劲头持久。不管怎么说，争吵赋予他的生活以意义：争吵制造了与对手的关联，尽管这关联带有凶兆。争吵毕竟事关彼此的接触，尽管心灵摩擦，有伤害对方导致分手的危险，有时还伴有公开的肢体暴力。争吵有某种意义，其原因就在于对立的双方是属于同一整体被体验的，哪怕这种休戚与共被评价为“负面”。相爱者们有时也会争吵，致使正面关系中强烈情感的连续性荡然无存，甚至彼此势同水火。奥古斯特·斯特林堡的剧本《死亡之舞》(1901)将这种敌对关系搬上舞台，给人印象殊深；弗里德里希·迪伦马特的《斯特林堡游戏》(1969)又对此敌对关系加以嘲讽。“斯特林堡式”成了这种撕裂关系的化身，正如作家英格博格·巴赫曼和保罗·策兰双双造成这种关系的恶果一样(赫尔茨特:《通信录》,2008)。

六、排斥的关系

此关系是宁愿全盘否定、单方面拒绝和取消任何形式的关系，开辟了一个同他人交往绝对自由的空间。由于不愿同任何东西有瓜葛，他就无条件地从自己的生活里被开除和被忽略，他甚至觉得争吵也无价值。比职能关系更令人痛心的是缺乏任何接触；与职能关系不同的是，拒绝关系往往有所指，是由遭排斥者本身挑起事端。对任何人际关系的拒绝会将他推入空空荡荡、荒谬无意义的境地，陷于致命的社会孤立。

在爱情中，为了排斥对方，便使用取消爱情这一权力手段。不少当初恩爱夫妻将对方排斥在生活之外，在有生之年就已经是“对方死去了”。在群体中，如果“大家”对某人讨厌，觉得他碍事，就拿出排斥法宝，将那人从交际流中剪除。孩子们常常排斥另一些孩子参加游戏。一个社会若拒绝“外国人”融入，外国人就受排斥。犹太人遭排斥，在德国和其他地方是灾难性的，由排斥演变为大屠杀。事后追究责任，对排斥者的处罚又成了对这些人的排斥了。社会用排斥作为最终选择的手段来制裁罪犯。自二十世纪以来，除上述各种关系又额外出现了另一种关系。

七、虚拟关系

此关系借助电子传媒，主要在因特网的虚拟世界里奠定基础并得以维护：人们找到了同他人的无数联系，在“电子世界”里想入非非，并开拓富有意义的潜能，此潜能巨大，但短暂易逝，恍如在山脊那荒唐的崖畔漫步。职能时代提供这种关系的电子世界是大众兴趣所在，参与其事者拥有最大自由，这增加了产生义务感的困难。得益于匿名的保护，与人交际比在现实中要容易得多，胆怯的人也可获得交往机会，还有病残者和行动不便者也可参与到虚拟生活中来。如果彼此兴趣有变，也可以轻而易举地另寻志同道合者。这种需求有多大，可资证明的是无数的聊天和进入“聊天室”。谁都不会再感到孤独寂寞，谁都可以随时同人交往，不分日夜，不分世界地域，堪称“同全世界接触”。

从原则上说，虚拟关系是一种前所未有的全球关系。时空的传统坐标在这种交际半径里消失了。文化基准点和阐释的现实陷于混乱，于是滋生迷惘情感。在以往任何时代，人们都经历过“文化休克”，但在二十一世纪，“地球人”为地球不同地区的他人和情况作准备，以便与之相适应。他有无所不包的灵活性，不固定在任何地方，不以任何地方为家。以一种迥异于传统方式的方式造成许许多多的集体，直至变成所有使用网络之人的集体，变成在项目上劳作的“大脑”。人人可在网上跟踪所有参加者的私语，把自己当作人类的一分子加以体验，这人类由世界所有文化的人们组成，他们从未谋面，现在则有缘邂逅。

上述各种关系中那些为人熟知的标尺在虚拟关系里重新展现：可虚拟爱恋，订交，在私人事务和业务上虚拟合作；也可虚拟地履行职能和争论，给争吵关系提供一个理想的平台；可任意给对方脸上抹黑或攻击对方，而无须为此担责。排斥的关系可能发生，因为遭排斥者又在网上找到新的结交；倘若虚拟的排斥被套用到现实生活中，那么其影响力会大于别的排斥：电脑上虚拟的某人几乎是无法战胜的。在这个虚拟的无义务的时代，爱情和友情关系首当其冲面临新的挑战：更换搭档比现实爱情和友情关系更容易，随时可从对方撤回，而无须陈述理由。接受交往和分道扬镳都发生在快速的更换中，这快速、现实的关系真是无可比拟的。

各种各样的爆炸性、可能性增加了实现关系的困难，缺少可靠的行为支撑点，而习俗陈规又无济于事。参与其事者往往不留真实姓名，更不用说留地址了。可任意变换身份，一旦发生伤害，也谈不上有真正的制裁。但有时他们真的想“面对面”结识一番。世界上某人坐在屏幕前找到了某个他感兴趣的人，就不再只想网上聊天，而想与对方约定会面时间和地点了：虚拟性为现实性作准备，以便在肉体、心灵和精神面面俱到的情况下好好体验一把人生的丰富。然而在真正碰面时，又用上述各关系中已知的标尺，要么选择爱，要么选择排斥。

虚拟关系“在第二种生活”里创造了自己的世界。非现实梦幻的实现首先出现在2008年网上，旋即被千百万人觅得。现实中没有经历过的种种可能性都可在这个世界进行试验，一种被渴望的另类生活在此真正得到模拟，塑造自我的种种可能性均向虚拟的自我敞开大门，每个游戏者都在造神，即塑造自己的神，犹如梵文中神在尘世中出现，网上叫做自由地创造自我。想象力无极限，乃至出现怪诞或淫荡角色。随时可以修改，于是塑造出一个不固定、不断变换身份的自我。同他人的虚拟关系，包括虚拟的艳情，这随时随地都有可能。一旦出现不可调和的矛盾，甚至出现强奸和凶案，那么可诉诸法律，同现实生活中一样。

“第二种生活”无限的可能性与此岸“第一种生活”不可能达到的现实这二者之间的差异，游戏者对此的体验常常是异常痛苦的，以至于某人在线进入美妙梦境，离线就不想再活了：他要永远消失在虚拟领域的无限性中，永远不再想同现实领域平庸的局限性打交道。这样的体验维持一段时间：从虚拟世界的失重状态返回尘世生活的万有引力场，带着类似于从太空返回的宇航员才熟悉的那些问题。有意识地限制虚拟才能对付自己，在虚拟时代也要对自己讲点实际，控制自己。

八、自我关系

自我关系是其他关系的基础，它可能是现实的，也可能是虚拟的。此关系也不再是不言而喻之事。倘若自己长期从宗教、传统和习俗的预先给定值中确定自我关系，不得不适应预先给定值，但是内心又要压抑既定范围内的方方面面，于是由这相对的自由而产生新的内心撕裂：自我变成情感和思考两者的战场，情感认为这个对，思考认为那个对。为了抵挡内心矛盾解构性的混乱状态，个人会通过重构性的妥协谋求两者的和解，前提条件是要有自知之明，要集中自身的注意力和思想，尽可能知晓自己的身体、心灵和精神等方面的前景、能力和偏好——对此要坚信，也要知晓它们的不可能性、弱点和厌恶——对此要一一顾及。在此基础上才能给自己定位，描绘自己想要的轮廓，决定最重要关系、体验、观点和习惯，最终确定美的正面价值，生活便可以此为取向，从中汲取力量。自己对人生意义的体验源于内心联系的稳固，一旦内心联系解体，就觉得人生荒谬无意义了。

对自我关系而言，所有的关系形式可供使用，正面的、冷漠而负面的关系都从自爱开始。与两人间的爱情和友情相似，自我友善也提供很大的活动空间，而内心协作促致自己喜欢自己，关心自己，否则会对自己冷漠。一个人因冷漠而自身降格，生活就没有波澜，得过且过。内心出现不可调和的矛盾导致持续的内心撕裂，其结局是“拒绝自我”，将自己排斥在人生之外。为了找到对自己的正面关系，自信心不可或缺，自信便于“走出自我”和建立同他人的关系。遇到各种各样的关系麻烦时，用培植自我关系的办法重新强化自己。让他人免去同自己交往的负担，这是巧妙的自我交往。说到底，好的自我交往不可忍受的是缺乏同他人交往，自我交往不是在某些关系失败时出现，而应在某种关系中一再出现。为何总想建立同他人的关系呢？为何不先想到自己呢？

走出自我，赋予生活以意义：关系中的美好人生

尽管人的生活在生物、文化和个性方面存在差异，但它似乎存在同样的特征，即随时随地可见的所谓人类学恒定性：他们胆小怕事，习惯性地调整自己，享受乐趣，对付痛苦，企盼爱情，体验和经历失望，躲到友人处，探询幸福，寻求意义，知道死和由死造成的不安，整个一生都在追求自己的利益，对不感兴趣的东西置之不理。他们的特殊兴趣在于人际关系及其状况。谁同谁是何关系，存在哪些关系的变化或正在进行中的变化，这是人们永不枯竭的谈资。

现代人生一个恒定值显然是在希望和需要之间摇摆。希望拥有关系和关系的牢固；需要自由，在自由中尽情彰显个性，而不受关系的制约。对于个体而言，现代社会利好的一面是可以摆脱各种关系，不必受其摆布。但问题是，恰恰内心感到要逃避关系很难，就连尼采这样目光犀利的思想家也无能为力，他需要“职业、女人、孩子、朋友、社交、祖国、故乡和信仰自由”（《遗稿》，1886年夏至1887年秋）。总括地看，这相当于一种“近似于爱与恨的自由”，他承认，他遗憾地感到“如此多的欠缺”，因为他是个“活生生的人，而非纯粹抽象的器械”。这些欠缺尼采只能以牺牲健康为代价加以忍受，他想不到通过放弃某种自由来保重自己。

这个时代本身的结构就是“缺乏联系的”，这常常遭人诟病。现代对自由的诉求也得不到“必要性”的支持。必须生活在关系中吗？个体是可以放弃关系的。如亚里士多德所问，人是社群生物吗？当人秉持这种态度生活时，他才是。长期以来，“社群生物”被视为抽象的为人的标准要素，可如今却从中生出咒语，因为人可以大大方方地摆脱它，先在感知方面，进而在实际的言行举止方面。神经生物学证实人生来就有意于建立关系，所依据的是对

荷尔蒙作用的研究，荷尔蒙在协作关系中是“一剂良药”（约阿希姆·鲍尔：《人性的原则》，2006），还有对“神经反射”作用的研究，大脑神经反映出对方的特性和情感，柔情和愤怒、微笑、打哈欠、痛苦等，社会反响、同情和怜悯由此而产生，而且把楷模人物的特性和行为方式“反映进来”，尽管如此，神经生物学所证实的东西丝毫没有改变人的这一趋势，亦即放弃“社群生物”种种关系的趋势。

但人是会反驳的动物，也会反驳其本性，即使知道这会给自己带来不良后果，但也迟迟没有采取相应的行动。现代社会不仅宣告一种解放的、个体生活的观念，而且为那些数量还在不断增加的人创造了实现此观念的物质资源，这样，人就不必生活在关系中了，就可以同关系保持距离，在独处和共处之间做选择。同他人生活只在间接意义上才不可放弃，这是合伙的生活，与对方可保持身体、心灵和精神方面的距离。与他人直接生活完全是自由选择的结果。如果人们想过这种生活，它才成为必要。

于是，“我”同“你”——长期信任的可靠的“你”——的关系就失去理所当然性。“你”属于任何一个“我”，这理所当然吗？只有当“我”也致力于此才理所当然。在现代自由的进程中，“我”脱离“你”、“你”脱离“我”都有可能，在许多人那里都成了现实。有鉴于此，对“我”和“你”唱的赞歌只剩下怀旧的价值（马丁·布伯，1923）：令人忆念在“你”离去时留下孑然一身的“我”的人生际遇。“你”不再是可靠的“你”，那些年轻人对此深有体会：与他人的亲密只局限在迅速变换的虚拟关系中。至于职业生涯，人在全球各地变换服务地点，这样会破坏种种充满信任的关系，最后只剩下职能关系占据主导地位。年事已高的老者只能靠自己，因为往往不再有“你”对“他”感兴趣了。现代社会脱离关系的种种可能性促致人脱离人的完全自由。关联被脱离剪断，脱离虽有可能造成别的关联，但这关联又会被别的脱离剪断。如此说来，“剪辑技术”无论对现代电影还是对现代关系都具有典型性：整个现代社会犹如剪辑出来的，现代生活恰似不同演出阵营的快速剪辑的“蒙太奇”。

随着自由的不断增加，新的落寞也在蔓延：自由，然而孤独，基于自由的孤独。孤独在过去和现在变成了不自由、非个人所愿的东西，这出乎人们的意料。在现代社会进程中，越来越多的人从自己想要的独处滑入非己所愿的独处。他们原先渴望的东西转化为非己所愿的体验，与自己想要的独处不同，非己所愿的独处并未带来在孤独中回归自我进而走向他人的结果，倒不如说是引发了荒谬无意义的印象，个中缘由，盖因失去了人与人之间的联系，个体成了任由生活摆布的物体，无力摆脱逼仄的空间。那支刚刚射向他人的关系之箭在半途中就折返回到自身，只在自己内心盘旋。纵然因孤独而强化了对他人的渴望，可一旦找到对方，又因对对方过高的期望落空而愈增失望。在压抑的狭隘环境里就提出了问题：“关系”究为何物？关系那么缺乏，那它又如何产生呢？

建立关系的先决条件是了解对方，熟悉其相貌、声音、作派、才能和能力，这样才能在思想、情感和肢体动作等方面同他发生联系。对方是以陌生人的社交冷漠面貌出现的，但也是可以认知的。若对他一无所知，就不可能建立关系。对他的认知源于对他及其言行举止的体验，也与对他生存状况的阐释紧密相连，即便阐释找不到“真相”。努力认识对方很重要，但不要追求看透对方，永远别要求“看透”、“看穿”。对人的认知往往会落入“人情世故”的常套，可常套也是主观的、暂时的、不完整的，常套是基于他人的个人体验和对自身的体验，似乎可信，但切不可当成自己最后认同的真理：人类生存的极度丰富性是永远认识不完的，常套之外的各种情况总是层出不穷，不断有新的体验和阐释涌现，由此产生不断关注他人的重要性，同他公开对话，或者内心对话，老想着对方。

建立关系的另一个先决条件是让人了解自己。要把可以了解你的信息传达给对方，对方认识你的特点，这就为建立关系提供了一个切入点：能力和弱项，作为和不作为，偏爱和厌恶，需求和担忧，习惯和性格，这些全都是让对方起反应的动因。肢体动作可以影响对方对你的了解，面向对方是明显的想攀谈的姿态，躲闪对方是最有效的掩饰。表情、手势、服饰、时兴的打扮或不打扮、佩戴首饰、文身或美容手术，这一切“自我装饰”的目的在于操纵对方的感知，吸引对方的目光，方便对方了解自己，也说不定由此加大了解的难度。这在匆匆晤面时就已发生，更不用说在涉及关联和关系之时，此后需要情感和思想的更大投入，以便让对方了解自己心灵和精神方面的动态，引起对方做出同意或拒绝的抉择。

彼此间的逐渐了解，这只是建立关系的起点罢了。从邂逅到扩大了解，这是一个无极限的过程。通过各种方法达到相互了解：可用各方特有的外部观察，也可通过内心对话和外在语言，有时甚至可通过辩论，还可通过共同行动来加深，这样双方就有了共同体验，不管是正面的体验（“我们共同经受了困难的考验”）抑或负面的体验（“你对我造成了伤害”）。双方在人格上至少成了对方起反应的组成部分，要么内心接纳对方、研究对方，要么与对方保持距离。双方若心心相印，关系就稳固下来变为关联了。但相互性并不意味着对关系的看法一致：一方旨在爱情，另一方则旨在友谊；一方旨在肉体，另一方则旨在心灵沟通；一方旨在合作，另一方则旨在职能；一方旨在讨论交换意见，另一方则宣布了结。同等层面上的相互关系是值得期许的，但不宜强求。重要的是寻找双方喜欢的关系，不管以何种方式寻找。

谁开始呢？当然是首先打造自我的人，对于从建立相识关系和同事关系到建立友情和爱情关系而言，“向你开放我”本是先决条件。只有这样的人才能塑造一个开放的形象，让对方首先“钩住”自己，不要从自身滑脱。反之，明镜似的“向我开放”，这是对方的事。但即便最愿意彼此开放，也阻止不了这一事实：生活仍是各自的生活，这不容改变。只有我熟悉自己生活的手感，只有我同自己过一辈子，我与你相伴度日总是有时间性的，现代社会种种关系常常不能持久。说到底，只有我走完自己一生，你不可能替我走完。究竟是什么原因让我冒险向你开放呢?

首先是必要性原因，尽管在现代社会每种必要性都会遭到反驳。当生活孤独显得不完美时，它就必然会迈出第一步走向他人，正是出于对他人的兴趣才有这一步，比应该面向他人的道德说教更起作用。为了生活，我需要别人，把个人生活置于一个更大的、打上他人烙印、受他人影响的范围内是可取的，于是，眼里就不能光有自己。不面向他人，也就不能指望别人面向自己，这就等于把自己锁闭起来，没有自信了。他人能对我提供支持，为了得到支持我进入同他人的关系，支持愈显著，我就觉得自己愈强大。就是说，我是关系的得益者。同时，我没有兴趣让他人来充当我实现自我的助手，因为我也不想成为他人实现自我的助手。个人的直接兴趣可能会在各种各样的偶遇中产生，但兴趣需要扩大，否则很难让对方确信关系的魅力。必要性的原因是利己主义，肯定还有别的原因。

自由的原因，这原因是要求更高的利他主义。但此处指的不是摆脱关系的自由，而是指建立和维护关系的自由，赋予关系以何种形式的自由。自己是自由的，又特别了解自己，这样你就能走向他人，而不必计较个人直接的兴趣。对他人的自由感兴趣，这样更适宜于找到同他人的关系，他们能感到你建立关系并在其中生活的快乐，因为“人不外乎是贪求在他人处寻找自我感觉”(贝蒂娜·冯·阿尔尼姆:《昆德罗德》,1840)。“关系人”因为具备敏锐的社交触觉和建立关系的智慧，故善于建立同他人的关系网，并长期予以坚守，丝毫不受关系随之带来的误解和不快的影响。关系存活下去的可能性取决于自己在关系出现困难时还在多大程度上保持关系，自己是否还在努力向对方释放善意并包容对方，而不是伤害。自由地面向他人，这要求开阔的胸襟；只怀有个人兴趣，就无异于小肚鸡肠，谁愿跟心胸狭隘的人生活呢！所以，同他人交往的自由又意外地对自己有好处，条件是出于“意愿”，而不是出于“应该”，要正派诚实地面向对方。

幸福的原因，这是再清楚不过的。生活在关系中有利于幸福，包括本人和他人的幸福。初始为偶然的幸福，可能潜藏在与他人的邂逅中，不可轻易错失。同他人也可分享快感的幸福，它增加了生活内容，尽管不一定总是以“满足的时刻”为主导。而综合的幸福倒具有持久性，它是基于种种对立的体验一并融入共同生活中，包括舒适与不适，和谐与纷争，欢乐与痛苦等体验。快乐被分享益增其快乐，痛苦被分担益减其痛苦。当爱情、友情或合作关系抵御过度紧张，身心负担骤减。所以，他人便是自己的财富。同他人关系间或出现紧张，那都是追求完美惹的祸。综合的幸福倒是接受不完美的事物。在此基础上，自己会感觉被对方吸引，悉心关怀同他人的美好的正面的关系，此关系将战胜不完满的东西。即使出现“分手”这种极端可能性，生活也还有转圜的余地，与之相伴而生的不幸会消解在生活的丰富性中。

此外还有“意义原因”，即赞成建立和保持关系的意义。一种关系产生关联，关联愈牢固，对意义的体验愈强烈，在喜欢和被喜欢时如此，在爱和被爱时尤甚。只有不喜欢任何人和不被任何人喜欢的人、根本不爱任何人和不被人爱的人，才有“无意义”的体验。他们因不能赋予关系以积极意义，所以顽固地相信消极意义，认为因关系会发生争吵和仇恨。关系带来意义，这使人健康；关系破裂，意义无存，这使人致病。哪里存在意义，哪里就产生力量；反之，哪里无意义，哪里就无力量。许多人寻求的人生意义也彰显在这些使生活充实的关联中：肉体结合的感官意义，心灵沟通的情感意义，精神交流的思想意义。关系的持续，其时间界线就具有无意义，因为在经常变换的关系中必然没有这种意义。经常变换的关系倒不如说是出于情欲，其意义短暂，不可能持久。关系持续下去的故事，为小说的狂欢意味提供了素材，大而言之存在于爱情和友情关系中，小而言之存在于合作和相识的关系中。倘若为他人而存在成了自己的生活目的，那就拥有完美的目的性意义了。

建立与他人的关系，其本来原因是渴望，即渴望超越自己的现实和有限性，体验超验的意义。这在日常同他人交往时就发生在此岸意义上：在谈论天气时就开始了超验，寥寥数语就提供了超越自我的机会。当生活的狭隘被某个“他人”扩充变成某些可能性时，一起拥有可能性比我一个人拥有的要多得多，比如我会以另外的视角看待人生、世界和我自己。倘若他在精神、也许还在物质层面上为我负责，那么生活因他之故就变得更有张力、更美好、也更有安全感。

因他人的原因，人们可预期一种无限维度，主要是对爱情的预期。尽管他人也屈从于有限性，但他的有限性不同于自己的；同他的关系开拓了一种超越自我有限性的生活体验，字面上的意思是走出自我，“置身于自我之外”。反之，封闭自我就平添苦恼，包括职能性关系的苦恼，没有任何关系的生活苦恼，也就不可能拥有狭义的爱情、友情及合作。若在心醉神迷的体验后继而深深失望，关系又回到平庸的现实，虽欲竭力挽回却毫无结果，那苦恼就无以复加。陶醉的体验在脑海中扎根愈深，返回平庸就愈痛苦。但是，就算你放弃无限性的狂热体验，也改变不了有限性的痛苦，因为在这种情况下，又会遇到有限性生活那令人窒息的局促和狭隘。个人必须选择将优先权让给哪一种痛苦。

必要性、自由、幸福和意义等原因都赞成人们为获取关系而操心，但操心必须是批判性的，不要不假思考，重蹈现代社会以前关系的覆辙，那些关系的强逼是导致文化和个体摆脱它的动因。凡是经历过权威性家庭关系、想起“神授”的男人统治权的人都不愿复归这种关系。致力于获取现代关系文化的，不是冷漠的社会结构，而是设身处地、体恤他人的个体。他们认为失去关系是摆脱关系的另一种后果。在他们看来，重要的是借助建立和维护关系来行使一种生存的优先权，以重新获得意义，而非符合某种规范。对付现代

“剪辑文化”的良策是治疗文化，它致力于治疗因剪辑而造成的创伤，首先通过护理——个人应得到的护理——锻炼自己并走向他人，然后通过许多人进行专业性治疗活动的自我锻炼，这时环境就有意来制造关系了，因为关系安抚人，关系治疗人。相对而言，治疗时对话的内容反倒成了次要，尽管它们对于体验关系的意识、对于自我内心重新塑造人际关系大有裨益。

现代社会关系的特点是比以前任何时候都要波动、流散、不受拘束、更换频繁。这现象不是通过排除，而是通过整合，如此一来，这种发展趋势才能减缓。只有当关系本身获得最低限度的动力，关系参与者一起完成变化时才能实现几个核心关系的牢固度、责任感和持久性。关系最易破裂的时候是当关系拒绝任何变化、积聚的动力变成黄色炸药之时：一个人不愿相信对方的变化，臆想对方背叛了当初的共同关系，直至发生爆炸。尤其在爱情中，这种观点占主流地位：两点之间永远是同一个关系。这个只在几何学里才是对的。“停留”在对方的思想和体验世界，随他的变化而变化，决心在动态关系上锻炼自己并坚持这种关系——这个任务较为艰巨，因为涉及的远远不止一种关系，而整个关系网又有它自身的发展规律，可能会从关系网里生出许多麻烦和纠葛来。

生活格局：关系网与纠葛

正如天上星星的排列都有名称一样，人也生活在各种格局中，彼此像星星一样远，然而又生活在关系里。努力建立关系的两个人就已经标出了某种格局的基准点，之后另外加入的每个人都在扩大这种结构，使相互关系呈现多样化。对关系的简单想象就是两个“我”之间的联系，由于这个“我”与其他的“我”整合在一起，遂致关系复杂化。一种格局由种种核心关系组成，情人之间、父母与孩子、祖父母与孙辈、兄弟姐妹、密友、同事、邻居、甚至“冤家对头”之间都会发展成核心关系。与动物的关系也可能属于“核心”，动物给人以支持，有助于某种格局中矛盾冲突的缓和或加剧。此外，属于“核心”的还有与事物的关系，既有意识类型的（观念，价值，渴望），也有物质类型的（汽车，电视机，计算机），还有对某地某国关系，对自然的关系，对超验的、宇宙的和众神的关系。

对格局核心具典型意义的是历经千难万险仍然坚守各种关系。核心被不同形式的外围关系包围，它们是：普通朋友和熟人的合作关系，亲戚和邻居的关系，冷漠的职能关系，无关紧要的敌对关系；排斥关系的作用不明显，人们对此往往避而不谈，但它的确存在；还有虚拟关系，它出现时是真实的，但经常最后逃之夭夭。

一种关系格局不光受“关系人”的外部关系，也受个人与内心关系的影响，亦即受个人内心连同界定自己的基准点的影响。基准点导致“单一的我”的内心由无数“细节的我”组成，打上至要关系、渴望、体验、习惯、性格、价值、伤痕、美、无数外围点的标记。这些基准点维持内心关系和外部关系，就是说，每个人都是独立自主的，由此产生的问题是，自我内心的哪个点同哪个他人内心的哪个点产生何种关系。自己的和蔼可亲会引起对方的积极反应；奔放洒脱这种性格同他人的审慎结合；一种被认可的需求与欣赏他人的诚意挂钩；一种支配他人的意愿与服从他人的意愿相连；一种对关联的渴望与他人相似的渴望和谐一致。这种变换效应使内心发生变化，有可能在短时内“颠覆”外在关系。对自己内心的每一次锤炼会影响同他人的外在关系，后者反过来又影响自己。

各种关系格局绝非封闭的构成物，而是相互叠加，于是冲突在所难免。倘若自己的核心关系对自己十分重要，而对那个与自己一起生活的人不重要，那就会引发两人关于关系价值的争论。试图让竞争的格局协调一致起来，这是注定要失败的。倘若把关系叠加看成是相互补充，那就会形成一个丰富的关系网：具备了各种关系，包括爱情、友情、合作、职能甚至争吵关系，那么获得可靠的基准点及额外基准点的机会就会增多，它们使个体稳定，因为个体的幸福和痛苦不再取决于单一关系。贫乏的格局会给关系人造成一种感觉，即：生活从他身边溜走了。而丰富的关系网就为丰富的体验提供了保证，因为有多种多样的关联形成整个意义场。可靠的格局给人以支撑，个体感觉自己处于亲密和安全中，这使能量的自由交流成为可能；而一再重新建立、旋即又失去的关系，这就会使能量耗费过多，造成能量的不平衡。当某种关系格局解体，或蓄意使其解体，关系人这时才明白，他们生活失去的方向和意义何其多啊。

好感有利于关系格局的维系，恶感则对维系造成麻烦，但永远不可能只有好感。好感和恶感在交往的习惯中固定化，形成人工瀑布似的阶梯式反应：每个个体觉得自己所持的态度理所当然。比如两人开始对话，一个不假思索向另一个抛出一句话，对方的反应是：“你胡扯”，这斥责也许并非真意，未加思索，可接着，“你怎么这样对我……”，继之对方又来一句：“你看，你又来啦！”未预见之事与偶然很快就落入可预见的行为模式里了。这模式与关系网相符，这就是规律。关系格局的特点是人不得不屈从于某种强迫，总以相同的方式向对方作出反应。格局的坚韧力相当强大，个体被牢牢套在这力量中，总是不得不遵循基本的行为模式。陈规老套的行为模式也一再冒头，就像很早体验过的幼儿园关系格局——对年幼的“我”要求集中注意力——很晚又在成年人群体中冒出，在所有领域和所有等级层面上冒出。

不可视的关系结构派给个体一个角色，这角色让个体说这个，不说那个，让他认为这个重要、正确和真实，而那个不是，让他只产生某些感觉、思想、说话和行动，不许偏离。这格局的运作就像米歇尔·福柯意识中的一场“讨论”（《话语的秩序》，1970），福柯将某些时代文化和社会的整体格局置于自己的视域，其他个别格局连同关系人都包括在这个大格局中。倘若某种基本模式为某种关系格局所熟悉，就可以推断出格局中的各种可能性了。事物总愿遵守既有的秩序，这秩序反过来影响关系人，或鼓励他们；或使他们六神无主；或加强或阻碍他们的发展；使他们内心产生安全感或者无家可归感；或使他们致病；或使他们健康；或使他们毁灭；或使他们反抗。

现存的格局无论好坏都深深铭刻在个体内心，让人喜也让人忧。在非现代文化中，欲摆脱此格局不大可能，宗教、传统和习俗预先规定了人必须生活于其中的种种格局，也规定了怎样建立人际关系，尤其是恋人和夫妻应如何相处，应表现哪样的情感，哪些思想是不可思议的，哪些是好的，他们的关系服务于哪些目的。在现代文化中，摆脱关系已成为可能，个体可自行选择格局、相互的关系形式和行为方式，没有什么东西是固定的，一切须由个体试验和确定，以摆脱关系格局。导致的结果是重新塑造自我。

星星由于宇宙的进程被迫处于再也不可能摆脱的格局中，而现代人可尝试改变关系格局，不必永远坚持情况糟问题多的关系。他们自己决定同谁建立和维护何种关系，断绝或拒绝何种关系。这种“织网”工作，其眼光比“实际交际”要长远得多，后者旨在获利，倘若“没有带来结果”，关系立马破裂。人随同自己的行为、态度和阐释在人生意义场进行自我锤炼，为自己打造可能性的根基，塑造适合于自己的环境条件。每一种关系、每一种维护或不维护关系的方式都影响着整体关系格局，整体格局中关系的相互作用力无法估计，它决定性地影响着个体生活。

改变关系格局可以通过解除现存关系，让这关系“慢慢淡漠”，再建立新关系——不过要小心，不要采取现代“雇主”热情的商业行为，那只是职能关系，需要与人长时交流，直至偶然间产生某种适宜的格局。格局改变了，个体就是另一个人在做体验了。“关系人”在某种关系失败时为何仍旧不愿脱身呢？这是因为任何试图改变格局的事情都很费力，而且又不是很有把握能预见关系将如何发展。世间被认为不可能之事有时变成了可能，八九不离十的事又不可思议地变成不可能。

当关系格局意义的理所当然性丧失之时，这意义才进入人们的视野，不仅是个人，而且是整体文化的视野。由于发现了人们生活在其中、有时是被囚禁在其中的关系网，便产生一系列学科：1886年，西格蒙德·弗洛伊德奠定基础的心理学和心理分析学发现了关系格局无意识和潜意识的关系模式对个体的影响，欲帮助个体建立自信的生活。1838年，奥古斯特伯爵对社会学概念产生影响，该学说研究各群体和整个社会的关系格局，个体在其中或多或少受各种关系模式所左右。社会集团内人际关系的研究（雅各布·莱维·莫雷诺，1953）用人际间亲疏关系测量值可以理解和确信他们的关系动力，即消除干扰、恐惧和误解的关系动力。形象治疗学（弗里茨·佩尔斯，1951）注意到个体是某种关系格局范围内的“形象”：个体在格局范围内自我感觉如何，行为如何，可以使他明白阻碍与他人交往的因素是什么，进而改变自己的行为。体系治疗学是二十世纪下半叶由格雷戈里·贝特森保罗·瓦兹拉维克、维吉尼亚·萨特尔、黑尔姆·施蒂尔林和其他人奠基的学科，它注意到个体处于环境的关系结构（“体系”）中，尝试修正格局，让所有“关系人”将此格局维持下去。

二十世纪末，“家庭地位”受大众青睐，它通过真实的人戏剧化地表演关系格局，使人一目了然看清人的行为的必然性。也有人对此提出批评（维尔纳·哈斯：《家庭地位：治疗，还是通灵术？》，2005），因为“关系人”喜欢把生活中一切问题与某种关系格局等量齐观。认识到这种格局，还远远未能使个体在格局中活动得更自由些，甚至也可能陷于走投无路的境地，所以，重要的是学会可能造成格局变化的角色变化，深切理解格局功能地运作，并让其他可能性格局参与演出。上演的情景剧对关系格局范围内产生雷同的冲突这一必然性做了解释，表演反复出现的情景，通过有针对性的修改产生变体的、一个版本一个版本继续发展的“体验戏剧”。个体直面自己的角色，直面自己的无奈，也从中学会如何改变自己的行为态度，不是抽象，而是具体地，在家庭、职场和公众场所都要学会这个。

此方法在舞台上也不是什么新东西，自古以来，就有剧目表现所有可以想见的关系格局及其后果。阿图尔·施尼茨勒是专门表现爱情关系的；一些电影编剧及电影导演比如克洛德·沙布罗尔的整个创作可理解为对关系格局的研究，在他的电影《双面娇娃》（法国，2007）中，年轻的加布里埃尔对年长的查理产生恋情，但后者不想同发妻离异，加布里埃尔失望，移情别恋保尔，可保尔十分依恋母亲，不可能成为查理的替代品。加布里埃尔年幼失父，长大后欲觅呵护者。围绕核心关系还有几个外围关系在演出。所有“关系人”除了与外在关系格局有关，还与他们的内在关系有关。如此这般，灾难性的纠葛和连锁反应就顺理成章地发生了，就像古典悲剧的现代版。在二十一世纪，人人都可当自己的导演，可借助电子技术做关系格局试验和电脑模拟游戏，根据自己的想象安排生活，给虚拟的共同游戏者分派外貌、性格及生活目标。他们如同真实生活里的人一样，在客观化中参悟戏剧真谛，从关系格局的强弱诸方面出发来考验格局，预先将可能出现的困难纳入体验中，在出现各种负面后果之前让自己的行为游戏式地超越界线。

在某种关系格局内，偶然性与必然性的游戏会抛出如下问题：言与行的偶然性也可能是另外的样子，它为何不是别样的必然性呢？关系格局似乎产生了自身的重力，它吸引那些适合于重力结构的自由波动的偶然性，而拒绝其他的偶然性，这是所谓的偶然磁性。或者，某种关系格局中，必然性自身会产生偶然吗？——不能再理解为无原因的“偶然”。某种必然性、某种机缘和某种预先的决定为关系格局中人们“偶然”的相聚奠定基础了吗？

关于偶然的产生，为何有偶然，偶然从何而来这些老问题，现在还找不到最终答案，因为人需要一种神的视角，方能对事件及其原因一览无余。可以想见的只是，偶然性游戏本身会产生必然，条件是一种偶然与另一种偶然重合，两者开发出共同的动力，吸引其他的偶然。偶然无论在有利方面还是在不利方面都摇摆不定，通常称之为“系列规律”现象（保尔·卡默勒，1999）。某事在某地进展顺利，它就越来越顺；某事在某地失败，它就一败再败。两人关系格局中，一方偶然会情绪不佳，另一方也是，于是大车轮就有了生机活力，直到某时“系列”再解体走向反面。偶然的均匀分布或许是可以想见的，但却毫无生机，生活倒是喜欢偶然的积聚，喜欢事物如许的发展进程。系列化印象也可能基于简单的视力错觉，当注意力集中在某个现象时，这现象就会因为感知神经的开发而被更多地关注。

偶然和错觉都不可能是两人关系中出现对立性的那种规律：一方有某种意见，另一方必有相反意见；某人今天赞成某事，明天又会反对此事。对立的两极可以互换，但取消不了。人在每种关系中必有对立，由对立产生张力，犹如电现象放电一样。这恰好涉及对立性规律。对立性与视角一同发生：以每个极点为出发点，又开辟了对另一极点、事物、生活和世界的视角，产生对立的观点、看法和情感。生活势必一再产生对立性，由对立的两极而生引力。差异至大，引力至强。然而屈从于引力又导致对立性消失，形成相同极点，这极点又倾向于相互排斥，所以，恰恰是至亲之人给自己造成无以复加的痛苦。随着对立的复活，极化虽亦恢复，但又产生了新的吸引，如是周而复始。

“关系人”不大善于评价吸引与排斥、亲与疏之间规律性的波动。如若对关系中的共同一致性要求过苛——所谓共同一致性是指关系全然摆脱紧张，有利于和谐，即保存所有问题意见一致的“正极”，消除批评性的和意见相左的“负极”，那么关系格局中的对立甚至会颠倒成病理性的东西。一种格局要考虑和顾及“负极”，这样，病理性的东西就会减少。关系格局赖以为生的东西，是在共同一致的基础上给造成生活张力的对立留下回旋余地。

两极化的生活：关系中的生活逻辑

关系是生活的要素，它遵循着生活逻辑。逻辑应理解为事物的规律，它是运动进行形式中不可移易的东西。明白生活逻辑，这要靠观察，观察本身不是求真，而是需要阐释，所以，当事关求知和认知时，阐释学和阐释艺术就占据中心地位了：如此矛盾对立的生活究竟是什么？关系的状况——人在其中有着如此矛盾对立的体验——究竟是什么？我在生活中、尤其在爱情关系中与哪些规律有关？这真的是爱情吗？现实发生了什么？什么是无关宏旨的？什么让人寝食难安？我应如何回应？无论何时何地，只要没有搞清事实真相，那就需要阐释。第一种阐释是确定要知道的东西，以及确定用何种方法获知。第二种阐释是针对获取的认知，总受第一种阐释的影响：凡是我想知道的东西我也相信能够获知。第三种阐释针对从认知中得出的结论。尽管所获取的有关生活、关系尤其是爱情关系的认识对我的实际生活取向大有帮助，但没有哪种认识必然产生某种行动。

每一种阐释还有另一种常常是对立的阐释，因为现实包含的东西远远多于某种认识所领悟的东西。真实潜藏于表面下，它远远多于某种表述所表达的东西。诚然，“真实”是存在的，但它又总有另一种真实。拥有全部的真实，那兴许是某个东西，但绝不是人。人只看见个别的表面，充其量也只把这些表面拼凑成永远没有完成的马赛克图画。每个知识随时有可能被新的知识超越。所有知识都有谜一般的残余，永不消解的秘密，那就是知识的对立极点。寻求确定性的人最好在不确定性的确定性中寻找，把不确定性当作确定加以接受，这是一种淡定，它比常常受不确定威胁的确定更受用。

这已涉及认识论层面和对立性观象。认知过程、尤其是有关生活逻辑的认知过程势必在矛盾对立之间、亦即在致力于获取客观性——即便不可能达到纯客观——与接受主观性之间找到办法。矛盾对立在可信性中融合。什么东西使人豁然开朗、可以领悟和有说服力，它就是可信的。可信的东西最终还是由个体决定的，他有他的理由。我明白生活就是这样，这对我而言意味着什么呢？对方认为关系出现了危机，我能设身处地理解这个吗？由此会发生什么呢？我确信爱对方并且被对方所爱吗？

生活是对立性之间的交互作用，从中产生张力。生活是能量的流动，为了流动需要对立两极，这不是客观真理的命题，而是一种观察和体验，其主观阐释一旦对各种现象作出解释便获得了可信度。仔细观察各种现象，这是现象学之事，大凡作为现象可以看见的东西就属此学说探讨的范畴。现象是两极化结构，二极对立不是静态而是动态的辩证关系，它们相互影响。新的自然科学知识似乎与赫拉克利特的古老观点契合。在次原子方面，一个负电反粒子向正电基本粒子发出闪光。在原子方面，许多负电子围绕一个正电核心旋转。在物理学方面，正极与负极之间有一个粒子流在流动。在化学方面，从带有极电的水分子之间的吸引中产生水。地球的磁场互换位置但不失去对立性的对立极之间的张力。气象学方面，高压区和低压区的对立性使天气保持生机活力。生物学方面，带细胞膜的细胞在内外之间产生对立性，以调节新陈代谢。从对立的生殖细胞产生无双重分异的干细胞，继而分成不同体细胞，生命如此得以延续。

对立的交互作用，其基本意义在人的生活中也可观察到，它是人的生存的一部分。它的规律性已为人类学所关注。生理学方面，呼吸在肺的扩张和收缩之间进行，心脏和血液循环在一张一弛间搏动；心理学方面，人产生一种与外部生活相隔离的内心生活，内心生活的呼吸向外取攻势（生理学方面受交感神经的支持），向内取守势（受副交感神经的支持）。人人都体验到对立面之间的紧张，有时紧张激化成为矛盾冲突，对立面相互排斥：肉体与精神、思维与感觉、对立的观念与情感、不确定的自由度与感觉到的不自由度、使人喜欢的随意与使人难堪的麻烦、成功与失败、勇敢与畏怯、欢愉与痛苦、健康与疾病等。有时，人会感到“飞离地面”的极乐，然而符合规律的是，重力原则又将他拽回地面。不符合规律之事只是偶尔才出现。每个人都有他认为好或不好的体验，但没有什么东西坏到让所有东西一概不好的程度，也没有什么东西好到里面不再潜藏坏东西的程度。“好东西”只是现在好，过后也许就坏。若只处理和对待好的一极，这种尝试注定要失败的。

现代人首要的一个问题是“变化与流失”的对立。他们顽强而清醒地抵抗那个不可抵抗的、将人从“变化”拽向“流失”的吸力，他们不信每次流失后还会有新的变化，怀着取消对立性的空想，总是意欲保持年轻、欢乐、健康、幸福等“正面的东西”，事实上，他们在此极虽然生活也卓有成效，但根本消除不了对立极，它们关注的是流动的、更为敏感的反作用，即变老、忧伤、痛苦、疾病和死亡等“负面的东西”——人们怀疑这些东西存在的合理性。在现代社会，个体可以决定自己对待对立性的态度：可以否定或反叛对立性、听天由命；也可以接受和肯定它；可以修正有些对立性，使其缓和并加以利用。在对立性未被关注时，对立性就一再被重建，或被激发，对立性就更严重。

不管一个人的生活多么普通，但总受对立性影响：他在关系中生活，这就让他在对立的、值得肯定的和值得否定的关系之间波动。在某种关系内，“关系人”彼此交往也常常依从对立的逻辑——用对立性只可得到部分解释。自己的情感、思考和体验浓缩成自我逻辑，借以对事情和情况做出合理或不合理、正确或错误、有利和不利的评判。当自己的逻辑碰上对方的逻辑时，矛盾冲突就在所难免了：双方都觉得自己站在正确的符合逻辑的方面；都构建各自认为有意义的关联，都觉得自己“有理”并坚持其理。认为自己有理就是力图维持自己的逻辑，也不管它是否违背事物的逻辑。人不惜一切代价“认死理”，就是要在生活的不确定性和不可预见性中保有这份确定性和可预见性。容易被理解之事，而且只要怀有善意便可做到之事是接受不同的逻辑，力图通过谅解、宽容和妥协去弥合不同逻辑的鸿沟。人们常常喜欢扩大差异，使之变成永不枯竭的误解之源，这倒也印证了人们需要对立性，而实际生活对此也有责任：对方说的做的一切是不能用他本人的逻辑去理解的。

阅历丰富的人认为，人际间生存的对立性是不可避免的，生活各个阶段的次序给对立性腾出空间，对立性在小的片断式生活阶段已经发生，一个小时又一个小时、一天又一天的情绪变化给个体造成诸多麻烦，在爱情关系里，这样的情绪体验尤甚，亦是最难克服的。对立性发生在大的、具有时代意义的生活阶段，它在整个时代发生同时或不同时的交互作用，保持着张弛平衡、入世与回归自我的平衡。人生在时代间摇摆，有时美好，有时凶险。人生“就是”这个样子，永远是这个样子——直到每个能量耗尽，对立极重新获得能量，此即人生波浪形的运动律则。

爱情现象尤其依从于这一律则，它时而汹涌，时而退潮，不会保持恒定。暴风雨般发展之后是巩固，信心满怀之后是谨小慎微，前进之后是倒退。爱情关系中有阶段性的幸福享受，也有阶段性的不幸。在爱情发展期，没有什么东西会妨碍对方，但爱情丧失时，一切都会妨碍，然后从头再来。由于爱情私密性强，所以没有什么是被掩饰的，每种情绪波动彼此心里都有数，会问及原因：“你怎么啦？”爱上某人伊始会激动不已：“真奇怪，你像变了个人似的！”但双方不可能总是合拍，总是协调一致。当持久的相恋相依变成常态时，双方会更加感到和谐，会很难认识到时代向前发生的现象：可能长期存续彼此的疏离，疏离又提供充满希望的彼此的亲近。我现在处于哪个阶段，对方处于哪个阶段？各阶段中彼此关系如何？相互走近、相互疏离，抑或无所谓？

想阻挠各阶段的更替，那是徒劳，重要的是习惯于更替，从中看出人生深刻的辩证法。人本身已为这个辩证法作出贡献，人的兴趣总放在构成人的现在的东西的反面：达到的东西又抛弃之。有保障的关系达到了，这时兴趣又集中到冒险猎奇上了；过着冒险猎奇生活了，这时又觉得安全重要了；自由选择之事渴盼得到了，这时又把所有的希望寄托在摆脱选择的痛苦之上。不存在选择吗？那就让所有激情针对未来的自由选择。想反抗各阶段的轮舞是无谓的，较明智的是与这轮舞共舞，就让轮舞发生，一味享受它的每个形式，直到享受其能量耗尽或消减。还有一种可能，就是强化能量，以便使其迅速转向反面，因为钟摆必须充分向另一侧摆动才能回摆。"物极必反"(《列子》，公元前400年道教经书)。所以，让恶化的东西朝好的方面转化，这事做起来不难，在接近负极时，"痛苦的压力"增加，此压力就加强了正极的工作。倘若一味寻求正面的东西，那负面的东西就会更强冒出；好的东西过多，就会向反面转化。当关系破裂、日常生活遭遇疾病、被解雇断送了充满希望的职业晋升之时，"生涯转折点"(于尔格·维利，2007)常常标示一种突变的反向运动。但一系列不起眼的体验叠加也会演变成大的突变，将直线生活道路拧曲成蛇形线路。当幸运重新洗牌，受偶然推动，也会形成某种转折；当对方的决定使迄今的生活不能维持下去，或者一次令人惊喜的邂逅开启新的前景之时，转折可能从外部产生。当推动力能量耗尽、内心不安，开始寻找新的生活源泉并发现新的能量之时，转折可能从内心产生。每次转折都是一次小的死亡，又都是小的新生：新的领域在内心显现，现存结构解体是产生新事物的条件。人们通常所说的"危机即机遇"就是这个意思。

这事与感觉和思想不定向、对一切质疑和重新寻求方向一同发生。在度过青春期极度不稳定后，接踵而至的是十年"四分之一生命危机"，再往后十年是"关门恐慌"，终于到"更年期"中年危机了，此时对身体和心理变老都有所准备。有些人在重拾无忧无虑的童心并平静度过数年甚至几十年之前，就提前结束了青春时代。成问题的只是，这是否关系到某种无既定方向的变化，或者，是否因变化而成就了发展、改善、深化和成熟，是否对生活的各种关联有了更深入的观察以及对关联作出更周全的回应。但发展也不是持续的，总在对立性之间波动，正面中有负面推动，日常中有忧虑推动，正确中有错误推动，恰与进化中的变体和突变相类似。

比生活对立性更为基本的是存在对立性。存在理论就是研究存在对立性意义的。存在对立性横亘在两种存在之间：一种无差别无时间的存在——体现存在的可能性层面，常被阐释为“原本的存在”，另一种有差别、与时间相联系的存在。后者影响着存在的真实性层面，常被认为是“非原本的”。可能性是很难明确和具体领悟的，而真实性则以具体的主体和客体占主导地位。人作为难免一死的物体，其特性之一是他存在本体意识，即意识到除当下真实生活之外还在可能性王国里存在着一种未曾经历和体验的生活。人是一种可能性动物，但现代人的另一特性是存在本体的痛苦，亦即许多东西不可能在一生中实现的痛苦，比如许多新开辟的生活、爱情、工作和旅行等。现代人与几乎不拥有可能性的非现代人的不同之处，是前者注定要舍弃许多可能，必须“舍弃性地生存”：他们因为那种不可能经历的生活而痛苦着。

如果个体把他内心感觉到的可能性看成是他原本的存在，那么他就会做如此体验：“我原本就与现在不同。”他想变成原本的他，但这又要求他放弃心里所想的：“我很难办到。”原因很多，因现实中障碍重重：庸俗的要求、经济的窘迫、自身的无能、他人从中作梗。人格的发展只有逐步实现原本的存在、只有“展开”本性中固有的或通过教育和培训获得的可能性才能达到，才能克服各种障碍和阻力，真正实现、至少部分实现自我。

在关系的发展中，也涉及实现“原本”可能的东西和对立性：可能的东西不可能总是刚好实现的东西，一切东西都是可能的，而真实的东西只是这样的生活形态、这个人和既定的情况。倘若人感觉这种现实是有局限的，那么他就会在既存的关系内外寻找新的可能性。潜藏着种种可能性的各阶段，亦即能量丰沛、动力无限的阶段与所经历的现实阶段轮换交替，直至能量枯竭、动力削减和消亡，这又迫使人寻找新的可能性，以改变现存的现实。

在可能性向现实性过渡时，存在层面陷于不安、悸动和摇晃，可明显感到梦幻世界这个无限可能性王国的冲击，它在人的内心可谓魅力无限。早晨醒来不免惊异于外部现实。有些人宁愿坚守在丰富的梦幻世界，而对清醒的现实世界不屑一顾，因为这远远落后于可能性的现实，他们与可能性王国依依不舍；但是可能性又代表不确定，所以他们又很难抛弃熟悉的现实。这好比夜间熟睡，本体沉入麻醉，再从麻醉中苏醒，这种过渡使人难受，启程去旅行与旅行归来的过渡亦如是，总与危机相伴：出入现存的现实或“悬于”某个中间世界都不是十分称意。逃离狭隘的现实进入可能性王国，或沉浸在某本书、某部电影和别的令人迷醉的体验，这自然十分惬意，甚至扣人心弦。反之，某篇读物不当的结尾、某部电影结构的松散以及迷醉后的内疚则使人不舒坦，但也使他更清醒。

当现实的“这种存在”与潜在的“另一种存在”相遇，本体的斗争会一再展开。“另一种存在”用勾引、诱惑和制服等手段，而现实的存在则完全信奉惯性定律。为可能性之事而争斗，为了替占优势的现实坚持原本的权力而斗争，这引起个人和社会的危机激化，争斗未有穷期：在每次实现和每次放弃之后，它又重新活跃起来。这争斗受本体不良情感的鼓动，比如某次选择是错误的，别的可能性抉择也许更好，经受住考验的现实本该坚持，等等。不良情感还可能针对现实并产生恶感，或怪罪他人和某些群体，认为他们拒绝另一种存在，难辞其咎。

人喜欢复仇，对无法提供可能性的现实复仇，于是烦闷情绪蔓延。一切东西似乎均可原谅，惟独烦闷不可原谅。烦闷无异于面对生活的死亡。当生活陷于停顿，人就要大吵大闹、发怒，想重新感受那种让生活变得“有趣”的紧张。爱情中的烦闷特别危险。从历史角度看，人烦闷无聊时，往往期待大的事情发生。“想象权利”，这是一种使浪漫主义大受鼓舞的现代诉求，亦即给想象力提供空间、发挥作用的诉求，以便在受局限的现实中重新拓宽可能性的视野。

想象获得了权利，但它属于可能性王国，现实鲜能与之吻合。想象的付诸实施属现实王国，这实施难获梦幻般的结果，有时反倒造成心灵创伤。

对此负有责任的，首先是现实那显而易见的局限性和生活那每次给实现划定时间界线的有限性。在向真实存在过渡时，梦想中的存在被平庸化、浅薄化，沦为日常生活的附庸。人们在现代社会里更期待着实现梦想，并且尽可能毫发无损地实现。但并非一切梦想都能成真，从而导致本体失望，私人生活如此，社交史上也如此，空想的希望后是对每次空想的失望。对于那些不超越现存现实去梦想可能性的人，这失望还不算严重，失望严重者是那些积极活跃而贪婪进入梦想、理念和理想王国的人，在他们看来，落后于这些东西就是失灵，就是背叛。尽管在梦想世界也失灵，不中用，但给他们造成的痛苦明显要少：那就下次再做梦好了。

失望造成本体的忧伤和哀怨，悲叹实现梦想的困难、现实永远落后于可能性以及最终实现的东西无不有限，现实性与可能性永不可能融合，变化的存在与存在永不可能一致，每次实现的变化只不过是又让人注意另一种存在的可能性。这种可能性日趋增强，转而变成本体抑郁，在此心情下，一切思想和感觉都围绕这种可能性旋转。尤其当人因本性分裂而受苦时，忧伤和抑郁格外强烈。在经过一次次被征服的体验后，人不再是完整而是碎裂地重返现实王国。

人应有意识地致力于以下生活艺术：善待现实与可能性之间的差异，在两者之间来回流动，心甘情愿适应现实环境，借助想象、理念和梦想发现可能性，惟其如此，存在层面上的合作就可取代对立。这种存在和另一种存在都需阶段性空间以适应生活流，生活流喜欢蜿蜒流淌，时而流向这边，时而流向那边，时而如涓涓细流，时而像湍急巨川。可能性的每次发现都开辟一个自由空间，摆脱既定规范，自由地自我决定，以对现实施加影响或实施改变；可能性的每次实现都会带来对自由新的限制，不管是自由人对自身的限制，抑或现实条件对人的自由限制。生物、遗传、神经生理、心理、家庭、社会、文化、历史、政治、经济、生态、气候和气象诸因素对人产生影响并构成人的生活现实的大部分，也许占百分之九十五，而自我选择和自我决定的空间也许只剩百分之五，简直无足轻重。这岂不令人沮丧？但是有决定意义的问题是：我的百分之五在哪里？我在百分之五里有何作为？如果说这百分之五的自由还是一种幻想的话，那它也是一种美妙的幻想：没有这幻想，人生就不值得肯定了。哪些可能性可以超越现存条件而开发出来？针对此问题尽管会有一种恒定的不安，然而生活艺术在于：尽可能灵巧地伴随那些不可改变或难于改变的条件而生活。那些条件毕竟保证了一种定力，动荡生活所依的定力。

恒定与改变：论关系的静态与动态

人类生活以及所有生物、事物和情况的一个基本元素是动态，这是存在的一种形式，其特点是，没有什么东西是一成不变的，万事万物都是变化的，这与静态截然不同。静态是一切保持原样，即使这几乎不可能。表面上的静态与动态对立，给动态提供参照物，这样动态才变得可以体验。动即变化，但所有变化需要表面的静态作参照，正如静态需要变化来确定其界线一样。静止不可能阻止、只能拖延变化。倘若不断地变化，那么这变化本身就带有静态的特点了。如果仔细观察，静态只是一种被拖延的变化、是在另外时间段里的一种运动而已。它比可以感知到的运动要慢很多。总之，一切均在运动中，或用赫拉克利特的公式简称："万物皆动"。

当事情涉及准确理解人际关系的静态与动态时，恒定与变化的对立性及其复杂的辩证法就饶有兴味了。一个人与另一个人的关系如果持之以恒，那就易于建立某种关系，惟独网上的虚拟关系缺乏坚守定力。建立的关系无论何时对变化都是开放的，它未获稳定性；而过于稳定、没有变化的关系又有破裂的危险。一种变化可能受外部、他人和其他变化的推动，或者由个体自主地、符合自然法则地加以推动。变化倘若出现在关系的某一方，这也会引起另一方的变化，另一方的内心虽然拒绝这变化，但却无法阻止。就让变化发生吧，这种想法倒能使人心平气和。自己意欲改变的人，不妨让对方改变自己，愿意对方改变的人，可从自己开始改变，自己的改变带动对方改变。预计对方的生活要出现变化的人大多不愿变化，他从恒定坚守中被惊醒，简直撑不下去。僵呆地坚守会增加惧怕变化的心理，正如习惯于变化会萌生对恒定的焦虑。

成问题的不是客观事实，而是对恒定与变化的主观阐释。倘若一切保持原样，就会感觉任何变化都是负担，恒定则是快乐。恒定阻止那当成负担被感觉的运动出现，而当僵化的东西终于流动并让生活重新焕发勃勃生机时，变化便制造快乐。认为恒定重要的人，是因为恒定符合事物的天然惰性，也符合他自己，所以恒定对他是件容易事，而在反惰性斗争中发生的变化对他来说十分困难。反之，若认为变化重要，因为它在万物中发挥作用，那接受变化就很容易，接受恒定就困难，因为它违背运动本身的动力学。倘若某个事情很急因而期待快速的运动，这时缓慢便成障碍，感觉怎么那么慢；当快速不允许人们有喘息机会，犹如电影或旅程中各种印象应接不暇，令人讨厌，这时缓慢就大受青睐了。在变化中方能体验蕴藏在恒定中的能量，变化耗去的能量只能在恒定中重新积聚。

恒定与变化的对立性是本体差异形成的。恒定固守现实，破坏可能性；变化质疑现实，开启新的可能性。在现代文化中，人们在对立性方面只坚守某个极点，这已屡见不鲜。所以才出现人们不断地要求“更多的运动”，要求更多的自身变化和同他人关系的变化，要求职业生涯全方位的流动性和灵活性。现代文化美化变化，一如非现代文化拒绝变化。这些都有其历史原因。十七、十八世纪启蒙运动认定，情况的恒定是贫困和痛苦的根源。现代化一般需要更长时间的变化、大力的变化，加快步伐，用文化进化和用革新、改革和革命促进自然进化，让人在个人生活和社会生活中做各取所需的选择。摆脱恒定的老套，让不断的变化和革新为我所用，人们在这方面已成就斐然；希冀更好的发展不必硬性与此相联系。使内心与外部变化的速度同步，这事落到个体身上；越来越多的人对这个快速变化的世界感到陌生，在他们建立的各种关系中，他们再也克服不了他们之间的分散发展，这是环境不断变化使然。

变化总占优势，不可改变，人的所有存在层面都是这样，在以外部时空动态为基础的纯身体方面也是这样。现代人不再拘守一地，随时可离开，有目的或无目的，最后叶落归根。人在空间的不断变化中会遇到无数的外人，会有形形色色的经历体验，由此而产生变化。身体移动范围越大(包括没有边际的虚拟空间里的非身体移动)，同他人交往和变化也就越大、越多种多样。此外，还有时间流动，人的自然本性屈从于时间流动，在缺乏空间移动时也会被时间推动，被那抵抗任何保持恒定的企图的时间推动，从一个瞬间到另一个瞬间，从一个阶段到另一个阶段。人的身体因为自然循环而变化，肉体上没有什么是长存的，一切都在不断改建，包括神经和遗传方面。人们眼睁睁地看着自己的身体慢慢老化，这过程常常反过来影响同他人的关系，令人烦恼不已。所以美容手术和“抗老化”便大行其道。说到底，想永葆青春是徒劳的，生命大循环总会在某个时候结束。许多人不相信：结束就是新的开始。

心灵方面也发生变化，内心活动会由表情、面部活动、哑剧表情和整体动作向外透露出来。人们相互认可对方，但往往否认“很动心”，更多是在动作上下工夫。在内心，他们受诸如倾慕与反感、柔情与愠怒、勇气与畏怯等对立情感的驱动，但也有被对方的无动于衷打动的，或坚持内心的执拗——对方动心自己不动心。使心灵激动的那种渴望也会使身体动起来，直到某时心满意足，心灵宁静。但往后新的渴望又抓住他们的灵与肉了。情感的表达总会削弱情感活动的能量，使情感在重新激动前达到平和。情感活动若是太弱，那就要有意使之高涨，“激动的时刻”大有好处，人需要那与日常生活死水一潭的表面形式成鲜明反差的“伟大情感”。然而，洋溢的情感也要适度，不可过度沉醉于其中，或被情感撕碎。激越和削弱是情感活动的两个方面，某种文化中，无论是同自己的关系还是同他人的关系都与这两个方面相关。

变化尤其发生在精神方面。思想不断在活动，思想的改变也改变着思考的人。每次学习、每次谈话、每本读物，每次阐释都是思想活动，它们开拓种种可能性，推动种种变化。先行于大脑中的东西可使身体发生韵律性颤动，诸如摇滚乐、打击乐、说唱音乐和技艺表演均可不折不扣理解为心灵和精神活动的表达。人群怎样受共同情感和思想的推动，浪漫主义文学已对此做了说明；共同的行动怎样大大改变现实，革命运动史已经表明。一个时代一个时代受各种理念的推动而变化，正如现代社会受自由思想的推动而变化一样。人们的情感和思想还可能因接受某种超验论而被推动，他们在物理现实背后想象出比喻性的可能性，某种活跃于有限性与无限性、现实性与可能性之间的超验意识会迅猛异常地推动人们，他们的狂暴不仅颠覆他们自己的生活，也颠覆社会的历史。这颠覆要么是建设性的，要么是破坏性的，各次宗教运动便是明证。

然而，没有哪个个体、没有哪种同他人的关系，没有哪个社会只是一味地动或变。就身体而言，一个人也需要一个基本驻地和一个恒定的场所，从此出发又返回此地，这样他才能解释和理解自己处在空间的半途中。情感心灵活动有时也需要静止，以免情感枯竭。在精神领域，坚持信念大有裨益，但对信念要尽量充分说明理由，这样才不致随波逐流，受那些草率观点所左右。至于超验方面，上帝作为不动的推动者乃是绝对的恒定和不变，当人在生活中迷路，不妨把情感和思想托付给上帝。变化贯穿于人生之路，这变化倘若没有身体、心灵、精神和超验之恒定便没有基准点，“我”在自我的复杂动力中便陷于纠结。于是，“我”给自己分派的任务是：在同自己和同他人的关系中，关心必要的恒定值，不致单单受眼下推动力的控制。即便年轻人在不断寻找“自我风格”时，首先关心的也不是“风格”，而是在变化的时间里创造一种生活可以托付的恒定，也许只为权宜计，直至有另一种风格宣布。

在日常生活里增强坚韧力，这要通过建立和维护习惯与礼俗才能达到。凡生活里重要的东西均可纳入习惯和礼俗的范围，这样去实现某事就不会偶然侥幸，也不必老是做新的决定。种种关系可借助习惯和礼俗得以稳固。从积极意义上说，关系可以依据固定的规程或聚或散，而不必老是费劲地磋商。从负面意义上说，关系固化了一种等级、不可调和性和长期的愚昧。

有了习惯和礼俗，也就有了精确定义的规则和规律性。它们在独立而顽强地实现可能性方面经受锻炼。习惯和礼俗的存在，其目的是“同一形式的重复”（“总是这样！”），可以大大缩减现代的一些要求，比如随时随地需要做新的决定，要做什么或不做什么。大部分日常生活可托付给惯常的思维方式、观察方式和行为方式。这也是更加注意“剩余部分”的先决条件，所谓剩余部分，系指并非轻而易举便可领会的东西。从神经生物学角度看，神经网络稳定的开闭循环就使神经不必老是产生新的神经元突触。紧张的个体可以休息，让习惯和礼俗成为主体和广义上的“居所”，促进生活共处中的亲密和安全。某种关系一旦破裂，失去可爱的习惯和礼俗，这会叫人痛彻心扉，归功于习惯和礼俗之事委实太多！有福之人就为自己保留一些东西，当他在恐惧和痛苦中进退无据、在生活发生重大转折之时、在极度令人惶恐的临界点上，这些东西尚能给他以支撑，支撑他度过那既难理喻又难忍受的空虚。

与毫无意义的熟练不同，习惯与礼俗贡献甚大，系指它们赋予各层面的意义，这，从广泛的节日礼仪中最能体验到：赋予视、听、嗅、味、触、动作和内心感觉以感官意义以及同他人关系的心灵意义。共同的礼仪取消了零星个别情形，阐释为礼俗行为为关切精神意义奠定基础，比如它赋予某种关系史以意义，此意义通过定期举行的礼仪庆典得以突显。谁遗忘了每年这个日子，谁就吃苦头了。借助礼俗还让人感到和想到某种超验意义。礼俗起源于宗教的礼拜仪式，这是超验的庆典，有限中的无限庆典，现实中的可能性庆典，总是定期重来。如果说礼俗产生于古代，那么礼俗存在的本身就体现着超验。往返不断的礼俗让人特别想起生活循环的变化和消失，剥夺了现代生活有限性的绝对性。

然而，面对习惯和礼俗所体现的顽强的生活方式，人们也极需谨慎。在现代社会，习惯和礼俗遭到了怀疑，人们说它们造成人的规范化，限制人的自由发展。这怀疑并非没有理由。它们表面上无拘无束，规定行为模式，实际上掩盖不了它们的强制特性。在集体中，个体要付出代价才能摆脱这些行为模式，摆脱后要花上很长一段时间才能获得期望中的幸福，这自然会强化以下观点：幸福取决于自己在生活模式上所做的工作。放弃了顽固的生活模式，在经历一个阶段后，人又感到一种新的需要，因为产生的无形式和冷漠的生活不利于同自己和同他人的交往，这已为许多人所察觉。所以，在现代社会，人要高于传统模式的东西，应该在生活模式、在自己的行为规则和行为界线上多做历练，而不再固守既往那种压抑的、否定个性的形式，应依循可自由选择、可变化的形式，这样才能在恒定与变化之间左右逢源，应付裕如。

让个体同自己和同他人的关系在恒定与变化、静态与动态之间呼吸，最能玉成此事的莫过于时间。紧接着变化阶段的是恒定阶段，恒定阶段过后又是变化阶段。无论怎样强化静力也不能动摇生活的变化动力；无论怎样强化动力也不能使人忘却对静力的需要。变化拥有权利，要求“更多的运动”很正当，正如要求“更多的恒定”一样正当。但在每种情况下孰重孰轻，这是需要弄清的问题。为寻找答案，每次争论都很值得。若变化过度，这时重要的是自问：我的恒定在哪？我的静止点在哪？我的重力在哪？在各种关系中也要自问：我们共同的恒定在哪？如何用恒定的生活模式来巩固我们的关系？若恒定过度，就要自问：我的变化在哪？我的不安在哪？我的离心力在哪？在各种关系中也要自问：我们共同的变化在哪？如何通过变化来发展我们的关系？倘若某人只图变化，就意味着他失去了坚持定力。反之，若说某人“没有变化”，意思只能是他在抵抗生活的过程中取得的成果比较少。

一般而言，人们会感觉在哪个时间点上要扩展恒定度，于是运用变化推动自己的、共同的和社会的生活。反之，若变化过度，他们又会运用恒定阻挠继续变化。同自己和同他人的关系，以及整个文化同自己和同其他文化的关系都在其中有风险。现代文化解决自身变化与恒定之间的矛盾，迫使非现代文化以执拗的恒定进行抵抗。文化之间发生冲突，原因之一在于它们相互敌视，而不是把对立性看成不同角色表演产生的生机勃勃的张力，在恒定过度时给变化以空间，变化过度时给恒定以空间。对个体生活而言，整个文化的重要性在于，一方面避免无任何变化、坚持僵化的危险，另一方面也摆脱在不断变化中消除一切恒定的危险。片面过高评价变化是有问题的，尤其在涉及关系中的信任问题时。信任丢失，就会急于寻求新的信任，寻求时又极易忽视信任与不信任之间那个能够呼吸的度。

信任与猜疑：关系中谨慎的意义

在不同形式的关系中，信任和猜疑似乎泾渭分明：爱情、友情及合作的关系靠信任赖以为生，而职能、争斗和排斥的关系充满猜疑。哪儿有信任，哪儿就有合作，交往就更容易，“关系人”就可拥有多种多样的生活及心灵和精神更大的活动空间。反之，凡是没有信任慰藉之地，生活就艰难，活动空间小，人就像被囚在地牢之中，彼此存有戒心，忙于猜忌、监视和盯梢。一个没有信任的世界究竟是什么样的，这，从对信任的迷惑中便可感知。然而，恰恰在人们寄予高度信任的地方也可能出现猜疑，这猜疑由最不起眼的意见分歧引起；在本来怀疑占上风的地方，最小的信任也起着决定性的作用；在冷漠的职能关系中，人、事和制度职能也可让人放心。由此看来，信任这事还挺复杂。

何谓信任？就是对他人、事情和情况的信赖，相信他人就不会滥用权力，自己和与自己关系密切的人就不会遭遇凶险。把棘手和私密之事托付和告之对方，不担心对方知情有歪心。可是，我信任谁不可信任谁呢？这个问题伴随我们一生，它涉及人际交往的所有层面，包括人与机构、恋人和朋友，父母与孩子，雇主与雇员，经理与同事，管理与用户，银行顾问与客户，医生与病人，教会与教徒，党派与选民，媒体与用户，国家与公民等之间的关系。在虚拟世界获取信息时，信任谁、不可信任谁这个问题又重新被提出。即使某人原则上可以信任，也要进一步细化在哪方面可以信任，在哪方面不能信任，因为本来可靠的人也很难做到完全守信。在专业上可信赖者，在私事上不一定可信赖；某人在某阶段证明可信赖，但在别的阶段就不一定。在某些情况下坦率可信赖；在别的场合则隐瞒可信赖。

大家都希望自己在每个方面都是可信赖的人，这关乎人之尊严。受信任就是受尊重，不受信任就是失面子。信任的缺失就是尊重的缺失。信任就是尊重，这是因为，你信任这个人，给予此人权力、自由和责任以施展拳脚，这就要求你自己放弃权力。信任他人又大大增强他人的自信和生活，他相信自己的能力，有成事的信心。被动获取的信任成了主动的信任，它是促使人向他人开放、解决问题、思考立场观点的头号动力，用不再是一己之力的力量来行事，以此方式释放巨大勇气、信心和创造力。重新获取的自信又促进主动对他人的信任，增强他人的自信……这是良性循环。

让自己信任别人可以通过不同途径。首先是经验，假如我没有遇到过什么不好的人、或遇到了也能对付，那么我的信心就很足，相信以后也会这样。别人信任我，是我的经验在这件事上起着决定性作用，因为一个有经验的人别人会托付他信任他很多很多，他熟知生活规律和社会弊端，善于同三教九流打交道。对别人的信任还可通过内心的反映过程而产生，即内心反映出所感知的他人的可信，基于经验和内心反映特别会产生对父母、兄弟姐妹、朋友、偶像和上帝——倘若信仰上帝——的基本信任和“原始信任”。如果不具备这两条途径，那还可以用考验对可疑的人、事和情况获取解答、拿到证据、做出鉴定，从直接的对话中得出印象，看对方是否可以信赖。要是阅历丰富，有过关爱别人和知情解意的经验，察觉对方人品好，境况佳，我就不由自主敢于信任他了。但这有意和自主的信任说不定也可能是对未来进行赌博的“信任预支”：“我就干脆这么信任得啦！”

一个人取得了别人的信任，就一直会表现出：坦诚的目光，含蓄的姿态，悦耳的声音，精确的表述，倾听的能力，关心他人、设身处地为他人着想的愿望，认可、鼓励和支持他人。别人信任我，向我求助，我会乐于助人，并愿意担责做价值取向，对事全神贯注，尽量提供可靠性保证，用肢体靠近和幽默抚慰别人。共同性的东西对产生信任颇多助益：同一年龄段，对同一音乐流派的爱好，相同的旨趣，类似的经历，面临相同的困难。精心处置各种关系,且随着时间的推移证明这些关系的承受能力,信任在此基础上益臻稳固和发展,与之同步发生的是习惯、可靠性、恒定性、持续性、可估计性、真实性以及透明的抉择过程、言行一致、秉持的理论与事实一致。倘若规则、许诺和约定得到遵守,不是一次而是无数次,那么信任愈益坚牢;反之若未遵守,则信任荡然无存。所以,信任是处理人际关系和促进人格发展的媒介。

具有决定意义的是,信任最好是慢慢产生,人们需要耐心和毅力做出可以信任的评估,从以往的经历推测未来的经历。可惜现代社会的基本结构是个不利的要素:新的和最新的东西必然不为人熟知,因而令人不安,新东西不断取代旧东西,还不如说是新东西导致信任的结构失衡,而猜疑大行其道,猜疑与社会的进步同步并引发一种绝望:昧于知晓而盲目信任,对信任失望时,其后果是灾难性的。猜疑并非现代社会的发明,乃一种古老现象,只不过一时一时地在变着花样而已(乌特·弗雷弗特:《信任》,2003)。如果说过去是权力和法律的为所欲为造成人们相互猜忌,那么现在则是因为现代社会那层出不穷、咄咄逼人的变化,致使关系不能构建——从经验中获取信任的屡试不爽的关系——明天一切又全变了。

两人关系在摆脱宗教、传统和习俗的强制后也不再是生命的结合,只暂时"维持现状"而已。自家的大门在前现代的信任关系解体后也不再是敞开通向世界的入口,而是一座吊桥,在家乡城堡被高高吊起,以抵御现代社会那无名的威胁。制造信任的尝试莫不受这个时代的特点局限,即使体制内在的必要性一再恳切呼吁建立信任的必要性也是枉然,亦即呼吁建立对爱情、政治、市场经济、经济繁荣期、未来、企业诚信、技术、用基因技术改变的食品……的信任。呼吁的急切和频度给人造成这一印象:信任的重要及获得信任的困难,信任成了短缺的社会资源。

彼此信赖的关系遭破坏时,个体同自我的关系也深受其害。现代缺少恒定和信任，这让个体内心颇为纠结，体会也最为深刻。在西方国家文化史进程中，人们曾经学会怀疑自我，现在则强化了这一效应。他们的自信长期源于对上帝的信仰，将自己视为上帝之子，被上帝接受，不管处于何种状况均受上帝指引，也不管引向何方。然而，对现代人而言，这一形而上学的支撑已不复存在，原因是“解放方案”的实施。一旦传统信任的帷幔——从先现代到现代依旧高悬——破裂，它就一文不值了。保持自我一致性，这在先现代条件下极有可能，但在不断更新的现在则断不可能，取而代之的是灵活性和变化，那必然源源不断出现的变化要求个体适应现实情况；导致的后果是，自己也不再十分清楚自己是谁是什么，不再信任自己，进而不能建立同他人那充满信任的关系。

在进入别样现代社会的道路上，增强信任的起始点在自身，因为我虽不能支配别人，却能支配自己，在任何情况下，在任何变化中，都对自己应该坚持什么心里有数，在内心不同的“我”、发生冲突的“我”之间奠定充满信任的关系：于是产生可靠的完整性取代在灵活性中失落的本体同一性，这个完整体确保了必要的自我坚定，它原则上是可变化的，但不是不断被变化，它在许多方面创造比本性同一性更多的空间。自信产生于自我肯定，而自我肯定又产生于对自我的明确定义。它维系着内心的各种关联并随时对关联进行思考。随着在习惯方面的历练，我增强自己的可靠性和坚定性，然后把它们延伸至同他人的关系中。信任别人和取得别人信任的能力随着自信的增强而增强，降低了依赖别人信任的危险。

在自我、爱情、友谊及合作等关系方面所做的工作，其目的是扩大自我生活中那充满信任的关系份额。重要的还有职能信任，其目的是可信赖地履行职能，将职能信任变为一种面向人的合作信任，这是完全可能的，有许多东西已在运作了。没有谁愿意别人把自己当作纯粹的机器加以利用。随着对人的信任增强，现代社会体系制造出来的怀疑就可能减少到最低程度，而且会表明，失落的信任如何重新被找回：不是在惟一的瞬间，要用长久的呼吸，初始是锤炼自己，释放我对他人的善意，然后别人也对我怀有善意了。我有善意是因为我努力理解他人的观察方式，在那些对他人特别重要的场合，我总是迎合他人。倘若把自己在信任人这件事上所做的工作视为自己的任务——如同其他工作一样要求聚精会神——那么新的信任就产生了。这工作永无终极，因为信任的获取不是毕其功于一役。积累起来的“信任资本”与其他任何资本一样，随时有可能输个精光。

不存在百分之百的信任，自己不可能拥有这一理想境界，同他人的关系也不可能有。这样看问题才不致将自己和他人囚禁在盲目信任的监牢中，如盲目信任，就不允许有任何偏离、新的视角和出人意料的发展。信任太过就给滥用信任打开一扇门，因为从不怀疑的人对一切均有过高的要求。谁都不希望发生不良的演变，但它恰恰会由根本不怀疑的善良人推动。假如不存在怀疑，所有的人都相信自己和他人，彼此不搞阴谋，那样的人生和世界多美好啊！但，假如偶尔被欺骗的事也没有了，那又当如何呢？生活将没有任何紧张，世界既纯良又无聊，而且有可能受到威胁：一个小小的困惑就突然对整体团结造成很大的打击，对信任价值的对比体验将消失殆尽，由信任也由怀疑推动的创造力将枯竭，归因于怀疑某人的那种动力——“要让他瞧瞧”——将衰减，生活“小事”的争论不复再有，因为信任很大度，不计较；怀疑则总把臆想的小事放在眼里。

所以，我们不禁产生这一印象：以绝对信任为前提，又把关系中细小如发的裂痕当作绝对破坏信任加以处罚，这是不符合人性的；符合人性的是以信任为基础和出发点，同时也要估计间或出现的损失和失望。若所有的目光都投向信任，怀疑的意义就容易忽略。在该怀疑的地方怀疑，这很重要。信任若是件蠢事，那就适宜于怀疑了。怀疑最好以谨慎的形式实施，以提前发现问题，及时准备对策应对挑战。比如，出借物件要当心，因为相信别人会归还，这在大多数情况下不妥。就是在正面的关系中，泄露私密信息也要小心，更不用说在职能关系、尤其在虚拟关系中了。既然存在滥用信息的机会，这机会就会被人利用。当有人说“只是对事”时要当心，因为从来就不仅仅是“对事”，还总是“对人”，且大多涉及“权力”。当某人说，在他那里从来不涉及权力，这时要当心，因为他用的正是权力，别无其他。当某人奢谈信任，这时要当心：他的目的可能是使你昏昏欲睡，失去警觉。当一系列信任如潮水般涌来时要当心，这说不定就是一种征服尝试。面对某种理论上蔑视怀疑、但实践上促进怀疑的文化要当心，这文化一再抛出不能兑现的许诺：持续不断的进步，消除一切矛盾，遍布寰宇的福祉。哪里没有怀疑，哪里的盲目信任就是轻率。

保持适度的怀疑是重要的，这样可减弱失望的易发性，增强信任的价值意识。最低限度的怀疑是适宜的，因为信任绝不只是简化人际关系，就是说，信任并非总是“减少社会变态心理的机制”，正如尼克拉斯·卢曼1968年所言。倘若过高的信任造成令人不快的后果，那本可用些许怀疑避免的后果，那么关系就会变得困难起来。信任可以使生活轻松，但适度的怀疑又会给轻松的生活添麻烦，因为怀疑导致紧张，不适当的信任也是。当怀疑不是全部遭人蔑视时，信任才有意义。具有决定意义的是适度，如过度怀疑会使关系解体。人在长期体验和思索过程中产生了一种鉴别力，知道在何种情况下对谁施予何种程度的信任和怀疑才合适。

在日常生活中，健康的怀疑对信任是一种补充，这样遇到可疑之事不致大惊失色，而可掌控生活。怀疑阻止过高的信任，那突然转向变成过高怀疑的信任。保持适度怀疑无须经常花大力气去检查，只需对各种事情和情况时不时地“睁一只眼”，看它们是否还让人放心。值得向往的还有原则上通用的基本信任，可以包括一丝怀疑在内：两人间的基本信任足以给对方提供许多自由空间，又不用常常为关系担忧，人们希望一切可靠，但间或也发生并不完全出格的不可靠。归因于生活两极对立性的小小假话不会从根本上质疑两人的关系。言与行不必总是“一致”。因疑生怒，这烦恼也在充满信任的关系中有了一席之地。

烦恼了怎么办？日常生活中的情感对立

喜欢一个人，喜欢同他建立关系，这很好办；人一烦恼，就很难说了。欢悦和烦恼是对立性的，对立性在生活中不可避免，不存在没有对立性的关系。一种值得否定的负面关系总离不开烦恼，一种值得肯定的正面关系要接受烦恼的考验。烦恼起始于情绪不佳，尤其像恋人们所熟悉的那种，因为他们最为敏感。两性关系中，烦恼的源头很多，比如对方笑时露齿，不雅；他选错服装，这次又选错；他总是误解我讲的话，我说话时他故意装着难以听懂的样子，还提出反驳；他总有别于我，以别的事情为出发点说事，说的意见又不靠谱；病态的偏爱、奇怪的习惯、啰嗦、爱讲同一个故事；健忘出了名，干什么都出错；我呢，干什么都干得出色，既可靠又正确。这些是否让人推断这种关系行将了结？不一定了结。只是要推断一下人为何要烦恼。

烦恼在人身上顽固地存在，这一点，人人从孩提时代就懂。当坏东西和恶劣的东西加在某人身上，烦恼便由此而生，难免会有语言上的表露。我的自由发展之路被阻挡，没有给我适当的尊重；无视我的要求、侵犯我的权利，剥夺我的优先权；败坏我的兴致，让我的期望落空；蔑视我的约定、规则和价值；我感到自己被取笑，贬斥，受屈受欺。这些全是烦恼产生的原因，明白了这一点就要努力做工作，以使现实的烦恼“熄火”。然而，烦恼的原因犹如希腊神话中的九头蛇，刚刚铲除了一个原因，另外的原因又冒了出来。

烦恼本是人类特性。某种现实行为与希望的可能性不符，现实情况与理想的观念做比较使人失望：“某事不应该是这样。”（汉内洛蕾・韦伯：《烦恼》，1994）人心里窝火，就想炸毁与想象中的可能性不符的现实：用恼怒发泄情绪。或者，努力把飘浮而去的可能性拉回到现实地面：让恼怒接地气。我对别人发火，目的是把我的观念牵扯进去，促使别人贯彻我的观念；同理，别人对我发火，也是想把他的想法牵扯进来，迫使我实现他的想法。面对这种情况，个体的“感觉门槛”应可升可降：以此门槛调节“如此”与“应该”之间的差距，这差距不可能总是相同。

为了更好地应对恼怒的产生，设想一下恼怒的机制不无益处。恼怒一般总是在过分的体验之后爆发。发怒者难免招致物议，指责他违背达成的一致和共同点。但是，没有人能一直生活在彼此融洽的状态下。哪里有太过的亲近，哪里就有造成疏离的愠怒。恰恰在“本来一切正常”之时，会有人跳出来蓄意找茬，一句话、一个姿势就够气人，还用“我说漏嘴了”掩盖其蓄意。旋即，身体哆嗦、音量提高、言辞激烈、动作暴躁，还会有各种大小的报复。就让恼怒发泄完，这是下一刻息怒的前提。这时恼怒已耗尽了精气，弥补损失的时机成熟了。

恢复常态的对立性愈坚决，恢复就愈顺畅，在哪种程度上盛怒，也就会在哪种程度上息怒。关键是双方都没承认发了火，然后才有“心灵桑拿浴”：把炽热的情感浸入清醒的浴缸中冷却。完成这两项工作，情感才呈现出惬意轻松的状态。这种关系可以呼吸了，它将恼怒吸纳于一体，争吵的双方获得了解脱，可以面对别的事情了。他们也许还应感谢恼怒呢，因为它没有破坏情感秩序；反之，若硬要压制恼怒，就不会有下一刻的缓和，狂躁会在皮下郁积、燃烧、潜入表情、姿态和雄辩中：说着和气话，可脸上的肌肉在抽搐、扭曲。

《恼怒的意义》（韦雷娜·卡斯特，2005）这本书为有关恼怒事提供了导读和参考。情绪绝非铁板一块，它履行着重要职能：首先，它是对立性的艺术手段，纯粹用激动——即使被评价为负面的激动——破坏所有的正面情感，让人感到自己和他人的负面，于是产生了紧张。紧张即生活：积蓄能量，恼怒中释放能量，让生命力保持持续旺盛。

其次，恼怒调节千篇一律的日常生活，用不安惊扰起过度的安宁，面对穿着冷漠外衣的无聊和沉寂终于起了一点波澜。日常生活缺乏激情，恼怒产生激情，所以恼怒才被人欣然接受。其他的激情在经济上要花很多的投入。

恼怒对生活起调节作用，但又不破坏生活的基本框架，一般它总会重来。所以，恼怒产生一个循环要素，带有规律性的礼俗特性，有节奏地嵌入生活各阶段的交互作用里，有助于安排日常生活——日常生活显得很无助，它任由现代人急切追求的目标所摆布。此为第三。

第四，恼怒促成人维护自己的权益。个人感到受压、甚至受欺，终于起来反抗并有了影响力，不再顾及什么嘉言懿行，不再受他人或“环境”左右，它让情况变得悬而未决。在被迫接受不公正和不真实的现实的场合，恼怒使人有深深的满足感，它终于为自己要求某种权利，喊出真理了。生“闷气”而自伤的人终于冲到外面，用言语对那些可气之人施加影响了。然后，他人若不在场比在场更可气，因为只剩自己同恼怒孤零零地站在那里了。

第五，恼怒的建设性转化是弄清自我的机会，以重新找准自己，更新自己的核心。恼怒之时亦是心绪恶劣厌烦之时，这时同他人疏远了，也给自己留有后撤的余地，只同自己、同内心的问题打交道，并且分析问题：什么事引发我恼怒，我怎么应对？我的伤口在哪？我怎么疗伤？我已到达哪个点，我要去哪里？在与他人的关系中，哪种关系具有哪种意义？总之，弄清自我是重新走出自我和走向他人的最佳前提。

如此看来，人好像必须保有一个基本程度的恼怒似的。所幸，没有谁会因恼怒的缺失而发愁，他无须新的发明，总有某个东西会干扰，总有某事不公正，这是规律，概莫能外。为了确保活下去，恼怒的动因会层出不穷。由于现代人心怀宏图大志，而不着边际的期许又殊难实现，这就促使光火的机会增多。光火所涉之事并不重要，重要的就是光火。

个人对待恼怒的基本态度，取决于是否能够与它共处和怎样与它共处。此态度受诸多因素影响，包括个人天性、时兴的文化和个人经历等。重新调整态度是个值得思考的问题：压制恼怒和最终摆脱恼怒，这样做会增加对待它的困难。存在主义态度是将自我的存在与恼怒视为同一，此态度长期受制于恼怒。工具态度则把恼怒当成攫取自我利益的工具，造成的结果可能是：一旦恼怒“期满退役”，人也就轻易摆脱恼怒了。一种值得肯定的、对待恼怒的正面态度最为适宜；不把恼怒视为工具，完全承认恼怒自身的权利。几乎无人摆出进攻姿态去欢迎恼怒，但不拒绝恼怒的存在权利还是十分的合宜。

基本态度是清醒地、富于艺术性地对待恼怒的基础，它集中在7个参数上：1. 什么样的恼怒？ 2. 在何种情况下？ 3. 与何人何事有关？ 4. 什么时候？ 5. 多久？ 6. 何种程度？ 7. 何种结果？ 在盛怒时，人不可能有清醒意识，但之前和之后应该有：清醒意识存在于对已有经历的思考，从中得出如何对待恼怒情感的结论并运用这些结论，用新的体验和思考训练对待这种情感的敏感和辨别力并使之细化。控制这种情感的必要度，在没有恼怒或恼怒过度时要分别进行反向控制，这需要两种能力：一是被动能力，即被动接受某种使自己发火的刺激并让情感好转，因为对任何刺激不作反应，装聋作哑，就让事情过去，这在原则上是可能的。二是主动能力，即为自己找个由头发火，或努力控制情绪，对发火的动因不予理会。儿童是发火、又能对发火控制的大师，在这方面大人真要向小孩学习。

对付恼怒的技能不可放弃，因为情感并非无害：它会把人引向人从不想去的地方，把生活变成自己的和他人的地狱。真正的危险倒不是恼怒本身，而是它的长期持续。比如对被耽搁的机会耿耿于怀，持续失望——浓缩成蹉跎岁月的印象。又比如，开始只对某人的说话方式、姿态和行为方式感到“厌恶”，后来这瞬时的恼怒——这很平常，也难避免——持续化，于是厌恶日甚一日，最后由恨某人的说话方式等进而恨起某人本身。末了，所有的温情烟消云散，仿佛温情永远被封杀了。

对他人持续的恼怒也容易转向内心，变成厌恶自己，腐蚀自己的心灵。

厌恶自己源于自己对事态的发展负有责任，比如，对生活做另外的安排和打算，自己在这方面工作做得太少。厌恶使人面目丑陋，无论是厌恶者还是被厌恶者。但人不喜欢因自己而苦恼，不喜欢把自己不完美、不满和易受委屈的敏感和脆弱当成生活的组成部分加以接受，所以，那种因厌恶自己而增强的厌恶便以双倍的重量压在他身上了。

爱情的变化也会造成由爱生恨，或由恨转爱。这时能量的流动得以保持，只是方向改变：能量刚才还流向“正极”，现在却涌进“负极”了。爱恨相互制约，只要能量在两极之间顺畅地来回流动，就应估计到爱与恨一个在另一个中的混杂状态。相爱者可能爱他们本来厌恶的东西，恨他们本来爱的东西，不为别的，仅仅因为那种让人可重新体验生活对立性的感觉，或者因为同他人由恨而生的疏离，让心灵在经历亲近后可暂时更自由地呼吸。倘若某人对爱情腻烦了，就不妨尝试暂时阻止爱情能量的流动，不让自己完全失落在这能量流动中，而是重新回归自我。“仇恨之爱”疏远过于亲近者：我恨我所爱，因为它束缚我太紧。像恼怒一样，厌恶也会再生，假如我从中找不到出路的话。无论何种情况，被厌恶的东西与被爱的东西一样都可能成为人生意义和方向的恒星；为了不让厌恶一家独大，重要的是及时抑制愈益炽烈的怒火，不要对别人、而应对自己说：“现在够啦！”

人类学有个观点，认为恼怒是基于对现实的愤怒，原因是现实与梦想的可能性不符。当可实现的可能性太少，或者，在同一时间塞进过于狭窄的现实中的可能性太多，都会产生恼怒。这显然与现实同可能性之间的非和谐关系有关。分散对恼怒的注意力会起到减压效果，将愤怒的能量变为肢体运动，可用某些本与恼怒毫不搭界的物体像盘子、球或其他的投掷物来发泄怨气，还可将怨气投射到抽象物上：“他人”、“社会”、“国家”、“政治”和“媒体”，这些“东西”提供可靠的补给品，也是极具忍耐力的“受气包”。这样做，就不会用自己的满腔怒火去增加别人的麻烦，既出于顾及别人，又基于明智，因为别人恼怒会给自己的恼怒火上浇油。

在某些时候，要用美战胜恼怒。对自己而言，美意味着创作一件作品的美，也意味着别人作品的美，还有情欲、自然和他人的美，与它们关系的美，舒适环境、美好经历、真实的和非真实想象的美，凡此种种至少使人暂时忘却恼怒。对待恼怒的另一艺术手段涉及恼怒的等级，难道要为每件区区小事怄气吗？不要，要给颇具威胁性的勃然大怒留下有限的资源。小的恼怒当然只是冰山一角，它提示人们要注意更大的恼怒，过不了多久，会有更大的冲突等着你去解决。冲突也可能导致再度和解，除非从争吵和冲突中萌生出离异的念头。现在已有公正的离异办法；此外还存在从两人对立性中产生的可能性，亦即重新聚精会神、相互彼此关注地共处。

男女两极对立性：女人是更优秀的生活艺术家吗？

参与狭义爱情的，大多是彼此像谜团一样的两个人。男人甚至认为，倘若不是两个不同的、大多是异性的人与爱情有关，爱情原本就不会有任何问题。两性间的迷醉和迷惘远远甚于爱情的魅力。所谓迷醉，是因为毕竟存在另一个人的世界需要探究、欣赏和逐步理解；所谓迷惘，是因为那个显然有别于自己世界的另一个世界要维护自身，从而使世界变得复杂起来。迷醉和迷惘促使新的电影、小说、戏剧、神经生物学研究和基因研究为两性关系研究源源不断地作出贡献。那么，将男女进行对比的持续兴趣从何而来呢？

原因是以此方式可以体验男女两极对立性。两极对立关系要归咎于生活本身，生活本身制造矛盾，使人内心激动。强大的对立关系促进人对“意义”的体验，人生意义甚至可以在与异性交往中产生。内心激动和对意义的体验激励着人对他人发生兴趣，也袭扰人，甚至使人深受折磨。既然因激动而受苦太甚，那么让两性分居各自到不同的行星上去岂不就相安无事了吗？而且这在航天时代并非不可思议，金星和火星离我们并不遥远。如果真是这样，令人难以承受的紧张和激动倒是消除了，可爱情的诸多魅力也没了。两性对立性的划分虽然很难做到泾渭分明，因为女人和男人、女人特性和男人特性并不一致，女人特性中也有男人特性成分，反之亦然，但是维护两性对立性还是很有意义的。

每一种文化总是蓄意用对立化将两性推到相反的地位，这推力远远大于人的天性（乌特·弗雷弗特：《男人和女人》，1995），将相反的特性和相反的工作领域划归给他们，他们不得不遵从固定的基本模式，纵然他们在文化和个性方面迥异：温柔、刚毅；愚昧、智慧；被动、主动；心灵、精神；私人、公众；家庭、职场；有时还发明新的划分，这过程似乎永无消停之时。从历史角度看，给出最终定义的每种尝试无不滑稽可笑（奥托・魏宁格尔:《性别与特性》，1903）。似乎可用一种主观的临时的观点来取代那种客观的既定的观点，前者对如何理解自我、如何理解同他人充满谅解的交往大有好处。

老经验和新知识都赞同这种看法：男女特性首先是属于生物学领域的问题。不妨说女人受循环周期经验的影响，月经自不必说，还依据由自己身体传承生命的可能性，可以说，女人更能深切感觉演变与消逝间的生命循环，而男人就只做一件“事”，以求生存的延续。对幸福有不同的理解，男人的幸福不一定总是女人的幸福。生物基因掌控着两性的差异发展：男性大脑容量大，男人长期以来认为他们思考问题得心应手，更容易。女性大脑容量小一些，但配备的神经元更多，而且形成的神经网络更优（卢安・布里曾丹:《女性大脑》，2006）。子宫里胎儿受女性荷尔蒙和男性荷尔蒙的影响，促使在女婴大脑中形成更强的情感体验区，而男婴大脑中只形成性要求区和侵略性行为区。因为有这个背景，以下这个固定的经验就可得到解释：女孩喜欢同玩具说话，男孩喜欢玩剑；女人喜欢说话，男人脑子里装着太多的性。

其次，男女特性是受环境、家庭、社会、语言和历史文化影响的产物。受文化影响的东西原则上也是可以改变的，但这种影响能维持多久，对此，在一部颇受欢迎的戏里有所论及。该剧把现代男人为穴居野人辩护搬上舞台（罗布・贝克尔:《为穴居者辩护》，1991）。据此，男人还没有从他们狩猎的石器时代走出多远，正如独自承担此剧的主人公汤姆一样。男人生活的目标往往是紧张、沉默、不做评论，此即男人的幸福，减少交际可节省时间和精力，以便更好地偷袭猎物。但在汤姆看来，女人也很缅怀石器时代：她们是训练有素的采集者，环顾四周，聚精会神地感知事物，注意那些可能成为更好选择的离奇古怪之事，她们以此方式为取向，比男人更周到，更注重细节，也更放松、更健谈。此为女人的幸福。这也表现在现代她们那种宛如蝴蝶般四处飞舞的注意力，比如购物、收集东西、审慎、爱唠叨。男人购物就像当初打猎，比如盯上一双新鞋，就好比瞄上一只鹿，猎获后可以径直拿回家；他觉得在收款处排长队很没意思，把高雅的购物过程变得滑稽可笑了。

第三，男女特性因人而异，有各种变化，个体的变化幅度是相当大的。某男按通行标准可能具有女性特点，比如爱交际；某女可能具有男性特点，比如沉默。然而每个个体通过学习、演练和习惯可以改变自己受文化的影响，神经生物结构也可部分地得到改变，其他生物学事项可用手术更正。个人对男女特性给出定义是具有决定意义的：我要迎合某个普泛化的观念吗？要直接驳斥它吗？如果说从文化角度把女性特点与温情脉脉划等号，那么个人也可实行毫不宽恕的刚毅作派；如果说，从文化角度讲男人掩饰情感，那么个人也可训练自己表达情感。个人在男女特性方面更加强调文化观点也许是很有吸引力的，这样可充分地利用对立性，女人在内心培育部分男性特点，反之亦然，或者努力造就混合型人格，把自己变成融两性特点于一体的人。

性别差异会影响对生活的感知，也影响“怎样过日子”。男女双方都觉得自己的观察和预见方式非常好并且正确、理所当然，于是怀疑其他的视角和战略。当理所当然之事发生相互碰撞，问题就来了。比如在交际问题上或在同技术打交道时，女人只见到其中的日常用品，男人则见到身份和地位的象征（罗曼·桑德格鲁伯：《男人和女人的物件》，2006）。由于对大小生活问题的答案不同，彼此就很难理解。两性在日常生活和战略上为更好的答案和更适当的观察方式而竞争着：女人比男人更善于过日子吗？更善于应付各种不同情况吗？更善于安排新的生活吗？她们是更优秀的生活艺术家吗？对这些问题的看法受生物学和文化来源的影响，也受个人观点的影响。没有任何真理可以解答，只有激励自己去观察和对自己经验进行思索才有个人的观点。

关于男女特性，还存在一个性别内部的对立性，它也受生物学、文化和个人阐释的影响，被对立型女人（也被对立型男人）具体化了。热爱自由的女人强调单极，在文化史上饰演“女人祸水”的角色，被视为“灭绝男人”和消灭关系的人。在现代，就有按自己的需要而生活、自决“自治”的女人，她们同男人一起生活，或者生活中没有男人，或者反男人。喜欢同他人结合的女人形成另一极，当结合受到威胁，她们就变成罗马神话中的复仇女神。在自治的女人看来，一旦女人利用获取的自决而又忍受她原来做“他治女人”的角色，她就是“对男人体谅”，是妇女解放理想的背叛者。（埃娃·赫尔曼：《夏娃的原则》，2006）。在两个极端之间，总给混合型和分层次留有很大余地。女人原则上既做可爱的情人又做细心的家庭母亲，这接近于女人在男人心目中的理想形象。有些女人在两个极端之间来回摇摆，阶段性地纵情享受这种或那种生活，也不总是与同一个对象。

许多女人的强项是敏感，它源于感知、经历和对经历的思索。她们对日常生活小事——对过日子往往很重视——比男人更关注，她们培育细节眼光，比如男人看了好久还没发现的花朵，她们立马就看见了。关注是得体地给予和赠送的基础，因为最佳的赠品是理由充足的、与“被赠者”相称的“关注”。除敏感外，女人还有设身处地的感受能力、同情能力、自然而然变换视角的能力，并将其运用在体验中，体验别人在想什么，别人发生了什么，别人需要什么。这样就老是想接近别人。女人的这种能力也许与她们传承生命有关，因为一个新生命的生存有赖于她们设身处地的感受能力。女人因为有此能力，所以比男人更能看透别人的内心。这能力有历史原因：女人长期受虐待被压迫，为生存计，就必须培养这种能力。培养的力度大于特权统治者，统治者自以为不需要此能力——灾难性的错误，久而久之，这错误葬送了他们的权势。

联网式的思维似乎更适宜于生活、尤其是错综复杂的社会和家庭生活。这种思维是女性生存的要素，它使人可以同时致力于几件事，举重若轻地周旋于其间，而男人那广为流行的聚焦思维只集中在一件事上。

对立性思维也属男性特点，女性则近于“既是”“又是”的思维。女人对事物的想法部分是这样，部分是那样，似乎更能与生活所喜爱的那种模糊状态相安无事。相反，男人自康德以来都用先验思维，即用预先思索的东西，女人则用所谓“来自经验”、“事后思维”的东西，亦即运用经历及其从中得出的结论。对她们而言，在既定情况下可控制的实用主义重于某个东西本应如此的原则性。男人眼中只有抽象的普遍性、一般的理论、法则和规律，女人则喜欢具有自我法则的个别事物。

在男人那里，兴趣针对超越任何界线、可做“充分试验”的种种可能性（所以嗜好科学幻想和想入非非），女人则针对主流现实，在她们，现实的准则绝非微不足道。男人若认为这条路必须走，就启程上路，不走弯路，他们要笔直地、艰辛地走生活之路，毫不顾及自身所受的损失；女人则甘愿走弯路，交流体验，总是自问或问他人自己走的路对不对。不同的生活策略影响着现代的旅行方式：男人宁愿选择城市地图和地图上的理论概述，相信自己择定的方向；女人则相信旅游手册里的实际描述，就地求教于熟悉当地情况的人。

说起目的，男人喜欢“单一目的论”。他们若给某个目的下了定义，就毫不迟疑地向目的迈进，倘若有某人某物挡路，他们就气急败坏。一切都集中在对目标的关注，在迈进途中最重要的是积蓄和保持力量，因此男人不喜欢说话，除非“目的使然”和非说不可：说话耗费体力，男人的这种目的性往往会使他寡言少语。于是男人抑制情感：潜藏在情感中的能量会在情感的表达中流失。女人常追逐“多个目的”并与之游戏，把通向目的之路视为目的本身。她们分散力量，把力量放在不同的点上，也很分心，如遇可疑情况，便有偏离的可能。她们在付诸行动时小心翼翼，顾虑重重。男人则常常提前吹嘘，不管有理还是无理。女人对不可预测的情况作出反应，是依据对近似情况的了解，由于她们不遵循抽象逻辑，故能更好地适应生活的逻辑、规律、特性、偶然性和矛盾性，而不是抵制这些东西，这使她们能很快接受既成事实，战斗失败了，精力却未浪掷，再寻找可走的道路，说不定还把与自己想法迥异的东西理解为有趣和对生活的调节呢。男人则忙不迭地对事情和命运大肆抱怨。

阐释的不稳定性给女人带来胜任生活的好处。她们有别于男人，对其他的观察方式和阐释感兴趣，借助教育、继续教育、文学和艺术不断培养这种兴趣。图书市场和诸多文艺演出一再显示同一景象：大多数读者和观众为女性。若讲自杀，这比例要颠倒过来，自杀大多为男性。以下结论昭然若揭：女人在困境中能及时获取阐释能力，对事物另眼相看，做另外的解释，即使陷于生活死胡同依旧能找到出路。哪怕再明显不过的事实，她们也会提出质疑，对再熟悉不过的概念也会重新思考，在她们眼中，总还有某个东西是真的。男人则相反，他们倾向于坚持自己的观察方式和概念，对现实“真相”提出大胆的看法，而且固步自封地加以坚持，他们就是要知晓“事实真相”，遇到可疑情况，也要对事实给出自己的定义。

女人对待感官需要颇为认真，在所有的需求方式上和感官层面上莫不如此。尤其是对待性欲，她们充分利用感官的潜能和更优越的生物装备，比如嗅觉；她们拥有更多数量的接受器，具有更细微的感觉。许多女性同触觉保持浓烈关系，所以才有触摸或被触摸、肉体亲近和拥抱的愿望。她们比男人更听从触摸的需要，必要时从别人那里获取必要的量（所以常去理发），自己触摸则用化妆（所以经常化妆）。她们用“腹部感觉”这一肉体感官推测男女之间的关系如何，但这种感觉非许多男士所愿。她们注重保持视觉的清醒，塑造环境的视觉形象，夸耀地喜爱美的东西，也不过问它们是否有用。所以她们比男人更善于“美化”生活，寻找值得肯定之物，至少要为当下创造可以享受生活的环境，这当下可对其他时间起平衡作用。由于她们对于生活的无聊和漫无目的的礼俗化具有突出的认识，所以更容易从旨在实现目的的辛劳中跳出来，休养生息，重新定向，向其他理念开放，就是说，她们的舍弃能力和安之若素的能力更强。

女人把一切关注都献给同他人关系中的心灵感觉，特别喜欢在与他人交往中做自我体验，男人则要求必须自己独立感知。两性都有心灵关怀的能力和需要，欣赏彼此的优点，宽容彼此的缺点。与男人不同，女人不大害怕显露缺点。男人明说："这不是我的问题"，女人则愿意把对方的问题看成是自己的，把帮助对方看成是自己的任务，努力寻找解决办法。但她们也寻求对方的帮助，这点与男人不同。以关系视角看问题占据女人生活的中心位置，当关系出了"纰漏"，她们就痛苦不堪。她们用关系视角思考，用对话维护关系，所以说话的需要没有穷尽，在男人看来，话题都是鸡毛蒜皮，有必要阻止她饶舌。初始，双方都没有义务，这确保了对方的自由，而不是早早就把对方束缚在被"关押"的境地。至于交流、彼此对话，女人也没有看出什么问题：交流是自我对话的变体，对自己重新定位十分必要。但不少男人既不喜欢同自己、也不喜欢同别人对话，把很多东西闷在心里。女人则利用说话给内心减压，这在她们，可谓习以为常。

在精神意义方面，女人喜欢叙述意义，男人则喜欢逻辑意义，尤其是目的论意义。在男人看来，每个目的均意义非凡，其余则微不足道。在女人眼中，某个东西是不是无意义，或是不是重要，这没什么区别，因为重要的东西往往隐藏在看似不起眼的东西里，重要的是可以把它们叙述出来。她们认为，恰恰是微不足道的东西可以把男人聚拢，与大话、大要求和狂妄相比，它们更能降低彼此交往的门槛；大大方方同看似微不足道的东西打交道——反正也回避不了。还有一个好处：能一眼看透它们，便于在生活那难于穿越的荆棘丛中重新寻到方向，这样在艰难时总有某事可做和可供讨论。微不足道的东西给人以支撑，所以，女人对日常生活细节——男人认为无意义——总是兴味盎然：唇笔该是什么颜色？该穿什么样的鞋子？今晚吃什么？认真对待生活小事，好像生活取决于它们似的，这样做是有意义的，因为生活对它们有所依赖。男人否认这类小事，他们在生活困境中迷失自我的危险性远远超过女性。

在关注超验意义时，男人喜欢发问：我们从何处来，往何处去？认为答案应尽可能有科学验证，或从教义上有所确定，倘无明确答案——总是如此——则滋生绝望。女人则与此相反，如果说一定存在某种超越人生的意义，那么她们就维护一种含糊的超验玄学，这东西对科学和教义都不怎么重要。由于女人的阐释很坦率，所以能设想超验的诸多可能性，觉得这些与感性及其各层面并不矛盾，于是她们充分利用感官的潜能。对星星的观察显出男女差异：男人偏爱用天体学眼光，女人则用占星术眼光。女人依照宗教意义度日，同时坚持某些符合宗教教义的自我意识。如若没有女人的宗教热情，宗教史就更显贫乏了。在男人们保留着教士职能的宗教集体里，常常有妇女像马利亚的姐姐马大一样，以自己的实用主义投身于教区的日常生活并使之生动活泼。

男人有时会怀疑女人，尤其在男人以哲学家身份试图穷根究底研究女人时，女人完全是另一番模样，一如长篇小说《厌倦》（作者是阿尔贝托·莫拉维亚，1960）所示，1998年由塞德里克·康改编成电影（德文名《马丁的恋情》）。吉耶曼在影片中饰演17岁的西西莉亚，此女堪称色情的化身，那位年约40岁、穷究哲理的画家里波·梅尔觉得她很无聊，后来画家就被哲学教师马丁所取代。马丁本来对一切、对任何人都保持距离，岂料最后被她那魅力四射的气场迷住，真是无奈，又大惑不解。他想好好同她谈一次，备好了无懈可击的论点，但她死活不愿谈：谈话会显现差异，意见相左就等于迫使她就范。她把色欲泛化，随时随地准备性交，除此之外，别无其他。

他要求她说明理由，好让他的逻辑能够体悟；她不做说明，拒绝思考："想这些有什么用呢？"他要的是真实，她问："什么是真实？"只有男人相信真实，女人相信一切皆有可能，皆可能变成现实。但凡变成现实的东西又都成为过去，不值得回忆。她代表一种无辜，这无辜显示，过错只存在于有差异的地方。这姑娘过着一种毫无差别、完全一致的生活。她逼着哲学教师回答问题：当哲学家重要还是做情人重要？他尝试将两者结合起来，在情色中寻找真理。他得不到满足，遂情欲无度，以致身心疲惫，兴致淡漠，继而痛苦，死亡也因体虚而临近。最后，他不惜采用一切办法，甚至对她施暴，以求得那可疑的真理，但西西莉亚始终未落入差别陷阱。她终于取胜，而哲学教师被无度情欲冲走，成了它的祭品。在寻求真理时，忽视生活艺术方面的锻炼也会造成恶果。女人没有终极真理照样能活下去，所以，她们是更优秀的生活艺术家。男人还需效仿，尤其是在做男人越来越成问题的情况下。

做男人的艺术：男人须重新打造吗？

男人和女人生活在某个时代范围内，时代给他们施加影响，反过来他们也影响时代：他们的生活方式回答了所经历之事并且慢慢地改变世界。为整个现代社会做了准备的启蒙运动先锋们确证，从本质上说，整个社会是男人创造的，尽管女人给予了有效的支持（没有女读者就没有启蒙文学）。随着解放，随着人身依附者恢复自由，随着摆脱宗教、传统、习俗和人性的桎梏，人人都可创造独立自主的生活。于是，男人们主要为自己而努力实现理想：他们为所有的人宣布人权，但主要还是为自己。1792年，法国国民议会还把男女视为婚姻契约中的平等伴侣，可十年后，拿破仑在枢密院对《民法典》做审查时又强调古时候的权力关系了："大自然把我们的妻子变成我们的奴隶。"

是男人们把现实的东西降低到理性可以理解的东西，树立了一个直线形、而非循环周期的时代观念，以实现有计划的社会进步。于是，他们打造了这个现代社会，并在其中获取了诸多外部自由：因职业工作（女人长期无能力做）而有了更大的社会活动，因技术（长期是男人领地）而有了更多的身体活动，因科学（长期以来女人从事科学是个例外）而有了更多的精神活动。女人只继续发展内心的自由，以及较多的情感（常被贬为"歇斯底里"）和思想阐释活动，这与她们大量的阅读密不可分（常被贬为"阅读癖"），以上种种给她们提供精神安慰，而不去考虑男人分派给她们的社会角色，也不去考虑进入其他社会领域，比如职场工作、技术、科学和政治等。女人们只有通过为解放自身而长期斗争——部分借助男人，大部分反抗男人——才有了利用现代社会的种种可能性，赢得了工作和行动的外部自由，掌握了科学技术、参政，尤其获得了自己的权利。比如，1957年联邦德国家庭法改变了——1977年彻底改变了——男人在家庭生活中的个人专断。

男人的困惑随着妇女传统角色的解放而同步滋生。女人抢占“男人的”自由，妇女从旧的角色中解放出来，男人越来越发现自己“被撬动”，内心很是不安。许多男人因为自主权被改变，终于慢慢想起该锤炼锤炼自己的内心了。现代性从他们身边溜走，女人们似乎能更好地胜任人、事和情况的现代灵活性并且改变着这个时代：与十九、二十世纪的现代社会相比，二十一世纪的另类现代社会更女性化，更关注生态和社会的关联，而不再是经济和理性的关联。一些女人走自己的路，不再关心男人，后者则因为困惑而惶惶不可终日。妇女在历史上长期受歧视，但许多妇女并不记恨，这标志着两性关系尚存，纵然带有不同于当初的征兆。这对于男人意味着什么呢？男人必须重新打造自己吗？应对挑战的前提是弄清做男人的意义，弄清被改变了的男人角色应为何样，而不是没完没了的嗟叹，或硬性固守那习以为常的男性主导地位。对此所做的思考只是激励和促进自己的意识，而不是要规定做男人的真理。

男女特性部分属于生物学问题，了解几个生物学条件或许有所帮助。比如个人的男性荷尔蒙剂量使自己和他人都能承受；借助精神活动和努力获得更大的阐释灵活性，以此影响神经元数量，以便神经元更好地联网；由于神经元具有可塑性，所以大脑中固有的“交际能力”通过练习还可以提高。至于文化影响方面，长期以来，男人对男女特性下了定义，同时用政治、法律和实际生活的结论否定女性特点的价值。反对“弱性”的目的，在于感觉自己的强势。每个男人可用个人的阐释改变文化的影响，比如用这一观点：一部分女性特点与男性特点并非形同陌路，不要贬低女性对立性及其独特视角，每个男人都可通过关注和认识自我以及自我定位在男女特性之间、在男人内心张力场中找到自己的位置。

做个男人也要熟知男性内部的对立性。对立极化意识强的男人觉得归属于同一性别不是很舒服。有一种男人喜欢超越一切自由，以文化领域内的唐璜/唐·乔万尼为榜样，或以约翰·韦恩和查理·布朗森在电影里扮演的角色为楷模；另一种男人则效法查理·丹纳在《爱女人的男士》中饰演的角色。在现代，一部分男人越来越重视并充分享受他的自主，女人在被他追求时感到他的魅力，可是就在追求的果实逐渐成熟时，他却远走高飞了，女人惊呆了，简直如同演了一场戏，对“不可靠男人”的抱怨自是难免，可这是她自己选择交往的男人，怨谁啊？自主的男人珍视家庭，倒不如说他把家庭当成他的地位象征和权力宝地。与之相反的男人毫无怨言地承受对他自由的限制，心甘情愿地维持婚姻关系，和善地让人说三道四，忍受别人的嘲笑，什么“怕老婆”，“吃残羹剩饭”诸如此类。在这两个极端之间还剩下不少余地，在男女特性两极之间存在形形色色的混合形式。男人可能感觉自己具有双重特性，它们会表现出来或交替出现。在喜剧《女人意欲何为》中，经营广告的经理尼克·马歇尔原本是个老派的汉子，可突然具备了倾听才能，即倾听与他交往的那个女人的想法，体会她的观点，探究她隐秘的愿望和忧虑，这让那女人十分惊喜。他终于更加明白应如何另眼看待生活，作为优秀的情郎，继而作为关怀备至的一家之主，他符合女人心目中理想的男人形象。

做男人的艺术应以个人在这个张力场中的取向为基础。何时男人才成其为男人？当他符合自己的男人理念、亦即树立“男人形象”之时，他的幸福全在于此。在迈向自己理想的途程中，研究那些过时的男人理念也许并不多余，那些理念不是个体想出来的，而是他找到的，说不定下意识地加以遵从呢。个体要么坚持、要么改变和摈弃这些东西。比如，有人认为做男人就意味着洋洋得意、盼顾自雄、权力意识、自豪自尊和争取别人等，争取别人当然包括争取女人，女人隐蔽、内向、爱绕弯子，男人坦率、身体力行、直接地遵从理念。这样，导致男性内部出现重大差异：一部分男人借助过时的礼俗、粗野的性骚扰、肆无忌惮的吼叫、荒唐的酗酒和斗殴以宣泄他们的傲慢和权力；另一些男人不屑于此，他们摆脱了传统的男人角色。同时，现代理念也对如何做男人产生影响，对这理念，许多人自然而然加以遵从，或加以改进：男人必须积极进取，职业生涯成功，有性爱能力，生活幸福安康。倘若发生挫折、疾病和不幸，且不能战胜之——因为它们没有被看成是人生的一部分，那么，这不可动摇的理念就成问题了。

做男人有一个既过时又现代的理念，颇值得思考，这就是坚定的原则性。它并不轻视其他既往的做男人的方式，所以更值得信赖。借助更多的同情和敏感、更多的顾及和审慎去实践这个原则，从中可以打造出男人的强大。需要考虑的还有思想和行动的目标取向，要聚精会神为此投入精力。男人攀爬晋升之梯，女人却往往会因此发生问题，这与生活的安排有关。这个理念很有意义，也不再仅仅为了男人。男人目标的单一性无论如何应该更正，假如这个目标没有达到，或达到了又没有第二个目标，那就有掉进深洞的危险。还有一个有价值的理念，即在迈向目标途程上要奋力达到最佳境界，创造最佳，成为最佳者。经验表明，完美地履行一个角色，那是多么令人欣慰和满足啊：做杰出的情人、丈夫、父亲和朋友；无论在工作还是在体育和演出方面都卓尔不群。但不可将“杰出”同“完美”混淆，“杰出”允许出错，“完美”则排除错误。

做男人应该修正的地方，首先是工作理念。这是当代男人对自我做理解的中心点，与之紧密相连的是自我成就感、物质资料的获取和自己力量的证明。但工作不应局限于职业工作，其他工作也要做，首先是对自身的工作，维护自我关系，这是建立和保持同他人关系的前提条件。这工作要求关注自我，弄清楚自己的好恶，强项和弱项。古人关于如何认识自己的意见值得借鉴：你是人，不是上帝；脆弱，而非坚不可摧；有时软弱无力，而非万能；会渐渐衰老，不可能永葆青春；会死，而非不朽。与自己亲善，成为自己的朋友，从而称量男人心中各方面的矛盾对立，比如思想与感觉、温情与愠怒、自主与畏怯、自由的欲望与关系的需要，男女特性的比例等。对自我亲善，肉体、心灵和精神就会彼此交汇，不会出现某个层面主导而加重其他层面的负担。

在身体层面上，许多男人似乎要给自己找麻烦。他们要么不了解自己的身体，把身体当成一种完全可以忽视的宠物（身体不真正属于他们）或必须听话的宠物（身体须热心服务于自己，尽管只向它要求一些无聊的工作）；要么倾力娇惯溺爱身体（有朝一日，它若“不再正常运转”，就要吃苦头了）。当身体不适、疼痛和伤病之时，男人容易从中看到失败。他们长期忽视病症，之后又像对付敌人一样同疾病斗争，或者像患忧郁症似的夸大疾病，极力显示堂堂男子汉是被什么东西击垮的。

细心爱护身体，就要遵从身体运动的需要。不可忽视营养问题。不要以为肉类和香肠适宜于“男性”，蔬菜、色拉和水果只适宜于“女性”。对待性生活要细心，设身处地为对方着想，任何时候不可把性事当作惟一的生活内容。在心灵层面，要细心对待情感。男人在相当长的时期把情感潜藏于内心，后来强烈反弹，情感必为男人恣意享受。超越情感的解放应赋予自由以某种形式，这话的意思是，不仅要利用情感的冲击力，而且在某些时候要抑制情感，以保持情感的延续性。在精神层面，重要的是细心对待那研究“深刻”问题的思想：生活、爱情、幸福和意义到底是什么？它们对我及我的生活有何意义？我怎样才能习惯于“负面的”观念，比如死亡观念，不要贬低这类研究，认为这“不是爷们干的”。

在自己摆脱旧的规范后，为了不总是纠结在寻找失去自我这件事上，就需要对自己下定义，需要确定几项内容，以帮助男性获得牢固的核心素质，具体方法是回答下列问题：

一、我最重要的爱情和友情关系是什么？我要对以下这些关系下定义：除了狭义的爱情之外，还有男人间的友情及男人与男人之间内心融洽的交往。

二、我最重要的经历体验是什么？可能涉及初恋、极度失望、愉快或不大愉快的心绪等人生道路中经历过的重要体验。

三、我的梦想、信仰、既定道路、生活目标、固定理念、具有男性典型特征的渴望是什么？

四、什么是我特别珍视和维护的价值，哪些价值在特殊情况下具有优先权，比如我在自由与义务、风险与安全、坚定与妥协之间运用权力进行选择时？

五、我要强化哪些我认为具有阳刚之气的性格特点？吝啬还是慷慨？焦躁还是忍耐？迟疑还是果决？哪些习惯我得细心维护？比如雷打不动的报刊晨读。

六、我畏惧什么？畏惧是我所经历的伤害，是持续感到痛苦的噩梦。显然，我欲排除这畏惧，但这要耗费许多精力，还不如把畏惧视为生活的一部分，与之融洽相处，这样反倒节省精力。

七、诱人之美大有帮助，男人的生活应以美为取向。什么是我毫无保留说“是”、能帮我获得诸多意义、成为我克服困难的力量源泉的美物？包括哪些美景、工作、游戏、兴趣、谈话和思想？

忠于自己就意味着坚持以上各点，纵然它们在原则上也是可以变化的，由此打造出能“钩住”他人的方方面面。维持定义明确的自我关系也就能维持同他人的关系。增强自我就会产生来自内部的自我意识，它的形成不再仅仅取决于外部的社会地位、职业以及与之相联系的收入、财产和对技术的占有。这个自我不再需要过分自傲的自我维护，他会慷慨大度地认可别人。通过自我的力量得到满足的权力，它向外不可锋芒毕露。大凡与自己亲善者，也能成为他人之友。

在对自身历练之后，接着第二步是在友情上做工作，集中在建立和维护同他人的关系上。维护友谊，这在非现代文化中是一件理所当然之事，毫无问题，可是在现代文化中却成为一项要求清醒择友的工作，这工作不可放弃：同真友无话不谈，包括涉及阐释生命的"深奥"谈话，探讨大小生活问题，反复议论发生、遇到和经历之事，从中得出结论：哪些经历应得到评价，如何评价？事件中哪些隐性关联值得记取？可提出哪些论点用来赞成和反对某种选择？生活中什么东西真的重要？何者为美？幸福意味着什么？什么东西能帮助人获得意义，什么东西不能？

第三步是家庭工作的广阔领域。如果家庭核心深受现代解放意识导致关系衰退的打击还依然存在，那么就没有任何理由置家庭工作于不顾。家庭不再依据宗教、传统和习俗既定的规范存在，只依据当事人那理由充足的选择。家庭范围内要实现的东西无非是信任、安全、爱情的体验和生命的传承这类美事，而不是纯然履行义务。家庭工作系指维护至亲关系，协调在共处时难免出现的困难，寻求生活的共同节律，教育孩子，克服居家生活的平庸，处理麻烦的家庭琐事。男人在家有某种获得补偿的需要，不是一直能镇定自若地对待家事，所依据的是完全不同于职业工作的逻辑；然而为家务事付出辛劳也会有丰厚回报：生活在家庭义务中的人一般不会再提生活意义这个问题，家庭生活就是意义，虽不是惟一的、但却是一种只有付出辛劳方能获取的意义。

家庭之上的整个社会受到由解放造成的关系解体的威胁，所以第四步除私人生活外，公民工作就具有更重大的意义了。作为公民，个体感觉自己是社会的一部分，为社会团结做工作，此为民主的本质特征，是对民主的促进。相应的工作就包括在日常生活中安排与他人交往。公民工作看似平凡，许多男人出于习惯对此兴趣淡漠。我如何与人交往？分明显示无兴趣，在情感上根本无意参与社会生活，重要的是改变态度，如有可能就承担一份要求很高的社会义务工作，这既非国家又非私人之事，投入的时间既可限时又可连续，正如志愿者组织所介绍的工作那样。从传统上看，这类工作主要由妇女来干。经验证明，恰恰是这种不讨好、无报酬的工作助人获得诸多意义，因为在这工作中最能体验工作自由。

第五步把休闲当工作，即便这个概念已显矛盾。有些人把做男人死死定在过分的积极进取上，把做女人定在被动性上，对他们而言，最费劲的莫过于理解下列这一点：无论积极进取还是被动、作为还是不作为，都是人生的重要元素。尝试研究这事，目的不是消除积极进取，而是让它得到平衡和呼吸。休闲是对劳动生活的补充，是精神领域的生活方式，对此做思考、另外思考或重新思考，没有什么目的取向和直接功利，但恰恰因此而产生一种取之不尽的创造性资源，它服务于一再更新方向的工作和生活。由于过去人们鄙视闲情逸致，所以剥夺了现代社会个体对它做必要的思考，看不清事物的关联。对它做重新评价有利于发掘休闲新的意义。

第六步与“意义”相关，这工作是自己去探询和制造关联：在自己内心、在同他人关系和同世界关系中、在整个生活里、在感性、心灵、精神和超验等各个层面上制造关联。男人偏爱“为什么”的目的关联可以保留，他们往往盯着一个或近或远的、既定的或自己设定的生活和工作目标，实现某项计划，完成某项任务。对意义的体验又促进了人的责任感并对他人关系、对某种情况和挑战作出回应，注意各种答案之间的关联，尽力出色地去行事。看出家庭关系意义的人也就感到自己的家庭责任；明白工作意义者也就担当起工作的责任。此外最好就维持表面关系。

第七步是把职业工作置于各种不同的工作中，这倒不是说职业工作不重要了，职业工作只有在各种工作整体范围内找到它的位置，这才具有决定性意义。倘若男人仅仅献身于职业工作，为防解雇而过分卖力，以至耗尽自身的所有资源，那么他的幸福是骗人的。不少男人把职业工作视为“理想情人”，时时处处都可拥有，不光因为它“温柔”，还因为通过胜任新挑战可以去体验自己的力量、能力和种种可能性。但上述其他工作可以把职业工作置于一个能够很好履职的环境中，失去职业时，依然可保留其他工作。只有自处而安、拥有朋友和善待家庭的人在不再献身于职场、突然蹲在家里时才不会产生“宅男紧张综合征”——日本人的谈资。不要把职业工作与生活分开，应寻求工作与生活平衡。职业工作概念应扩大到“人生工作”里去，把不同的工作一体化。

这事困难吗？复杂吗？假如男人不是为了完成各种实实在在的任务，那他的生活目的又是什么呢？有个东西是永远征服不了的：两性间的紧张。不管男女怎样对自己的角色定位，怎样交换和解除这角色，但两极对立性总会冒出来，当事者应该学会把关系中的紧张当成人生的财富。哪怕物以类聚，人以群分，男女也会被迫认识到此类紧张还需在哪个地方改善。纵然有时得出绝望的结论：“男女就是合不到一起”，但两性关系还会在同一星球的不同类世界上获取其特殊魅力。以两性差异和对立为前提，就会增强对对方不同的生活方式的好奇并乐于承认，不会将它贬为不当和无意义。对方的存在、感觉、思想和生活与自己如此不同，但又必须与对方共处，交流思想情感，这就从中产生出极大张力来，也许正好从中看出幸福呢。

对立性不是希腊文指称的战争和冲突；爱情不是尼采所认为的“两性不共戴天之仇”。对立的两极可以互补，而不是争斗：敏感与理智、联网思维与聚焦思维、实用意识与原则意识、注重大关联的眼光与注重细节的眼光、划清界线的能力与抹煞界线的能力、坚定不移的目标取向与迈向目标途中出类拔萃的敏锐感觉，凡此种种，谁代表哪个方面都不是一开始就注定了的。丈夫和妻子相互配合，这战略使一方看得见另一方忽视的东西，双方共同培育一个完整的性格。结为伉俪，其自然和进化的原因虽是为了后代的最佳基因组合，但文化和个人的原因是，彼此凭借不同的优势相互保护，两人一起总比单个人强大。诚然，在什么情况下，哪些优势具有优先权，区分起来确有困难。两性在这类问题上发生争执，在现代社会再也不可能用宗教、传统和习俗的既定规范来平息了。争执会铭刻于心，促使他们提出一个原则性问题：独处还是共处？

论相爱者的爱情

独处还是共处？对完满生活的探询

两情相悦，如此美好之事，几乎再也没有什么可以与之比肩。相互偎依，相拥而卧，眉目传情，哪怕再细微不过的表情和姿态都显示彼此钟情、亲密和安全感。人生的丰富多彩似乎全都集中在他们内心了，他们不会再提人生意义这样的问题了。与之相反的相爱者，他们相识既久便生嫌隙，一遇机会就以仇相报，丑恶之事，莫过于此。局外调解人试图劝说他们分开一段时间，在疏离时学会尊重对方，双方共处还不如独自生活。他们相处无爱，生活不充实，惟有无尽的空虚和荒唐。

独处还是共处？这个问题无论男女必须自行选择。既要预先选择，又要在建立关系之初选择，还要在既有的关系中选择。就是说，选择不是一劳永逸，而是一个阶段一个阶段地选择。在现代社会，无论如何摆脱不了选择的波动性。这个社会使独居生活在社交和经济方面成为可能，反观现代社会之前，夫妻生活和家庭生活是一种准则和必要性，夫妻双方都负有责任。不过，对于那些"畸零人"而言，独居生活也是很麻烦的。每种选择都有可能产生几乎无法忍受的后果：两人共处时，自由受到限制，有时，这种限制会叫人难以承受，那独居呢，独居自由自在，可有时难免感觉过于空虚。若把自由换成义务，故事又会从头再来。越来越多的人认识到独处与同居之间那悲剧性的内心冲突。独处既久会造成负担，而共处时间一长关系就难以为继："我不能没有你，也不能和你在一起"（电影《罗伯特·齐默尔曼如何看待爱情》主题歌，德国，2008）。内心的撕裂可能毁灭生命。女剧作家萨拉·卡内在自杀前的1999年所撰《精神不安》一书描述现代人的自由体验："我不能独处，又不能与他人共处。"

能摆脱进退两难的处境吗？对原因可做相反的考虑。独处似有自由的长处，最契合现代个体的自主要求：我行我素，自己决定我生活的全部和细节，“一直贯彻”我的处世风格，无须老是妥协，老是让别人修正自己。我独来独往不会有损于任何人，完全依从自己的生活节拍和兴趣爱好。兴趣爱好即使对别人不利也不收回。尽管我缺少那种体贴的感觉：累了一天回到温馨可人的住处，但也绝不会有同居势必随之带来的费神劳心的争吵和烦恼。我成全了自己渴盼的愿望：“总算有了自己的安宁”，有了更多自发和本能的东西，更多的灵活性，不用老是强制自己顾及他人的情感和对他人的责任，这就产生了一个活动空间广阔的自我，也证明一种没有爱情、至少没有传统爱情的生活是可能的。这生活看重浓烈的友情和对人、生物和事物的爱，一人应对一切，甚至会产生无限性体验。

个人独处需要精湛技巧。独处在不经意间，自由的有利变成不利：“我终于想干啥就干啥，但到底要干啥呢？”这必须由自己抉择，这事很费劲，若同居则至少可让对方出出主意。独处有时会有一种奇怪体验：“自己不再有感觉”，好像这轻松自如的生存让自己无影无踪地失落在虚幻中。维系他人关系的网络解体了，平时十分惬意的宁静成累赘了，对他人恼怒必须隐忍，不再投射到同他人关系上了。认为同他人交往很难这一类怪念头丛生。“不亏欠任何人”，这话也意味着，无人关心我的作为或不作为，尤其在我生活严峻和困难、须独自承担太多太多之时无人关心我，缺少安全感，缺少与他人长期交往的信任和亲密。独自生活自有狂热和沉醉之时，但当思想和情感一味盘旋于内心，那么独处就太过狭隘了。要弥补生活多样性——本可通过共处获取，要寻找那种生活意义——坚强的同居关系唾手可得，对他们殊非易事。

相反，同居生活有共同承担责任这一长处，可助人获得生存的完满感觉，这种感觉由情欲生活的充实、情感的融洽和思想的交流促成。尤其是当一方遇到他的另一半时，那感觉犹如柏拉图《申辩篇》中所讲的喜剧作家阿里斯托芬的神话一般。对方的存在是一种重力，它让我感觉出自我，对方证明我的存在；对方看我、倾听我的思考、评论和体验，我的存在似乎才是真的。这是同对方维持关系和彼此不离不弃的深层原因，它超越一切迷惘而感觉自我真实，不致陷于“我是否活着，我是谁”这类问题。因为分担角色、义务相对变小，所以，生活对立性这场好戏便可完满上演，而无须单打独斗，应对生活困难。另一方可协助或独立提供物质生活条件，帮助获取社会地位，期许在爱情各层面上会有所回报。至于那些名声不佳的交易关系也可以建立：用情感换晋升，用性换生活物资供给，但只有与此相关的双方才有决定权，才可判断这是不是爱情。他们若自觉自愿，彼此承担义务，战胜流言蜚语，也就成了有选择性的共处集体。对于同居者而言，同居的意义产生于强烈的义务感，产生于一个人同另一个人生活的无限性体验中，纵然不是每天、每晚。

对同居也不要抱幻想，从义务的长处里也可能会生出坏东西来。当自由失落、被囚的情感造成压抑之时，浪漫的统一“整体”就荡然无存，对方的存在就让人气闷，一切都改变了，真是天壤之别！独身生活又是热望中的事了。同居生活若是基于必须相互依靠、排除单独生活之考虑，那么这是一种强制性共处。从原则上说，多于一人的生活就复杂，在关系中就有被强制的感觉，但困难还不仅此，当共同生活不再有传统、习俗或宗教既定规范、一切须由个体商讨决定之时，困难还会增多。谁也不知如何协商。生活中的困难依大小排序，最困难之事莫过于对付战争、疾病、伤痛、灾祸和死亡；其次是现代社会的日常共同生活，人们必须面对这一要求苛严的任务；第三困难是教育孩子；第四困难是独身生活，然而对此的评价取决于个体的禀性、文化影响和个人态度。

独处还是共处？这从理论上说可以选择，但实际上必须选择。为了更自由地选择，而不是必须遵循某种必要性，那么，尝试这两种生活方式都是有意义的。随着“如何生活”的清规戒律消亡，生活及关系生活简直成为“实验性的生活”了。说到底，实验的自由不是为了自由本身，而是为了尽可能多样性地开发生活进化之变体。这实验探寻生活的各种可能性，因为谁也不能预知，什么是可能，什么是不可能。每个个体不都是大自然用他所做的实验吗？同居生活也可做如是解。有意识地赋予这实验以明晰轮廓是件极富魅力之事。人是试验动物，是特殊类型动物：能给生活提供促进进化的种种变体。每个实验依自身的选择，有理由或无理由、思考过或未经思考的选择进行。但可以选择采用何种形式，既可主动，也可被动，任由某事裹挟自身发生，把这事交给偶然或命运裁定，实现了的东西就要心甘情愿接受；此外也可让另一个人——假如已有此人存在——选择并赞同其选择；出于自愿，也可让传统的共处模式复活而放弃其他可行的选择。用来评价生活方式的标准也可选择：比如“美满的生活”值得肯定，因为它最适宜于当事者的情况，使他们充分发展其种种可能性，连同所有令人高兴和不怎么令人高兴的方方面面。这美满度日的意识——而且已展露美好前景——释放出克服困难的巨大能量。

除了“独处还是共处”、“自由还是关系和责任”这类两者择一的选择模式外，还可关注一下中间模式，比如，会造成自由度最大损失的“激情”关系和“友情”关系都是可能的。友情试图以不大浓烈的情感来实现关系中更大的自由。在“合作友情”中，当事者也可以更自由地理解关系，把同事的行为模式变成“伙伴关系”的基础，这种关系虽然让人想到纯粹的业务搭档，但随着时间的推移也可能会发展成真挚的爱情。在“职能性爱情”中，显然是要用默契或用条约确定彼此的角色和履行相应的职能，如不遵守则各奔东西。“竞争性爱情”提供诸多关系，但自由空间较小。这种关系因经常争吵使当事者疲惫不堪。“排除性的关系”系指将爱情排除在自己的生活之外，它提供一切自由，没有任何关系和责任，放弃任何私密关系，也就是独居。此外，“虚拟的关系”提供最大可能的自由和很少的关系和责任，当事者竭力停留在可能性王国，避免在真实生活中实现任何关系。

两人生活所有的中间模式都有一个特点，那就是给独处提供空间和时间。

由于同居生活从来就不光是起激励和兴奋作用，它还使人费力伤神，所以，一开始就把用于彼此休养生息的独处生活纳入关系概念中那是再恰当不过了。两人生活的联系存在于一个空间分隔的共处环境中，这在建立关系的初始阶段很典型，后来要么扩大、保留，要么恢复，只要居住条件够用就行。比如将居处分隔，正如诗人兼思想家伉俪赫尔曼·黑塞与妮侬·黑塞、让—保尔·萨特与西蒙娜·德·波伏娃、弗里特里克·迈勒克与恩斯特·扬德尔所为。倘若同居的空间不大，不便分隔，那么可暂时分居，双方均可独自或同朋友一起做点什么，分居的时间可以是数小时、数天或数周，但这也可能给关系带来危机；有些人甚至敢于像流浪汉那样分开，孤身一人在外转悠长至两年，然而返回，复归信任。可以疏离的亲近能成全一种在关系责任和自由两方面堪称完美的生活，因为它可以在共处和孤独之间呼吸，让相爱的人们在暂时的独处中重获宽广的心灵，若一味亲近则容易失去这种广度。已成"例行公事"的同居生活通过间或分开可重新获取美好的、值得肯定的体验。

相爱的人们怎么也逃脱不了孤寂，尽管他们总是为对方而存在，相互许愿无论何时都要抗御那凶恶的孤寂鬼魅，然而爱情并未保护他们免受其害，相反孤寂尤甚。共处生活清楚地表明，生活说到底是个人之事，个人必须独自承受深切的失望、焦虑和分离，纵然对方给予支持也要如此。欢乐容易成为共同财富，痛苦则是倒霉蛋的家产，因为一个人的意愿再好也无法解除对方的忧愁，不可能设身处地随时走进对方的世界里一同思考。

共同生活除需要欢乐外，还需要方方面面的独自生活技能。附属于共同生活的孤独是人们想要的，它使个人更深入地研究自己，替自己弄清一些事情，"取得自我谅解"。在思想情感上，知道对方一直在自己身边，这是有完美安全感的孤独，它是为对方而存在的新资源。倘若共处中的持续孤独成了一方难于消除的重负，就别指望与对方达成妥协，宁可分手，不要再维持同床异梦的尴尬处境。一种极度痛苦的情感是，明明感到自己从对方生活中被排除了，但表面上还得与对方共处。

决定两人共同生活，有一些更具体的问题占据中心位置：与谁共同生活？在哪里可以找到他或她？尽管在大多数情况下，被动的选择无须特殊的范围，因为爱情无处不在，但仍需选择寻找的范围，应优先选择近处：居所周围和工作场所；也可在那些能提供主动选择机遇的地方寻求：情景聚会地和聊天室。在其他地方因为偶然邂逅而产生爱情的情况不常有。借助电子技术，可以缩短时间，对促进或阻碍的因素、对有利或不利的情况做出调整和平衡。这样，共同生活的共同点从一开始便一目了然。心理学和社会学的研究表明，哪些因素和情况在其中起了作用：亲切、坦诚、沉稳和可靠的个性；共同的兴趣、愿望、偏爱和反感之事；大致相当的教育程度和社会地位（冈特·布尔卡特：《生活各阶段——爱情各阶段》，1997）。

最终还得由本人选择，选择的理由至少有一部分是模糊不清的。在大多数情况下，爱情是以诸多因素为先决条件的，正如健康和疾病是由诸多因素造成的一样。促进爱情产生的因素和情况可谓林林总总，个体对复杂的过程不可能看得那么分明，但这过程必须要有个结果，于是出于简化的原因就采用“自由意志”这一缩略公式。产生的结果要么双方完全一致，要么存在分歧。对方的面部特征似乎很熟悉，说不准是以往碰面留下的印象，现在真要是碰上梦中的某人，那便是最佳的结识缘分了。偶然的原因也是让人“试试”，看结果到底如何，别人不做的，有人偏要做。

眼前真的有那么一个人，也许还有多个，那么在浪漫情怀与实用主义之间，何者具有决定性作用呢？走向幸福的途径是什么呢？走向何种幸福呢？什么东西最有创造意义呢？在哪个层面上呢？奥维德所说的“我喜欢的只是你”具有决定意义，依据“我只相信情感”这一浪漫爱情理念，不考虑父母的建议、某些义务以及日常生活的实际和经济条件。谁关心生活的框架条件呢？如何处理同爱情关系不大、但与日常生活息息相关的小事呢？有没有理由设想可与对方共渡难关呢？生活与爱情的哪些层面可以与对方探讨呢？未来共同生活如同一次漫长的旅程，它能否经受住实践的考验呢？只有在实践中而非在理论上才能体验超越激情因素的关系是否与日常生活适宜；只有在“互动”中才能知道两人是否琴瑟和谐，是否能长期相互关爱，或预感早晚要劳燕分飞。在两人身上能否看出至少还有一点兴趣让“我”具有适应对方的能力？为此还需做哪些工作？由谁做？能否存在一个共同的核心？什么东西应该在关系中被边缘化？

意欲阻挠仅仅以情感为基础的爱情理念是徒劳无功的。这理念通过艰苦斗争得来，然而用别的理念对它做些修正是可能的，比如让实用主义的浪漫情怀参与选择，但又不放弃理智的思考。在许多文化中，人们遵循先思考后产生情感的时间顺序。那些根本不相信情感的人必然放弃有价值的修正力量，而光以情感为基础的人必须应对如下局面：情感有时会休息或全部失灵，也喜欢颠倒成反面，灾难性地产生失望：受伤害者还得痛苦一阵子，直到找出他们“真实感到”的、能决定他们或聚或离的东西；倘若他们“根本感觉不到什么”，也不知道其他的修正渠道，那就麻烦了。

从原则上说，恋人的世界相差甚大，这就要求寻找彼此的契合点和架设沟通的桥梁。反之，不识大体就会把小漏洞当鸿沟，把对方的偏离当成背叛。爱情的强大相当一部分产生于“一起走”，但又不绝对彼此相属。在爱情胜利凯旋之时，当事者们几乎意识不到这一点；爱情一旦出现分歧便疑窦丛生，认为爱情只是个误会罢了。关键是不要对关系抱过高的期望，期望高失望也大；没有期望，就没有失望。伟大的恋人查尔斯·布可夫斯基在生命行将结束时有一段自白：“我那时戒绝寻找理想的女人，有个不是噩梦的女人，足矣”（《日记》，2006）。对对方的要求要适中，这样，爱情的机遇就增多。尤其要从如下的观点出发：对方的要求我也不可能全部满足。对方以梦中情人身份出现了，已主动表示对自己关爱了，那就开启这场爱情游戏吧。

爱情是场游戏吗？论追求与诱惑的爱情艺术

说爱情是场游戏，是因为爱情从“热身”开始，首先必须为游戏的可能性创造各种条件，比如寻觅合适的一同游戏者。“努力”追求的目的是把他人吸引到面前——犹如投资一样具有魅力，给他们提供各种难以回绝的活动，背后也并非总是隐藏着什么“真正的企图”，往往只是顺便试试罢了，看能否开辟一个超越现存实际的可能性的游戏空间，或只想享受一下把他人的关注吸引到自身的力量感。所践行的每次游戏都要碰运气，都从“热身”获得可能性，与爱情“热身”相宜的是调情（Flirt），这个词源于法文fleureter，字面意思是“撒花”，引申义是给女人“讲辞藻华丽的故事”。调情也没有具体目的，只是为“交际”打开局面而已，此时尚无实际接触。

调情就是诱惑他人与我共同参与，使他们做自我介绍，对我的建议让步，我则毫无责任感地设想进一步走近的可能性。一些“勾人的诈术老手”在二十一世纪就玩弄这样的游戏。起初，游戏者在思想情感上只即兴地对待爱情，正如球赛时对待球一样。预想的爱情悬浮在空中，不可视，不可触，但提供诸多与对方发生关联的可能性，诱使对方成为一个有潜能的共同游戏者，这是早期阶段一种无结果的尝试，倘若失败，随时可从头再来。毫无责任感与玩耍并行，这让人容易想到：这一切不会只是游戏吧？

追求者使用爱情符号学和雄辩术，这学问范围极广。前者是需要对其解密的象征技术，后者是用言语说服别人并让人相信的口才。追求者喜欢用象征、言语和姿态把意图编成密码，这与他还不能或还不愿提供真实的东西有关：他只想指明可能变为事实的可能性。相反，被追求者必须解密：他背后隐藏着什么？真的隐藏着什么吗？某种迹象、某句话和某种姿势作为显性的东西在不经意间向人提示某种相应的可能性。结构主义学家费迪南德·德·索绪尔在二十世纪曾深刻地指出此点。爱情符号、"爱情"这个词本身对相关的潜能和事实根本不提出保证。象征、言语和手势披露人们的许多需求，却很少揭示事物的实际内容，正如广告业那样。所以，想急于弄清象征、言语和手势真正所指，就需对其后的具体事实予以关注。在爱情和生活的一切问题上，区分显性与隐性的东西是绝对必要的，这样才不致成为花言巧语和骗术的牺牲品。然而，追求的游戏不可放弃，否则怎么能引起对方对某种可能性的关注呢？为达此目的，可动用感官、情感和思想的各个层面。

在身体层面上，追求者的目的是动用一切诱惑力对对方的感官产生影响。由此，在不同的文化形态中，男女两性上演了一出值得观赏的戏剧：追求者用那影响感官的烟花在对方想象力天幕上画出美丽图画，他越是让人相信人类历史倒转回归天堂，他越有希望获得成功。尽管外表这时显得重要，然而随着关系的建立便失去了支撑作用，而不可忽视的内心特质逐渐有了凝聚力。但感官印象毕竟是开头，对此谁都不必害羞：开头的关注深深植根于爱情进化中，在进化中，两性被创造出来，"彼此认出对方"，为生活更广的多样性创造出更优越的条件（格拉尔德·许特：《爱情的进化》，1999）。男人的目光投向女人的身体，女人的目光投向男人那稳健的、讨人欢喜的姿态，这种"石器时代遗留下来的心理"在关心着人的行为方式。

在历史进程中，男人把女性定为被追求的被动角色，这就迫使男人以自己的方式积极主动起来。他们学会使用的手段有：面部的肌肉活动，含蓄的微笑，腼腆的目光，顺带的手势，这些东西会激励女人，使她也变主动，增强提建议的勇气。女人明显的迹象是香型、服饰的颜色与搭配、裙子边的高度、鞋跟设计、体态和腰部动作。"她动作的方式"也就是"她如何追求我的方式"，乔治·哈里松如是唱道。男人的兴趣主要由女人身上的"小部分"和超越生理学的实体魅力所控制，他暗想女人身体上的"小部分"之魅力，时而对其赞赏有加，时而又加以掩盖和收回，由此大大激发了他的想象力。

在心灵层面上，追求的目的在于唤醒对方的情感。为此要首先表达自己的情感，以起“感染”的作用。追求者动用情感符号学和雄辩的口才，以使对方相信他的极大关注、馈赠的慷慨以及情感的长久。明白无误地献给对方善意、所有层面上毫无保留的关爱、炽热的海誓山盟、诱人的魅力、脉脉温情。面对这些，任何人都不会再保持冷漠。所以，中世纪演唱情歌的骑士总是撕心裂肺地讴歌内心澎湃的情感风暴。在现代，浪漫主义者也信誓旦旦地彰显内心激动，惟其如此，爱情的真实性就不再被人怀疑。

然而，被歌颂的和挂在嘴上的显性东西并不能完全让人相信那令人向往的真实状况。奢谈爱的情感以掩盖赤裸裸的欲望，这，即便像保罗·克莱这样的画家也认为是“耍手腕”。还有那些诚实程度不一的话语使千百年来的书简文化繁盛，它们对许诺常自食其言。类似的情况还有诗歌和不大能长期储存的手机短信，二十一世纪是爱情的无语时代，却是各时代中最唠叨的时代。不管语言多么被曲解，但它还是让潜在的游戏伙伴懂得了情感并被甜言蜜语所诱惑。语言一直是追求的重要媒介，它作为情感的营养剂大多提供给营养不良者，那些人或天生缺乏营养，或因周围文化太不重视情感需求，或因自身原因造成了情感匮乏状态。

在精神层面，追求者用思想和理念的彩带去施加影响，这彩带能激发对方的思想和理念。主要使用让对方爱听的言语和比喻，也用能使对方思索继而产生情感的审慎论点，特别说一些惊世骇俗的言语，它比符合逻辑的论点更有激励效果。追求者审时度势，会很好地顾及和使用这些东西。后来写出《轮舞》的剧作家施尼茨勒谈及女演员阿德勒·桑德洛克在精神层面上追求他时他的积极反应：“她绕开我的‘精神’走弯路”，他在1893年12月17日的日记中写道，“因为她在我这儿凭借对感性生活的直觉体验，认为这样做是必要的”。追求者的智慧、幽默、讥讽和自嘲很有说服力，因为这些东西让人期待，他即使遇到麻烦和纠葛，也能同发生之事保持距离以自救。

用言语和迹象暗示，有时甚至直白拥有物质财富，这也起作用。现代社会早期的一些文章毫不掩饰地表达了下列远离浪漫主义、却具有实用意义的动因：追求者应让被追求者在说服父母最终同意之前看到联姻的实惠。像贾科莫·卡萨诺瓦这样的追求大师也不惜用物质财富去诱惑对方，喜欢用玩笑话和风趣语言给对方造成财力雄厚的印象，但他是否真的拥有巨额财产，这不重要。他如此这般就俘获了许多女人的芳心。他说，当他直面对方，向对方表示兴趣，用正派的好奇心探究对方的内心私密，这时很容易打开对方的心扉，使之被狂热征服。他的爱情技艺诀窍是：极力增强对方的自爱，使其以始料未及的程度开放自己，并爱上那个助其开放的人：卡萨诺瓦死后发表的《我一生的故事》，对于将追求技艺当成爱情艺术要素的人而言，不啻为历久弥新的研究经典。

这位伟大的情种拒绝旁人诋毁，说什么他是诱骗者，拒绝的理由很充分：卡萨诺瓦不是唐璜。唐璜来了，胜利了，走了；可他留在此处。纵然他也诱惑，但尊重对方的选择，诱惑的目的只在于缩短过程：诱惑是用对方喜欢的手段，撬动对方自己决定。如果说追求是用思索使某个东西运作起来并获取动力的话，那么诱惑便是开动一部停在云雾之中的机器，它不再让人有清醒的想法，宛如被催眠一样被带到从未想去的地方（罗伯特·格林：《诱惑24法则》，2001）。追求开发一种潜能，开启逐渐靠近对方、在某个层面抚慰对方或被对方抚慰的可能性；诱惑则喜欢急于在肉体层面促成交合，诱惑者想顺顺当当成事，想获取对方信任，目的是占有对方。过于耐心的追求者迟迟不能动手；意欲从速诱惑的人因追求不到位而不大会被人考虑。理想的情况是，追求阶段以对方同意告终，而无需再追求。古罗马诗人奥维德认为，追求只是诱惑的必要初步阶段。他正是在公元一世纪基督教爱情理念产生时为这个广受赞同的“爱情艺术”建立了一座世俗丰碑，他仿佛要武装这理念，以防被人遗忘。

现代一种更新的爱的艺术也许可以对爱情艺术有所帮助，使之成为“最伟大的兴奋剂”，让生活更美好更值得肯定，一如尼采梦寐以求的那样（《遗稿》，1888，修订版）。这艺术不是自然而然就存在，而是在长期的学习、演练、体验和思索过程中获取的，这过程永无结束之时。这艺术涉及三步技能，从可能性的虚拟技能开始进而发掘各种可能性，比如设想种种关系，为自己和他人“描绘”这些关系，用追求和诱惑使关系变为可能，这个步骤只是虚拟和设想，并未立即付诸行动，此为探究可能性的艺术，也可借助各种虚拟媒介。

个体的可能性意识由以下东西提供：他的创造性，打发他四处奔走的好奇心，能感知各种可能性的梦想和渴望，能打动他和他人的需求，对欠缺之物、美好之物和有益之物的关注。正是可能性的魅力把爱情从一开始就变成一场游戏，许多人认为是最紧张的游戏。若真是游戏，不是强迫，那么，自觉自愿便是绝对必要的基础；然后的问题是：玩什么，在什么层面上玩？肉体的、心灵的、精神的？要实现何种可能性？以怎样的投入、带有何种风险、在哪些游戏范围、持续多久？对方允许同自己游戏到什么程度才把对方视为一种可能性前景？我自己准备到什么程度对方才把我当成一种可能性前景？这些问题的答案会使游戏的性质随之改变，因为游戏的本体层面改变了：之前的游戏可以沉湎于无形式的可能性中，现在不同了，游戏成真了，那就要赋予生活和爱情一种形式了。有些人试图阻止此事，其方法是继续让所有的可能性悬而未决；许多人陷于困难，原因是对游戏成真的过渡没有准备。

爱的艺术不以两人终于走到一起而结束，要在建立、确保和塑造这种关系上多做工作。一种为实现可能性的实现技巧是必要的，但只能实现一种或少数几种可能性，要实现许多、甚至同时实现所有可能性，这是根本办不到的。在这个层面上，爱的艺术就是实现的能力，旨在“自我体验”，人们渴望实际体验甚于对可能性的渴望。某种可能性实现了，体验也就有了，而体验使人更聪明，它能弄清什么可以实现，什么不能实现：于是产生实现意识。具有决定意义的是爱情开始时的技能，每一次实现都有“第一次”，亦即蕴涵可能性之完美魅力的“第一次”。与对方默契的目光交流，触碰对方时触电似的感觉，拥抱对方、抚摸对方和亲吻对方的体验，这一切无不动人心弦，震魂摄魄。

两个世界巧遇，初始的体验让参与其事者感到震撼，生活层面的变换使他们无比兴奋，可能性的能量还会持续好一阵子，以激励所产生的现实，以至于难事变易事，比如起床，自己感到被内心新的力量弄活泛了，此前没有这种力量；以前老考虑自己，现在却变成另一个只考虑对方、完全为对方而存在、甚至想拥抱整个世界的自我。实现了的艳遇连同许多不确定性开始书写着生命史，在当事者的肉体、心灵和精神上留下持久的印痕，从现在开始，没有什么东西好修改的了。

恋人们对游戏的这个阶段鲜有准备，所以存在一种广为人知的见解：“爱情是一种奇特的游戏”。由可能变成现实的爱情立马就面对现实各种条件的限制。“来到现实中”，这首先是一种给能量泼冷水的体验，它与现实的固定化同时发生。一旦重新起步就不是那么容易了，那么，曾经好玩和搞笑的游戏就变得严肃了，马上就显示出游戏并非总是快乐、其中也有失望，就像每种游戏一样。有别于游戏“热场”前奏，现在不再只是同可能性打交道，没有责任感，而是涉及与对方关系的责任了。只要游戏没有产生结果，那它就还是游戏，无论何地都未规定可能性必须变成现实啊。许多匪夷所思之事随之发生，那就不光是一方的游戏了。要像演戏一样分派角色，这样双方就能更好地发挥各自特长，而不必要求在任何问题上取得一致。在作出最终决定前要对共同生活作出临时性安排，临时性的权宜之计也会维持较长时间，所以采用哪些权宜之计值得斟酌。业已存在一些逐渐形成的规则，对游戏进行限制，相爱者必须自行决定按照什么规则游戏，也要规定对付破坏规则者该怎么办。

爱情的实现需要一个空间范围，即“游戏场所”，这样，恋人们在频繁迁移挪位时才不致在空间里失落自我。说到底，是生活本身在关心游戏所需的时空。下列这个令人惶恐的问题很快就提上了议事日程：游戏何时在何情况下开始？可靠的只是时钟在不停运转：凡开始的东西必然结束，不管是“人生阶段性的关系”提前结束也罢，还是以死为界并超越此界的终身关系也罢。游戏中不可估计的东西是偶然性的东西，而爱情艺术就是为爱情关系利用这些偶然。熟知爱情艺术手段大有益处，比如用一个手势就解开爱情关系线缠绕在一起的那个结。使用战略策略的权利游戏贯穿于爱情游戏的始终，只是要努力守住这权利游戏的界线。局外人这个角色不大讨人喜欢，但又不可拒绝他，因为他见证爱情的各个阶段并对其作出评价。当局者迷，旁观者清，局外人的眼光能促进相爱者的取向。代表这种眼光的是挚友和咨询专家。正如一切游戏一样，在爱情方面，失败是一种挑战，胜利也是挑战，胜利让当事者趾高气扬，掉以轻心。

爱情技能的实现，在于用杰出的技能卓尔不群地实现各种可能性。这高超的技能乃是尽可能优秀地学会爱，用别人无法模仿的方式实现各种可能性。若与玩球相比，球可以用某种方式玩，也可绝妙地玩；若与绘画相比，这一笔可以随便也可绝妙地画到画布上，同理，一种爱情关系不可半心半意、而要全力以赴地去营造。与简单的实现不同，这种技能要求不断的演练和重复，此为“学习之母”，长期坚持必能成为爱情技能大师，将演练和重复提升至使人获得极大满足感的卓越水准。卓越就意味着高于普通现实，创造出对对方的尊重，这自然是对方所期许的。然而卓越并非全程都有，只能阶段性在最重要最精彩的场合才有。不足和失灵永远难以免除。凡人不可能完美无缺，诸神也许可能。

通往卓越之路即是不断积累经验之路。经验不是自动产生的，要有意识地通过实践加以促进。在爱情关系中即使失败也有助于体验过程，对失败进行思考，得出结论并选择新的方向，那么这体验功莫大焉。体验和思考越丰富，对爱情关系及其意义的感觉就越敏感，由此产生个性鲜明的技能意识。敏感也不是无差错，大可不必苛求，每次出错之后，感觉就比以前更准确，关键是不受第一眼所获印象的影响，要提高对隐性情况和特殊性做第二和第三眼观察的技能，这样，人的行动就会更聪明、更审慎、更周全、更小心和更富前瞻性。从错误和迷误中学习，进而具备精湛和高超技能，把爱情这个游戏变成赏心乐事。敏感是优秀顾问，它比单是激情的感觉和冷静的思考更优秀。现代社会里人们对于可能性不大思索，由于经历过“通货膨胀”，从中生出了许多麻烦，现代文化既滥用人的积极主动性又滥用人的轻松消遣，以至于被动和思考遭到了“否定主义”的怀疑，于是经验就白白浪费了。

以下这句名言也适宜于爱情技能：“技能是美的，但要花很多工夫”（电影《被出卖的新娘》中饰演马戏团经理鲁多夫·布鲁默的卡尔·瓦伦亭语，导演马克斯·奥菲尔，德国，1932）。爱情是工作，是游戏的要素，得出这个结论的，不仅有讲求功效的实用主义者，而且还有醉心于可能性的浪漫主义者。人们陷于误解爱情的危险中，因为他们“把爱情当成了游戏和娱乐，认为游戏和娱乐比工作快乐；但世间不存在比工作更幸福的东西，正因为爱情是最幸福的，所以爱情只能是工作”，赖内·马利亚·里尔克如是写道，他把爱情称为“比较困难的事”，必须“严肃对待，要像学习劳动一样学习爱情”（1904年4月29日书简，《论爱情》，2004）。

艾里希·弗洛姆为爱情提出“知识加努力”的要求，以期摆脱对和谐一致的答案产生失望的梦魇：“起初无人清楚这事”（《爱的艺术》，1956，第一章），所以，把爱情视为多于情感的东西是很有意义的：爱情倒不如说也是人们所秉持的一种态度，一种通过持久演练而得心应手的工作。谁想超越初始阶段让爱变得轻松一些，谁就最好凭借演练和适应而达此境，一如书写、绘画和音乐技艺。

用可能实现、实现和卓越实现这三个步骤的技能形成生活和爱情的艺术。完成这三个步骤也并不意味着工作的结束，还要从头再来。这不仅适宜于新开辟的关系，也适宜于业已存在的关系——在此关系中，寻找和开辟新的可能性，这会让共处生活保持丰富的灵感，不致陷于平淡无奇。关系的初始阶段充满无限魅力的东西也可使之后的关系充满活力；充满青春喜悦而开始的东西也可延伸至第二春，第二春也不止一次，而是多次。爱情到后来也可美满如初，即使不离不弃同一种关系也是这样，因为此关系在经历停滞后又被注入新的动力。把游戏当成实现自己目的的技能，这是不言而喻之事。爱的技能是在悬崖深谷上架桥，是架设在分隔两人的深谷之上的桥。爱的技能在它的所有等级上、在实现的体验中，以及在卓越地实现“美”的领域中都能找到它梦寐以求的意义。爱情的每一个方面无不与“美”相关。

爱情美与恋人美：肯定与被肯定

大凡值得肯定的人和事，都可视为美。某事和某人被肯定是因为某种特殊性，但这特殊性并不要求完美。每种文化都有关于美的现实标准，这影响对美的评价。然而最终的审美者还是个体：凡我觉得美的就是"有魅力的"，它吸引我，它对我就再也不是"无所谓"，我再也不能冷漠待之了（阿兰·德波顿：《爱情笔记》，1994）。美是从它公开释放的巨大能量中获取魅力的：这能量提升生活的强度，它产生于美本身，要么产生于美的欣赏者。人们侦察这能量，当他们发现他人的美，看出他人内心的美并且突然感到受他人的吸引，这时就找到这能量了。倘若吸引是相互的，一种关系就建立起来了。在关系中，美的体验成了爱情的源泉。美与爱情在四个方面不可分割。

一、美造就爱情。若问爱情如何产生，答案不言自明：爱情发端于美，是对美的感知，这种感知虽不一定产生爱情，却大大增加了产生爱情的可能性。所以在各种文化中，用美的手段可将潜在的情人追求和诱惑到手：在身体层面上，美使人产生兴趣，并成为关爱的理由。柏拉图提醒之事：少注重外表和肉体美，多注重内心、灵魂和精神美，因为值得肯定的美好情感、性格和思想比性感魅力更能产生持久的爱情，这提醒之事早已淡出人们的视域。无论如何，被感知为美的人都存在与之建立某种关系的可能性，不管此人的美是显性的、被对方感知的，还是隐性的、有待对方领悟的。

美可能是天生的，也可能受文化影响由个体加工的。人在肉体、心灵和精神方面对美加工，旨在使自身的外表、内心和生活情况发生变化，以便让对方看到美好的值得爱的东西，正如奥维德所言："为着让人爱你，你必须值得爱"。在不存在爱情的地方，对美加工会唤醒爱情的生命，建立某种值得肯定的关系。莎士比亚在《哈姆雷特》中让主人公谈论奥菲丽娅时，肯定以某种方式对美加工过：她在肉体、心灵和精神方面自我美化了吗？她被某人美化或者被言语美化了吗？问题是，以艺术为支撑的美可能是骗人的，因为这美是用好的东西迷惑人，具有决定意义的是，因骗人的美产生的爱情是否还是真的爱情？只有真的爱情方能让人变美。

二、爱情造就美。这已表现在施爱者自身，他关爱对方、肯定对方，自己也由此获得美感，这在他和对方看来都是主观的美；这尤其适宜于被爱的对方，对方在被给予的关爱中彰显魅力四射的美；在施爱者眼中，这主观之美令人目夺神摇，以至拥有了客观的品质：对方真美，不止对方本身美，对方的生活，甚至整个人生和世界都美。自我内心肯定的东西变成对方内心可见的有血有肉的“是”。司汤达称内心发生之事(《论爱情》，1822)为“结晶”过程，一个人感性里各种绝妙的可能性积聚在平庸的现实周围，犹如冬季里的雪晶让光秃秃的枝桠闪闪发光。从原则上说，这使人陶醉的过程亦可逆转：随着美的消失并从着迷状态中清醒，爱情也就失落了，由肯定而释放的能量也就倒退了，曾经被爱的人身上的一切魅力消散如烟。

当某人被肯定时，能量流遍被肯定之人全身，它从所有的毛孔中冲出，让美彰显。这过程不止在感知里发生，而且也真的发生了：爱情似乎毫不费力地在对美进行加工锤炼。美的外部表现在眼角眉梢和言行举止上；内部表现在思想情感上，表现在某种不曾臆测的感觉、某种迷人的性格特征、某种征服人心的思想财富上。美在微笑里显现，因为这是肯定性的微笑，廓清了一切隐晦，表明自己不仅被对方肯定，甚至在主观感觉上还被整个人生和世界肯定。因为双方具备美的不对等，美就不公正吗？可美的分布服从于双方认同为公正的原则：更多地爱别人，更多地被人爱，这样的人被给予的美就更多，美又变成一种激励，激励他更多地爱他人；这是重复生产过程，从彼此关爱中产生无数美的体验。

三、爱情造就美的体验。可供人体验的有十二种美。首先是“体验美”，即共同体验值得肯定的东西，而这种体验在个人独处时不可能有。对方帮助你获取美的体验同时又激励自己创造等值的体验，往往与“感官美”相联系，视觉、听觉、嗅觉、味觉、触觉以及内心活动都可在爱情中得到发展。爱情让人体验“艺术美”，因为在一切艺术，尤其在文学和电影中，爱情是最重要的主题，而对于培养自己的爱情技能，比如眼神、手势、抚慰和诱惑等，爱情是具有决定作用的推动力。爱情还负责制造“自然美”的体验，既涉及多种多样情感和思想的自然特性，又涉及外部的大自然，后者为两人的共同体验准备了无数地点——当某人形只影单重游故地，这些地方会显得多么空虚！在爱情中，从对方美的外表及内心形象上可以体验“人性美”，正如柏拉图著作中所载的苏格拉底对雅典政治家阿尔西巴德的评价，纵然另外一些人认为此人丑陋。对“性格美”的体验尤为重要，因为肯定对方的某些特性，这其中孕育对那人产生爱情的萌芽。

爱情提供“关系美”的体验，倘若这关系历经一切挑战尚能被肯定的话。恋人们成功地建立了值得肯定的生活关系，爱情也就帮助他们获得了关系美。“物件美”代表值得肯定的体验，比如戒指、手写的字条和照片这类象征爱情永存的物件。“想象美”正好在爱情中安家，连同恋人们对可能的情形、状况和活动的推测和梦想，哪怕没有具体的动因。爱情值得肯定，于是可以体验“抽象美”。此外，有些人及其行为方式在外人看来不大值得肯定，但也可能被人所爱，这导致对“负面美”的体验，因为爱情能把负面的东西变成值得肯定的东西。对爱情的持续具有决定作用的是，对美的体验能否持续。恋人们必须有意识地致力于美的体验，这体验首先源于自身。

四、美的体验使爱情巩固。凡双方认为值得肯定之事，全都惠及关系的产生和持续存在。美的体验可能消失，但会一再被寻觅找到。在紧急关头，出发点应是：对方还认为我美吗？我认为对方还美吗？我还继续肯定他吗？倘若美慢慢消失了，还存在美好的经历和共同战胜挑战的回忆吗？当时什么东西被我和他肯定了呢？这些东西何时、为何失落了呢？还能挽回吗？还能用其他东西替代吗？现在还有没有我不愿失去的某些感性的东西、共同的思想情感和习惯？他及其生活方面有没有我不能肯定的东西，由此会产生什么结果？如果有可能肯定，该做些什么？没有可能肯定，又该做些什么？使不可能成为可能，这事由谁来做？未来有没有展现美的理念和规划之可能？

爱对方那值得向往和引以为荣的东西这不难，但对方与自己一样，在生活方面也具有各种对立性，没有谁仅仅因为自己的美好面而被人喜爱。在关系的早期就应把注意力对准下列问题：我能接受我不是特别喜欢的方方面面吗？它们能在我的爱情中占有一席之地吗？它们可用某个东西抵消吗？答案就表示是否还存在共处的理由。这理由在困难时段很重要，比问谁“对”谁“错”更重要。倘若值得肯定的东西占优势，那么爱情关系就一直有价值，就可与对方毫无保留地共处；如果没有什么值得肯定了，那就只有空留对当初“良辰美景”的忆念了（米内：《滚烫的沙漠与消失的国度》，1962）。

以美为基础，就可把许多人向往的爱情伦理阐发为美学伦理，因为美学和美的东西自动生出伦理结论，首先是个体伦理结论：我从自己肯定的东西里为我和我的生活获取了基本价值，我的态度和行为以此价值为取向。肯定对方，肯定与对方的关系，这导致我尊重对方，赋予对方以及与对方的关系一种非凡意义。凡受尊重的均有意义，不管是物、体验、见解和偏爱，尤其是人的个性。对方虽然不是主要为了自身价值而需要我的尊重——对方和我一样，也有自身独特的内在价值，但来自我和外部的尊重导致对这价值的认可和对对方其他负面东西的包容，我也期望对方这样待我。以此方式，互相尊重就成为可能，不管是出于关爱对方还是出于体验对方都得同样尊重我的兴趣。

以个体美和相应的尊重为出发点就可讲清楚共同美为何物，寻找共同的值得肯定的东西，这是交际伦理的意义所在。在彼此交往中应排除鄙视、欺凌和使用暴力，对此双方认可吗？由此产生相处的行为准则，不仅为了宣布价值，还为了实现价值。双方取得一致的爱情伦理，其原则应是把对方当成独立主体加以尊重，不违背其意志，不把对方变为纯客体，比如当对方仅仅服务于自我满足时，当对方的自我价值、愿望、需求、决定、思想情感、甚至肉体的完整性遭蔑视时，当自己在对方想做另外的决定或不想做决定却硬要替对方做决定时，对方便成了纯客体。关系中的价值会产生被破坏的情况，但这不会使价值变成多余：爱情伦理保存这些价值，以便使之重返恋人身边。倘若不能重返，那就有理由质疑这爱情关系了。只要双方以爱情伦理为维系纽带，伦理就产生了效力，所以，双方要在“存在美学”上多做工作，赋予生活以一种“尽可能完美”的形式（米歇尔·福柯：“对真实的忧虑”，《谈话录》，1984）。

如果再也没有什么东西是值得肯定的，那么尊重就涣然冰释，原本的尊重变成了蔑视，对方的增值变成了贬值，对对方不再重视。曾经承认对方的美，现在取消了，这已不是主观过程、而是客观过程了：对方变了，不再美了。当某人觉得对方美、值得肯定时，这人显得很大方；当他觉得对方不再美就变得十分小气。正如肯定造就美一样，否定造就丑，否定将被否定者和否定者都变丑了。这表现在眼神和丑恶的评语上，另外，许多姿态和行为方式既是尊重的媒介也是厌恶的媒介，它们具有细微至极的配量，以此显示关爱或背离。厌恶到后来成了仇恨，使用奚落挖苦的小战争终于变成了动用其他口径武器的大战争，遂使得关系遭到了破坏。当否定某事、某种体验、尤其是否定某人的价值时，一切均被消灭，首当其冲被灭者，是面对贬斥难以保持的自尊。

为获得尊重而斗争，为反对贬斥而斗争，这斗争绝非例外情形，而是反复出现在爱情关系的日常生活里，是两人之间一个永无止息的过程。某种肯定的失落不是发生在爱情了结时，而是在肯定的不断摇摆的过程中，好像是有意要考验一下生活，看看美的东西是否在变化了的条件下也能被肯定。关系中会出现如下情形：由于感到对方的贬斥而产生向他报复的情感。被贬斥者也极易贬低对方，甚至不惜采取极端手段以赢得自尊，哪怕是最后一次。

无人会被迫肯定对方，会被迫采取相应的行为方式，对这个问题，爱情美学伦理与任何其他伦理的意见是一致的。美可能变成不美，正如“好”有时会变成“不好”，对此，一切伦理道德，一切曾经达成协议的责任义务都无法改变。所有的文化都熟悉那条“黄金律则”，其通俗版本是“己所不欲，勿施于人”，由此最易得出贬斥的界限究竟在哪。我不想对方质疑我，我也就不质疑对方。我想从对方那里得到的东西，我也必须向对方提供。万万不可将对方的情感和思考贬为一钱不值，要设身处地理解对方，我也希望对方这样待我。这条“黄金律则”，这条可逆的智慧戒律，谈论的是个体的利己原则，因为如果利他的原因不再能够信赖，那也还有利己的原因存在，这个爱情美学伦理提醒和督促个体，在否定对方和否定与对方关系的某些方面时，在极端情况下，基本否定这关系时不要感情用事，也不要完全否定和贬低对方的人格。

基本的两极对立性也在这里存在：美只有在与不美的对比中才分明显现。美与不美是相互变换的。正面的东西不可能常在，一切东西都不可能一直保持美，美有时潜藏在感觉的表层下，“被雪藏”，正如莎士比亚第五首十四行诗所言。爱情的呼吸在美的呼吸标尺上找到它的对应物。有时进入极度美和极大肯定，有时则进入极度丑和极大否定，不管是有意还是无意。假如持续缺少美，就有可能出现危险，亦即无意义体验的危险，因为美连同其能量毕竟是获得无比意义的源泉。没有美，人就无法生活；有了美，我们的不美体验就得到平衡。因此，人们总是设法在自身和他人身上、在事物和环境中，在艺术作品里，在美丽景观中寻找美。但是，如存在持续的过度的美，就会出现审美疲劳和厌倦。两人间的某些情况可作如是解：美不仅生机勃勃，而且也会产生疲劳，那是在美被享用太久之时；所以，想拥有总是美的爱情是荒唐的，有意义的是给爱情配上适量的药物，使她没有理由倦怠。

无限度地享受美，这事最容易在热恋、尤其在突然和无结果的暗恋中找到位置。匆匆邂逅会觉得对方身上一切都美，也无需隔天对这美进行验证：对方轮廓分明的脸，嘴唇动作，悦耳的声音，眼睛的颜色和眼神，服装式样以及服装掩盖之下的身体特点，这一切犹如在梦中飘浮，然而这浓烈而疏离的时刻在回忆中旋即消失，仅仅留下心灵对美的感知。这感知的演练很重要，如无此演练心灵就会变迟钝。心灵最美的演练莫过于施予，施予没有被接受是不可思议的。

馈赠的艺术：爱情中的施与受

通过施予建立、加强和提升一种关系，通过拒绝施予质疑、贬低和解除一种关系。施予作为肯定和尊重的标志赠予对方，或作为否定和藐视的标志拒绝对方，对施予的调整是深深植根于人类历史的交际方式，它比任何语言都意味深长（马塞尔·毛斯：《施予》，1950）。一切关系均受它掌控，尤其是爱情关系。特殊的施予即奉献，爱情是一种特别有趣的行为：我将某个东西无条件地赠予对方，我所赠予的也是对方中意的，于是这赠品就不是一般，而是最佳。

属赠品之列的，首先是时间。日常很多时间，一生的时间，我都与对方共度，而非个人独享。

第二是关注。它是精力的表现形式，我关注对方超过对任何人的关注。对方受到我的尊重、兴趣、理解和欲望的激励，还受到显示"关注"的物质赠品的激励，因而精神振作、愉悦，也许还感到要有所回报。

第三是赏识。它对关系而言必不可少。假若对方没有值得赏识的才能、技艺和吸引人的旨趣，那又何必共处呢？

第四是信任。在爱情关系中，信任被称为特殊赠品，挥霍性地被提供："我把信任赠给你"，意思是对方的"一切我全相信"，与对方的关系我也相信，也尊重对方本人。

第五是，对意中人的特殊赠品是授予其特权。"你什么都可以做"，对方无论何时何地、以何种方式都可以同我说话、接触和亲近，包括肉体亲近、情感和精神方面交流。哪怕纯属我个人的私事，对方也有参与讨论之权。

第六是，我把善意赠予对方，迎合对方。给予对方尽量大的自由空间，用至情显示我不辜负对方的爱，以最大善意宽恕对方需要亲热的急切和过分。

"爱情原谅情人的贪婪"(尼采:《快乐的科学》)。

第七是,我尤其关心对方的舒适感,问对方想要什么,对方得到满足我就高兴。我给对方提供惬意的"性爱服务",全身心投入,让自己被双方共同的感觉征服,其他感觉均抛向九霄云外,所关心的只是对方。

第八是,以上一切总和便是至要的赠品,即生活安全感。我给予对方生活安全感,使其快乐、闲适和满怀信心地度过一生。我承诺永远为对方而存在,为其担责,减免生活的艰辛和变故,也承诺一道战胜逐渐变老的大挑战,发誓白头偕老。彼此相属的安全感使得爱情极具价值,以至相爱者遇到绝望之事也彼此信守不渝。

没有施予的爱情是不存在的。至少在浪漫主义者看来,绝对的、无条件的施予才算完美的爱情:"只有无限的奉献才能满足我的爱情"(诺瓦利斯:《海因里希·冯·奥夫丁根》,1802)。奉献的能力即是无杂念的施予意愿,不考虑回报,不图感谢。然而在某时会出现一个关键性问题,即相互奉献问题。此相互性只在爱情初期和成熟期才会自动产生,在这些时段,恋人们感到拥有由大量奉献带来的充实生活,而且这些奉献会无心地达到平衡,即使某时不平衡,只需对方一个意味深长的微笑也就足以达到平衡。在爱情的其他阶段,生活的丰富性带来其他体验,开始时比较含蓄地要求回报,后来的要求越来越坚决,于是,无限的奉献就变得有限,施予的不平衡破坏了关系,抱怨之声刻薄起来:说什么为对方浪费的时间太多;对方实在不配享有那么多的关注;对方没有什么东西值得欣赏;信任用错了地方;对方"什么都不可信";再也不值得给对方特权和善意;从对方那里没有获得安全感;白白浪费了生活中各种契机,就因为与对方的关系。

为了减少这种情况的发生,施予的技巧要求别随意施予,要留意"在未得到认真清理的施予中,双方的评估存在哪些缺陷"(赖内·马利亚·里尔克:《论爱情》)。只有随着敏感度、经验和思维的日益增进,初始无意识的天真纯朴的施予才能逐渐变成有意识的成熟的自主的施予：施予，但不牺牲自己；为对方着想，但不抛弃自己。尽管对方有时“什么都可以做”，但关键时刻自己要给对方一种感觉：“别过分！”为讨好对方而部分或全部放弃自决，但这也得有个基础，那就是重新限制和阻止放弃自决。这样，既能保持尊重对方又能保持自尊。

一个强大的自我关系是建立同他人关系的最佳基础，更是把自己托付给对方和重新回撤到自我的最佳基础，这岂不与无私——爱情的特征——相矛盾吗？无私就要花光耗尽地奉献，且不是有时，而是持续，直至施爱能力荡然无存。而成熟的爱情至少应部分地为自己着想。爱情可呼吸度绝对与自己内心获取的和一再赠予的财富有关，也与对方内心获取的和与自己共享的财富有关。这双重资源消失之日亦即爱情枯竭之时。所以不可将关爱对方视为纯然的利他主义，爱情中存在着充满活力的自我利益：“人们为自己营造爱情，那可在其中安居的爱情”（米歇尔·克勒贝格：《卡尔曼》，2007）。但又不可将关爱对方视为纯然的利己主义，利己主义不会让对方信服，也不会使自己具备接受能力，接受乃施予的对立物，它不可或缺。

凡爱情无不与一种与施予并行的接受相关。接受是一种令人难堪的被动。施予者必须接受许多既使恋人们惬意又使他们难受的东西，“所以，他们的心总要有接受诸多事情的准备”，奥维德如是建议道。能为自己着想的自我做到这点应该不难。

第一，在时间方面，要接受对方不可能一直无限制地为我效劳的情况，对方有时也没空，尤其因为双方的时间安排有矛盾，对时间的分配和使用截然不同。

第二，要接受对方不是总能关爱我，正如我也不能一直关爱对方。对方也和我一样，会同别的人事打交道，这虽会引起我的怀疑，但此事难以避免。

第三，要接受对方对我的赏识程度总不能与我所期望的相符；可是对我的赏识过高，又可能导致我值得赏识的方面越来越少，如长久无赏识，那我就责无旁贷，必须重新制造被赏识的理由。

第四，在信任方面要接受失望，失望也不单单是对方的问题，还有我期望过高的问题，要降低对人性的期望值。

第五，要接受对方有时会取消我的特权，其结果是，我不能随时随地接近对方，甚至遭到对方拒绝，包括身体、心灵和精神方面。也许，对方就是一个爱拒绝或正在变成爱拒绝的人，用拒绝的表情和姿态来进行自我防卫。

第六，要接受对方的善意至少会阶段性地中断，而我是须臾离不开他的善意的。要接受对方让我产生自己不受尊重的感觉，接受对方思考不再周密、不再亲切、他的厌烦和恶劣心绪。但我滥用了对方提供给我的很大的自由空间，关键是用明白无误的让步"重新夺回"对方的善意。

第七，要接受在共处中不可能一直、而只能间歇性地享受美好的感觉。美好的感觉与不爽、无趣和无聊的时间交替出现，它们遵循生活的波浪起伏原则，与现代人提出的长期快乐原则相悖。

第八，要接受生活安全感并不能消除间或发生的不安全感，接受因对方之故而太过焦虑，对方于我相当重要，我从关系的细微晦暗处产生爱情苦闷，不管有理还是无理。即使在和谐美满的安全情况下，我也不得不接受这一事实：共处中并不是所有的可能性都会像我梦寐以求的那样变成事实。

就是说，爱情中的接受能力与施予能力一样重要。接受能力过度与欠缺都是有问题的。能接受意味着不逃避困难；心甘情愿地接受，其结果是让一切任其发生。只有通过经验、思索和由此产生的机敏才能找到可呼吸的尺度，可凭借下列问题：什么是勇敢的接受，什么是轻率的接受？我在什么地方过了头，什么地方回缩过早？什么东西可以低三下四地接受，什么东西使自己受委屈？我能及时说什么做什么，以摆脱那不能再原谅、危害共处的委屈？我如何保持自尊或重获自尊、如何保持对别人的尊重以及别人对我的尊重？何时为恰当时机承认自己的错误并由此得出结论？我能给对方提供多少“预支款”？倘若缺乏奉献和接受的相互性，对方的整体生活还值得肯定、还美吗？若是无意识、天真地接受，那就最易陷入危机，不独带来牺牲，自己也成了牺牲品。有意识、成熟地接受——根据自己的判断是合适的或不可回避的，对这种接受而言，取攻势态度优于取守势态度。勇敢地接受使接受变得轻松，内心拒绝接受使接受变得沉重。而最轻松的接受所凭借的是爱情，亦即那使一切均可接受的爱情：施爱者能吃苦耐劳，至少可将自己生活的一部分听任对方决定。如若没有爱情，什么东西都不能接受。

奉献和承受是施予和接受的形式，要求一种特殊的馈赠技能，其基本要素属于伦理学大主题之列。这技能在三个层面上发展：拥有馈赠的可能性（创造性和资源问题），实现几种可能性（付诸实践问题），出神入化地实现某些可能性（长期演练和敏锐性问题）。施予的艺术总需要它的反面，施予必须有人接受。接受赠品是基于同赠送者建立某种关系的意愿。赠品越大，接受起来越棘手，原因是不知如何恰当地回赠。“礼尚往来”，自古以来，馈赠即便不要回赠，也是要感谢的。在处于平衡状态的关系中，倒是不急于感谢，但在陷于困境的关系中，馈赠者的慷慨却消失了，恨不得一吐为快：“我为你什么都做了，可你呢？”如此看来，受者显然“忘恩负义”，“不无亏欠”，馈赠者对此劣根性心知肚明，他不承认自己无私的馈赠有何不当，奉献自己，有益于他人，这便是馈赠者。他赠予，因为这对他有益，使他胸怀宽阔，吝啬则使人鄙琐。所以，“施者不是要感谢受者的接受么？”（尼采：“论伟大的渴望”《查拉图斯特拉如是说》第三卷）

馈赠者把自己和自己的一生当作礼品激情地奉献给他人，这在施予方面是走得最远的，然而，这给受者带来不受欢迎的后果：一个人愈是毫无顾忌地奉献，受者就愈是要后退，以摆脱别人过于关爱所造成的拘束不安。倘若赠品被人取攻势姿态接受，那么馈赠艺术在接受方面走得最远，最明显的例子莫过于做爱："接受"便是对那个人——把自己及其肉体当作赠品之人——的激情占有，受者情趣盎然地享用赠品，为此，施予者那"被接受"的意愿是具有决定意义的前提条件，否则接受就变成滥用了。反之，受者也必须时刻准备，别让接受越界。最理想的情况是施者和受者彼此融合，又可以互换角色。

馈赠是一种本体行为，因为馈赠者利用所拥有的可能性去制造一种现实，比如满足他人的某个愿望，由此他在受者那里开启了有益于他的可能性，比如通过接近受者而赢得受者的好感，施者对受者好，他也会从受者处"得好处"。馈赠与实力相关。拥有各种可能性，这是施者实力的标志，他赠送越多，越显示他有实力，比如建立和巩固关系的实力，也说不定是社会地位的彰显。在传统意义上，馈赠享有很高的社会声誉，但它也蒙骗人，根本不是表面显现的那样心地善良，也并非任何时候都是"纯给予"，不思回报，正如几乎不存在受者"纯接受"而不思回报一样。即使馈赠的是物质，这物质的作用也是用来具体彰显某种非物质理念、某种价值和某种意义的。说到底，赠品让人得到这种印象：受者对施者多么重要。赠品会让受者铭感五内，哪怕施者只想用赠品印证和增强一下他在对方心中的地位而已。

随着现代社会结构解体，传统的馈赠形式失去了意义（赫尔穆特：《馈赠，论施予的人类学》，1966）。其后果是，必须寻求和重新营造个人的馈赠形式。依旧属于馈赠艺术的是赋予馈赠某种个人的意义，也关注馈赠对他人的意义，因为意义之间可能存在明显的不对称：我送一件衣服觉得很有意义，受者却觉得没意思；或者受者很在意拿到赠品，我却根本不重视赠送的个人态度，大多表现出某种无言的、不一定被受者认同的意义："快乐的赠品"证明某人过剩的力量，赠品只是为了给他带来快乐，只想看到受者的愉悦，而根本不顾受者的反应。"自由的赠品"源自馈赠的自由，也源自扩大受者自由的目的，比如让受者做一次旅行，或凭一张有价票证购买某个梦想的东西。“感谢的赠品”是赠给那个曾经赠送过贵重礼品的人的。“公平的赠品”，施者以此达到一种平衡，他认为不能让对方“吃亏”。“安抚的赠品”是为了平息对方的怒火，那也许由自己惹起、对方深受其苦的怒火。这些均为关怀性礼品，需仔细挑选，要考虑对方的需要和愿望。有时也许只是“礼俗性赠品”，此为传统的残余，在某些节日或场合赠送。

“紧急赠品”源于平衡对方已赠礼物的急迫性，或源于对赠品之缺点的失望，或出于不知或不情愿向对方赠什么，这与以下事情分不开：因缺少时间而买紧急礼品，或因一时想不起更好的礼品。送“必须的赠品”这很无趣，就因为“它必须”，无内心投入。“义务赠品”是有意或无意给受者强加某项义务，比如送一只动物就需进一步护理，或一枚不可能被回绝的戒指，或对方不想要、但又必须装出对其感谢的东西。“危险赠品”，此处“危险”是根据荷马史诗中常用的“希腊人”命名，他们巧施“木马计”占领特洛伊城。这赠品引起愉悦的期望，却不意遭到惨痛失望。比如某人向对方表白他的爱情，对方有几分迟疑，最后弄清某人已移情别恋。比较老实一些的，是“侮辱性赠品”，着重而直白地证明受者缺乏敏感，讥讽受者的兴趣和偏爱。还有“去心病赠品”，以厌烦的姿态赠予，表明这东西该扔掉。

技巧存在于赠送的恰当尺度，这没有定规，可在过多和太少之间浮动。不断地给予太耗精力，施者在某个时候会感到内心空虚，也许还会失去外部的财富；而从不给予又没有乐趣：给人的印象是小气和可笑。正确的尺度需施者对自身及赠送需要予以关注，也要关注受者及其需要。倘若剥夺受者以适当方式回报的可能性、以至他把赠品当成某种要求和屈辱加以理解，那么这种做法无疑是错误的。即使施者真的只想赠予，且感觉良好，但受者还是感觉不爽，原因是赠予的尺度不合适，它强化了关系的不对称。什么东西被过度赠予，它就立马变得无价值，这也适宜于被赠予的爱。由此可以得出结论：不要用“礼品潮”去增加关系的负担，不管何种形式的礼品。该注意的是，关系不要因馈赠而亡。当然，生活本身会限制恋人间的互赠，因为他们担心会让自己失望。不经意间爱情就陷于矛盾状况，只有接受的意愿才能保护它度过这些时光。

爱情的矛盾：可靠与焦虑，忠诚与背叛

爱情的一个特别之处是它诞生孪生子，它们具有相反的特性：随着被爱的可靠性又产生害怕失去这可靠性的焦虑，不管是因可笑的误解而引发，或因对方停止爱或因对方为同居设定时间界限而产生失落感。在爱情的可靠情况下，占主流地位的是信任、爱情持续，即便死神也不能将相爱者们分离；但这种状况不会永续，倒是偶尔会产生不可靠和焦虑心理，这常与形形色色的嫉妒相连。过去自己感到满意的自主性在妒火中化为乌有，喜欢显摆的慷慨大度变成十足的小家子气，心跳加速、眉头紧蹙、仿佛灾难临头。

在德语里，“嫉妒”从令人致病的苦涩和痛苦中得名。这“苦涩的疾病”一直要熬到爱情结束。它绝非仅仅针对“情敌”，还针对对方所关爱的事物与活动和缺少对自己的关注，所以，嫉妒首先还不是担心失去对方，而是害怕失去与对方关系的专有性和排他性，纵然失去某个瞬间也不行。不光狭义的爱情、其他形式的爱情比如朋友间、兄弟姐妹间、父母与孩子间的爱情也都受嫉妒的侵害；哪怕在无爱的关系中也可能产生嫉妒，会针对任何的他人、青春、漂亮和声望。看来谁也不能完全摆脱嫉妒（卡特琳娜·米勒：《嫉妒》2010）。

嫉妒不光让嫉妒者“忙碌”不已，还会折磨他，气得他暴跳如雷。一点点疑心、目光在第三者身上逗留太久、晚一刻钟到家、通讯录上的名字都可能引起满腹狐疑，也不管这怀疑是否有道理。当对方的态度和行为真的表现出对关系质疑之时，嫉妒就成了一种敏感，它提前预警，调动自身的一切力量，以反向行事。嫉妒也可能因主观原因而爆发，因嫉妒者对自己及爱情不自信，或以为从对方眼中看出不自信。同嫉妒打交道存在着一个很大的困难，那就是不能精确地知道嫉妒到底涉及何事，尤其是在双方的原因背后还要估计另

外的原因：嫉妒可能恰恰是“爱对方”的证据和爱情的证据，因为它表明，意味着爱情死亡的冷漠离嫉妒者还很远。嫉妒也可能是“爱自己”的证据，对方是“属于我的”，因对方对爱情的服务不到位，我就向他提要求，这要求不一定出于对他的爱，倒不如说是采用强化手段贯彻自身力量（贝贝尔·瓦德茨基：《虚荣的爱情》，2009）。

无论如何，嫉妒是一种充满想象的情愫，其紧张萌发于本体的现存现实性和具有威胁的可能性之间的跨度范围。所释放的能量可能大大超过具有意识的自我能量，也就是说，前者可能变成占优势的能量。对付嫉妒一个最有效的技巧是，一开始就要尽量限制有意地动感情。假如认可动感情的重要性，那么受影响的可能性就更大。嫉妒的意义在于，为自己的生活基础站岗放哨——自己与他人的最亲密关系即属这生活基础之列，在历史进程中，这被证明是存活下去的一大长处。凡嫉妒者都喜欢被人爱，惧怕失去那赋予自己以意义的、给自己至要关系提供保障的爱情。这样，才能解释清楚这种情感为何这般顽固，它的基本模式人们会很有把握地讲清。

基于这些原因，根深蒂固的惧怕心理是无法逾越的。试图消除嫉妒，这很难办到，还不如让嫉妒色情化，这倒屡试不爽。有些人有意或无意地如是进行尝试，目的是感觉刺激，亦即刺激两人关系重具张力。若现实生活不再生动活泼，那么能量只能是破坏性的；若凭借这能量使现存现实更具张力，那么能量就富于创造性。能量使我对对方的兴趣重新苏醒，让我重新占有对方，使关系活跃起来；反过来对方也会向我证明对我的兴趣，通过他的努力消除嫉妒的由头。对方可能用各种办法“测试”我对他的兴趣：使我生妒的招惹、凝视我的目光、格外的狂热、外出时穿大胆的套装。我也可用嫉妒的争吵使自己的力量产生效力，以抵制对方可能或真正倒向第三者。嫉妒有效提高对彼此的关注度，只要争吵不变成例行的规律就行；若频繁争吵会使关注度钝化，进而转化为持续的恼怒。

不应让根深蒂固的惧怕掌控自己，这会让自己对爱情产生质疑。为了不使嫉妒成癖，就须对其加以适度控制，使它在可以忍受的范围内呼吸。所谓适度，就是要用自我力量对嫉妒者的自身进行锤炼，也许还需要一位女友、一位男友、顾问、教练和治疗医生的支持（安德烈亚斯·布鲁克:《克服嫉妒》，1992）。如果嫉妒是由过分的自我意识、由竭力占据对方的过分自恋引起的，那么用自我力量把嫉妒控制在适度的范围是可能的；反之，若嫉妒基于自我意识薄弱而产生、自我价值在很大程度上要靠对方的尊重获取，那么关键就要增强自己，以自尊减少对对方的依赖，控制对他的激情，不致让依赖情感发展成仇恨情感。

在“不大正派的激情”生效之时，下列一些暂时将文明标准置诸脑后的激情表达形式对于适度控制嫉妒大有裨益：骂人、嚷叫、姿态粗野，目的是在破坏性能量瓦解自己内心之前将这能量向外引开。同时，爱情伦理及时帮助控制这情感，不采用更大的伤害以回敬对方对自己的伤害。人在强烈嫉妒时会做出一些不可思议的残暴行为，电影、小说和莎士比亚的剧本《奥赛罗》对此都有所涉及。奥赛罗在发现自己的错误之前将忠诚的苔丝特蒙娜杀害，原因就是嫉妒。还有无数的现实戏剧也在证明着人性在这方面的破坏潜能。最后，可通过美的体验让过剩的能量平息下来。美，要有意识地寻找，独自或共同寻找。

对付嫉妒的技巧，还要考虑忠诚的标准，这标准或许是可能的或真正的焦虑的原因所在。对这标准的调校只能部分通过古老的直觉来决定，且在两性间有着明显的差别：男人十分在意对方外部的性的忠诚（却较少重视自己这方面的忠诚），女人则注重对方内心灵魂和精神的忠诚（却较少注重自己这方面的忠诚）。某男不愿看到“他的”妻子同别人有性关系，这与可能会生下“野种”有关，那是别人嫁祸于他的；某女不愿看到“她的”老公同别的女人产生情感，可能是担心老公同她的关系出现问题，导致生活无安全感。至于忠诚的标准，文化差异很大，比如北欧和南非有着不同的观念，乡村文化和城市文化存在明显的差别，这些又往往与两性的差别分不开，对男人允许的某种行为对女人则是禁止的（希尔德加德·鲍姆加特：《爱情、忠诚、嫉妒》，1988）。在个别文化，比如在阿波里吉尼人和因努伊特人的文化中就有解决忠诚问题的独特办法。某人如果贪求另一个人的妻子，后者就可以把妻子有期限地“借给”他以满足其贪欲。“换老婆”在那里司空见惯（京特·杜克斯：《两性关系中的权力残余》，1992）。现代社会中所谓的“交换伴侣”大概与之相当，已扩展到两性，但这往往无异于“玩火”。

在某些文化中，随着个人差异增多，观念也时有变化。在脱离自然的和文化的陈规之地，忠诚的标准取决于双方为自己制订的规定以及为自己行为举止定下的模式，以限制有违约定的自由。即便那些同意取消性忠诚（“宽容协议”）、到爵士舞者俱乐部去交际的夫妻，也力求保持心灵和精神的忠诚，很重视对约定的遵守。在摆脱宗教、传统和习俗信守的先现代忠诚和在现代社会摆脱忠诚之后，忠诚在另类现代社会所涉及的乃是一种自由选择形式：忠诚以变化的方式重新创造意义，在各种关系因形形色色的解放而短暂易逝之时仍有可能保持忠诚。忠诚也不再意味着对道德规范的遵守，而是对自行约定的遵守，这源于如下观念：如要长期维持关系，忠诚可靠和坚韧不拔是关系的基本要素。为了以此方式再造坚强的联姻并赋予新的意义，资产阶级法律的基本原则（“守约”）就成了彼此义务的基础。个体赋予的自由形式好像顺带就超越了过去信奉的美德，“美德”不再是当作道德戒律来理解，而是当作一种应该促进的超出能力和个体的最佳行为——力图实现美的和值得肯定的东西的能力和行为。

爱情伦理从共同的美和值得肯定的东西中获取价值，但它也阻止不了有忠诚就有背叛的情况出现，这是爱情诞生的孪生生兄弟。忠诚维护两人关系，背叛破坏这种关系，这破坏源自背叛者的这一观点：往后将要没完没了地经历体验“无意义”。忠诚难道不能无限地行之有效吗？能，但如此高尚的忠诚观却常常遭到对其坚信不移者的破坏（沃尔夫冈·施米德鲍尔：《神秘的爱情》，1999）。忠诚和背叛的问题是在汪洋中暗礁和漩涡之间寻找道路的问题。绝对的忠诚是岩石，奥德修斯之船撞上会有碎裂之虞；反之，放弃忠诚就是那最终吞噬忠诚可靠关系的漩涡。背叛的界限虽然可由双方共同规定，但个人对这界限可能遵守，也可能越轨。个人按自己的伦理，决定究竟要走多远。当对方遭遇严重后果时，自己首先要为自我辩护，因为受苦者不仅是对方，有时也会是自己——后果以某种方式反作用于自己，从自身体验终究得出结论：界限很重要，背叛只可偶尔为之，不可成为惯例。

个人智慧能划定有效界限，其规则从体验和思索中产生，只由自己提出。个人智慧阻止我对所遇的一切关系全感兴趣，对我提出只有我能回答的问题：我真的需要一种被对方认定是背叛的额外关系吗？为何需要？我拥有这额外关系所需的身体、心理和物质方面的资源吗？我能承受一切后果吗？——先是自己被这后果击倒，然后是精力的肢解，意识的分裂，与对方关系的破裂，这些还不是在发现额外关系时才显出威慑力。伤害对方的极端情况会到什么程度？倘若我遇到同样的背叛，我该怎么办？该做什么不该做什么？我会向自己和向对方提或不提什么问题？什么时候对谁说话或沉默不语？对这一切我能公开操作吗？其他的优先选择权我充分利用了吗？有一种优先选择可以让我和亲密对方获取更多的生活满足：通过感官、情感和思想去满足对方，对方反过来也通过充实的生活来满足我，如此，就不再需要另一种关系了。假如需要改变现存的关系，那么这需要便是重新开始的动因；假如这改变被证明是不可能的，那么分道扬镳就指日可待了。

背叛的理由有多种；背叛是不能公开承认的，须密而不宣，只有“叛徒”自己清楚。理由是惧怕公开承认的后果，比如对方恼怒会增加额外关系的麻烦，又比如怕导致对方也谋求某种额外关系，致现存关系最终破裂。毫无疑问，从形式上取消早先的约定或许是最佳的解决办法，然而，这取消对方也会觉得是背叛："我们共同构建的一切，你全都弃之不顾！"背叛者可能如是应答："我不想再这样过下去了！"在背叛者看来，比维持共同现实生活更重要的东西，是背叛自己的和现存关系中的种种可能性。当他认为与对方的关系不堪忍受，他就说背叛是正当的，背叛对方和背叛与对方的关系就是"忠于自己"，反之，忠于对方就是"背叛自己"。个人必须决定哪种忠诚优先，做什么样的背叛者。忠于自己意味着固守自己的核心支柱。对自己忠诚也要求对对方忠诚，只要向对方说"是"这个字仍未失效，就要坚持同对方的关系，以此为出发点，我还要为这关系做些什么？放弃和不放弃什么？对方要做些什么？

关系出现问题，原因很多：自己还有别的更重要的东西，比如忠于某些体验和由此得出的结论；忠于自己的人生梦想、渴望、理念、道路和目标；忠于自由独立等价值、不愿放弃的习惯和不可改变的性格；忘不掉现存关系中经历过的伤害，希冀在另一种关系中疗伤；奇怪的是，一些畏惧心理比如惧怕被抛弃也可能成为不忠的理由：对方若走开，还有另一个对方在。不忠的另一个重要原因是对美的忠诚，因为美，生活才值得肯定，美诱惑人走进另一种关系，而现存关系中有太多不美的东西，扼杀了美的魅力。所谓"不美"，可能是无聊和争吵；美可能是对"别样东西"的新奇，被禁之物的刺激，也可能是对对方背叛的报复，对实现愿望的新的展望，长期缺乏的、希望在另一个对方那里得到的尊重。与不忠同时发生之事，是"寻找自我一种新的、生机勃勃的形象，这形象比我在对方心目中的形象更诱人、更有激励作用，更有魅力"（里夏德·达维德·普雷希特：《爱情——紊乱的情愫》，2009）。

受到不忠打击的对方会自问：对我而言，是否也存在背叛的可能。但他很难抉择背叛还是彻底结束关系。他认为，从道义上谴责不忠，那是天经地义之事，但实际生活的情况是，关系的更新、发展和成熟的过程常常会遇到不忠和背叛的冲击，会轻而易举毁掉严格遵守的约定和现状，造成共处的紧张格局（乌尔里希·克莱门特：《当爱情私通之时》，2009）。被战胜的大挑战大大强化了人的自我意识，于是觉得背叛充其量无异于建设性的破坏，一如其他生活领域中的灾难。有了这种认识，取代道义谴责的就是宽厚胸襟，就像莎翁在第四十一首十四行诗中所说的那样，他极力为被爱者的背叛开脱，赞扬遭受“攻击”的美。从美中得出结论：“营造自由的漂亮恶行”，善因为恶变得更好：“被毁的爱情/比以前更美”。

关系中的生活安全感，它无疑要求讲真话，即使关系令人不悦也罢；不安全、焦虑与假话、谎话结伴同行，即使假话谎话只是主观臆测也罢。真话和假话是爱情诞生的孪生兄弟，不包括谎话的真话是不存在的，同样，不含真话的假话谎话也少有。一般而言，“真话”系指与真实情况相符的言论，不管在厨房餐桌边还是在科学领域。但什么是“真实性”呢？在可疑情况下，这要求广泛的、没完没了的调查。在厨房餐桌边，通过坦率承认便可缩短这一漫长而艰难的过程，旨在消除破坏关系的怀疑，不致持久地打“口水仗”。

相信言论的真实含量，不必到处置疑，这样便简化了人际间的交往，出于这个原因，真话本来是很容易讲的。即使讲假话和谎话对社会生活未必没有意义：我不能对别人总讲对他们的真实看法，以绝对的诚实无情数落别人的缺点弱点，把我刚好想起的、未经周密思考的冒犯和伤害施加于别人。总说真话本身有点不人道，而且还可能导致别人也想讲关于我自己的真话。在讲真话这个问题上，礼貌是一种保持谨慎的文明形式。高雅的沉默适宜于人际间顺畅的交往。与沉默相伴随，假话和谎话是不可放弃的手段。可以呼吸、保持活力的爱情不仅需要真话，而且也需要一点假话，这样，爱情才不致在纯真话的监牢里、在毫不宽恕的证据推断以及在彼此穷根究底的诘问中窒息而死。

以下问题会引出谎言，也会引出真话：谁说的真话、为何要说、针对谁、为何恰恰现在说？谁想用现在说的真话达到什么目的，是否还有另外的真话？全部的真话是什么？谁知道？谁能受得住真话？真话是否一直有治疗作用、它也会伤人或使人致病吗？它是否能起缓和作用，抑或制造新的不和？从原则上说，讲真话这是义务，这义务不是外部强加的，而是自己提出的。赞成这义务，原因是从长远观点看，拒绝真话是很难坚持的、很费劲。从总体上讲，应把讲真话当作方针，就因为它不费劲，即使遇到例外情况也能应对挑战。谎言则使大脑活跃，促进想象、训练记忆、强化精神，而受骗者也得到训练：通过识破谎言的演练大大增强思维的机敏。

个人的智慧思考控制着人们说真话——确定要不要讲，讲到什么程度，何时讲。对所有参与其事者、对任何情况都要保持必要的敏感度，打定主意尽量少讲谎话，宁可沉默，不把全部真话和盘托出。“不是所有的真话都可以讲的，一部分是因为我们自己，一部分是因为别人不能讲”，格拉西安如是说，还建言：“不撒谎，不讲全部真话。没有什么比讲真话更需谨慎：讲真话等于心脏放血”（《预言》，叔本华译）。倘若迫不得已要撒谎，那无论如何要打定主意，撒谎也要有根据，要站得住脚。智慧一方面赞成全部讲真话，另一方面也赞成撒谎这一缓和形式。第一要优先选择对真话的修正和缓和，摆平有疑问的地方，在日常生活中偶尔说说并非恶意的谎言也无妨；第二要省略真话，有疑问的地方省去不讲，以便保密，不与真话冲突；第三用假话否定真话，而不是直接撒谎：直截了当的谎言不仅会严重伤害对方，而且也会动摇自己的可信度。

自己信口开河说假话谎话时，可信度就几同游戏了。随意欺骗对方也可能导致被对方随意欺骗，会破坏与他人正面的和可靠的关系。没有自己的可信度也就别希望有他人和同他人关系的可信度，社交死亡也就行将到来。对他人尽可能诚实，自己的可信度也就得到了提升，反之亦然，这样便可生活在广阔的真话世界，这不是因为道德层面，而是因为关系得到了巩固。也不能要求对方全讲真话，只要求尽可能诚实。在过分的谎话和过分的真话之间亟待找出这条道路，因为越是过分坚持讲真话，那最小的假话的分量就越重。也许讲真话的人缺乏顶住他讲谎话的力量，最终不得不给说谎话设定界限，不是用道德戒律，而是用个人的法则设定，这样就不致让自己溺毙在谎话大海里，也不致缺少对比体验，识辨不出谎言。

自己的可信度首先基于对己诚实，无论好事坏事，都不用“拿什么欺骗”自己，这样做就是对的。我要求自己讲真话，这是恰当估价我自己和我生活于其中的种种关系的基础，骗自己会随之带来不利于自尊和生活的后果。这是尼采不顾人们诟病真话仍坚持“对己诚实”的原因，他的目的是秉持自我批评的态度和保持区分真话假话的敏感。不要求在对己关系中排除谎言，但对它们要有清楚的认识，不做谎言的奴隶。谎言是个体、也是整个社交界更好地应付生活的紧急助手。“更好”不一定是“更方便”，倒不如说是“更冒险”。谎言一旦被戳穿，肯定让自己无地自容，坠入卑鄙的深渊。智慧的思维建议人们谋求一种讲真话的人生态度，真话的意思就是能经受住苛严诘问的那种可信，真诚的生活态度不惧强有力的反诘，摆脱弥天大谎的重负，真话就能对爱情的幸福作出贡献。

何谓爱情幸福?

并非任何时代人们都把爱情关系同幸福诉求连在一起。爱情从宗教、传统和习俗的观念——爱情的作用是传宗接代和氏族繁衍——中解放出来，必须赋予爱情以新的意义，而幸福可填补这意义的空白。幸福不是一种强加的、却是一种可能的意义。在现代社会，渴望爱情者最殷切的希望莫过于希望“爱情幸福”。对爱情的寻求掩盖了这一事实：实际上存在多种多样的幸福，没有谁必定受苦。爱情伊始取决于偶然的幸运，它让某人和另一个某人偶然出现在此时此地，于是两人擦出“一点火花”。由于有利的偶然机遇，“合适的人们”凑到了一起，否则就失之交臂。当初彼此不了解，也许是“不合适的人们”凑到了一起，在多数情况下，只有一个人“不合适”，那就是对方。潜在的危险是，不是一开始就能确定谁不合适，谁合适，只有在经历和体验后才能作出评判，但评判又会随着时间的推移而变化，以至于合适的变成了不合适，不合适的变成了合适。

偶然、尤其是有利的偶然不能被制造，只会被挑动。具有决定意义的是人们对偶然持何态度：面对偶然是开放自己还是封闭自己。若封闭就等于自己撤回到四壁之内，阻挡意外的邂逅；不可避免在外逗留时，也不跟踪所遇到的诱人的可能性；此外，还关闭通往世界之窗——因特网；当自己已被某种关系占据之时，也对偶然的挑动视而不见。谁都没有义务去建立关系，只有当合适的机遇来临才建立。面对偶然开放自己，这与欢迎偶然并行不悖，受偶然诱惑并诱惑偶然。诱惑的意思是，让别人拿自己做尝试或自己尝试，充分检验什么是可能的，什么是不可能的，希望有个好的开端。当某人以某种方式告诉别人，他对信息、交往和经历感兴趣，那么在某地的某事偶发机率就大大增加。成功在很大程度上归功于因特网。若偶然的幸福果真来临，但绝不意味它能保持下去：有利的偶然只是建立某种关系的条件，却常常破坏对关系进一步加工的心愿，以为幸福“已在这儿了”。认为一种共处的关系会自然成功，那就大谬不然，定遭失败。

在爱情的初始阶段都有偶然的幸福感。但真的是偶然吗？难道不是强制性的必然、命运的安排、某种未知力量的天意吗？是否完全没有偶然？当事者喜欢用宗教信仰、特异科学、幼稚的或职业的占星术对此寻求答案，目的是确认他们的邂逅纯属躲不开的必然，并赋予其关系以某种含义。在许多人眼中，必然性和目标明确性比纯粹的偶然性更能确保一种强有力的关系。然后提出种种原因，再用主观想法重构，以此解释他们的邂逅那不可阻挡的、有着因果关系的过程，不让“无缘无故”破坏共同的生活。具有决定意义的不是现实，而是关系的真实，共同的信念才让他们过上好日子。这信念以解释为基础，解释可能会在两人关系的发展过程中迭遭变故，直至初始的必然性被另一种解释取代，说初始受到灾难性的蒙骗，终于无可挽回，两人关系了结。然而，究竟是什么构成了两人邂逅的核心，这一直还很神秘。他们为何相遇，为何刚好是他们两人相遇，是幸运的偶然还是愚蠢的误会？一条起连结作用的性爱纱巾将他们初始就有的矛盾掩盖得严严实实。执意揭开纱巾下的秘密，会使一切破灭。

两人幸运地走到了一起，爱情幸福无疑系指美好的感觉，相爱者彼此拥有的快乐，共享的性爱，在彼此身上找到的理解和安全感：有意识地寻找这一切，本属对爱情幸福所做的工作，因为美好感觉的幸福不同于偶然的幸福，它不仅会被挑起，还会被制造。相爱者随着新的实验和不断增长的体验，知道怎样和通过什么去取悦对方，一顿美食、一个神奇的晚会、一次长谈、一种充满奉献的柔情蜜意、一个激情之夜、尤其是美满的做爱，这些都使人幸福。两人间的幸福生活系指伴随占有一切使人坚强的力量和元气的生活。最容易发现这力量和元气的地方是具有精神和肉体快感的做爱，它将“幸福荷尔蒙”、“结合荷尔蒙”倾泻出来，给相爱者们提供“内生的吗啡”这一肉体特有的“毒品”，但这“毒品”也会随之带来类似于身体不适的后果：使用过滥会降低效果，以致不得不加大剂量；做爱过频会产生对关系不利的后果。

不管是稍纵即逝还是维持较久的做爱，都是幸福时刻，每次做爱都弥足珍贵，并强化了对它的体验。比做爱时刻更为丰富的，是预先期盼此事的愉悦以及对此事的长期记忆。意欲让美好的体验不断向前推进，结果定是身心俱疲；意欲以同样方式拥有那美好的体验，必是徒劳，因为不可能存在相同的重复，对关系中的舒适感期望过高，过后会极度失望。共同的经历体验、共同征服的挑战、共享的性爱快乐，凡此种种均为美好的时刻。只要可能，都应好好享用快慰的体验。但它们久而久之又会消失——以后会以别的方式重来——，对此也别气恼，这是爱情的逻辑。

爱情难道不能让欢愉和舒适感永驻吗？这种愿望极易理解，但生活中不可能实现。在现代，人们以为性爱欢愉和舒适感就像上帝无处不在和不朽，这想法颇为不当。“所有的欢愉都想永恒”（尼采：《查拉图斯特拉如是说》），但欢愉不可能永恒。不要妄想实现纯舒适感的爱情。舒适感和欢愉也要维持呼吸，也要间歇，以便让它们耗费之力再生。尤其是恋爱激情时刻是十分甜美的幸福，但旋即显得过于甜美。享受性爱欢愉固然不可舍弃，然而单纯追求甜蜜欢愉，这肯定是一条铸成不幸的道路。与其在舒适的陷阱里摸索前进，与其陷于甜美的紧张忙碌，还不如做好应对以下之事更重要：万事万物不可能任何时候都令人惬意，总有令人不悦之时，爱情也不可能总以同样的强度供人享受：它膨胀，继而萎缩；达到高点，继而退潮。与许多人的想法不同，对舒适感的幸福而言，重要的不是欢愉的最大化，而是欢愉的最佳程度。这颇成疑问的最佳程度总是在较少与较多、过少与过多、最小与最大之间摇摆，没有固定的程度，只有一种可呼吸的程度。两人的程度鲜能相同，个人各按日程安排总会出现程度的不同。程度的适当，这需要经验和思索造成的敏锐感觉。

倘若爱情经受住一夜和某一时刻的考验，那么第三种幸福就在思考之列了。此幸福有别于舒适感幸福，它可以持久：丰富的幸福，它包括所有好的和坏的经历体验。它取决于个体从思考中获取和践行的精神态度，其出发点是：什么东西对生活和爱情具有典型意义？是显现在万物中的那种两极对立性吗？我是否能够从原则上接受对立性——纵然不是全盘接受？既然存在一切对立性，我还觉得生活和爱情关系值得肯定吗？美吗？我除了能同好的东西一道生活也能同我内心、别人和与别人关系中不好的东西一道生活吗？当我不再坚持只抓住那些不容错过的美好时刻，同时也能接受生活中其他的方方面面时，一种可呼吸的幸福就成为可能了。至于其他“负面的东西”，比如失望、伤害、不快等，它们不应统治、也不会消除爱情关系。老是盯住“正面的东西”看，那也不会使不好的东西消失；只习惯于快乐，那只会增加对痛苦的敏感度。

恋爱中，最先出现的矛盾就表现在如何看待这种丰富性上。只有当负面的方方面面也占一席之地时，爱情才算是真正的爱情。爱情并非只由幸福时刻构成，还有“后续的”时刻、“中间的”时刻以及日常生活冷淡和情绪不佳的“难堪的时刻”，以此观之，快乐倒似一种例外的体验了。令人愉悦的时间、不可避免、且需承受的痛苦的时间，这都是施爱者奉献的要素。“谁逃避痛苦，谁就不想再爱了”（诺瓦利斯：1797年6月6日日记）。还有失望的时间，那是在弄清对方内心还藏着别的东西、不同于美好感觉的东西的时候。两人的热情越高，付出越多，个人想到自己的需求就越强烈，有时可能导致分居。他们不愿把负面体验当作爱情的幸福，面对困难宁愿寻求远处的机会；然而在下一次机会也面临同样的问题，这尤其是浪漫主义爱情面临的棘手之事。

与此相反，可呼吸的爱情对互相对立性采取宽容态度。洞见对立的意义——此意义存在于使对方更好地发挥作用——，采取宽容态度就比较容易。恰恰是愠怒强化愉悦，痛苦强化情欲。明智地利用各阶段顺序，就像利用桑拿浴顺序一样，这也许不无助益：在开始出现持续的美好感觉之前，相爱者们必须一再经受大汗淋漓的高温酷热，然后跳进冷水里。随后出现的满意即使不会长久，但这样做还是有意义的，因为大的危险恰恰在于：让关系在两人共创的平和中昏昏欲睡。爱情关系不单靠满意、有时还靠不满意赖以存活，不满意会促成对关系重新做出周密的思考并做出可能的改变。说到底，关系不是甜蜜的演出活动，而总是新的挑战；危及爱情的，正是当事者们欲使美好感觉和满意长存（于尔格·维利：《爱情心理学》，2002）。

所以，未得到满足的爱情是力图实现单方面“正面的东西”、而在其他方面和其他时间遭遇失败的爱情；得到满足的爱情是：在人性的所有对立面和所有层面上与对方一起经历生活的丰富多彩，耽于性享乐，拥有美好的或不太美好的情感、丰富的思想交流和痛苦的言辞交锋。当困难之际，有意或被迫发现和发展其他能力，这时自己和对方的新的观点会增加爱情的丰富性。共同历史的丰富性、经历种种困难考验的共同发展和成熟，这些都让人满足；超越短暂舒适感的幸福，享受非凡的亲密关系，这让人感到满足。两人涉世愈久，对幸福的体验愈深，而且突破爱情随岁月而衰退的这一浅表的自然法则，事实上，爱情是与日俱增的。相爱者的内心不空虚，彼此都在充分利用和激发关系中的许多东西，尽管不是所有的愿望都能实现，他们也会感到满足。经历种种迷惘还能肯定对方或被对方肯定，关系的丰富性也由此产生。总之，丰富的幸福产生于为对方的幸福多作贡献：“你幸福我就幸福”。

当爱情缺乏时，从丰富性体验中会产生空虚的感觉。某人一段时间不幸福，或持续不幸福，但也不是“极度不幸”，那么，这种不幸福就是丰富性幸福的一部分。不幸福的原因不光是伤害和失望，还有因爱情、幸福和生活出现极限而滋生的痛苦。不幸福也可能没有什么原因，“就这么着发生了”，表面上似乎是没有原因的悲伤，其实是在经历一段美好时光后触及到对立的负极了。人生不单由幸福构成，即便在幸福的爱情关系中，人也会感到有一种需要，即需要不幸福。这是出于对比的原因，或是为了不失去那个在舒适感中萎缩的根基：轻飘飘的感觉维持愈久，愈渴望重力的返归。当压抑感可重新体验到重力时，伤感便被止息。并非每一种伤感都是那名曰“抑郁”病的病症，得了抑郁症，人几乎丧失感知和思维能力，需要医治；而人在伤感时，情感和思想却异常活跃，在谈话中表现出极有深度的思想和情感。在弄不清伤感是否会终止何时终止时，首先要提出下列问题：我与伤害相伴还能建立一种生活吗？以何种力度建立？对方也愿意这样做吗？如不愿意，那又怎么办呢？

贾科莫·卡萨诺瓦熟知爱情的所有幸福，这幸福伴随他走过艳情的一生，比起单身汉生活他更喜欢猎艳。他在《我一生的故事》中讲述如何经历邂逅的偶然幸福，比如1749年在意大利北部一家饭店同讲法语的汉丽蒂的艳遇，在天堂般的3个月中，他与她共享了爱河里那闻所未闻的惬意和幸福，直到她——门第出身未详——乘坐马车永远消逝在天际线，此际，他已坠入惆怅的深渊。当他回顾生活及爱情那鲜明对立的两极时，内心便充溢着丰富的幸福感，包括好坏两方面的体验。虽对“好景不长”颇觉郁闷，但幸福的底色是爽朗；不是纯粹的快乐，而是整个一生亲密关系的“basso continuo”[1]；必须拥有泰然自若的淡定，放弃某些东西，许多东西任其发生、发展和消失，不要硬性对其作出决定；有些东西要让给他人，也让自己受他人影响。

爽朗的淡定乃是一种静默的幸福，无需太多的话语，这在真心相爱者的幽默里表现得尤为明显。是否也存在一种无幽默的爱情关系呢？幽默彰显

1 basso continuo：表“通奏低音”。——译者

持久的欢愉，它不同于玩笑，玩笑可以随处找到，它没有什么道理；欢愉则很少取决于一时心血来潮，但绝不能推测具有幽默爽朗个性的人及其生活没有矛盾对立性，幽默的用处恰恰在于弥合矛盾对立。幽默越是逗人发笑，它就越能克服困难。幽默是符合人性的，充满幽默感的人对宽恕易于理解，对自己、他人、生活和世界那无处不在的矛盾对立不是一味埋怨责备。许多东西可在幽默的腐殖质层繁茂生长，以这片土地为出发点，就可具有一种眼光，在矛盾对立处重新发现共同的东西。同时，幽默也不会取消自我生活中的对立性：个人亟须经受住无幽默无欢愉时刻的考验。爱情的极端形式——爱情过于严肃、爱情内容被抽空、两人平行的生存状态——往往受到持续无幽默的侵害。

爱情的多重幸福最终汇入对意义丰富性的体验中。生活可能充塞种种无意义的事情，只有用每个人认为有意义的东西才能充实生活。哪里有意义，哪里便有幸福。为寻找和营造意义，爱情是最有效的方法，虽不是惟一的方法。因为爱情发现和营造成多种多样的关系，所以它在这探询意义的时代成了一个伟大的意义创立者。在许多人看来，爱情甚至可浓缩为生命的意义，一旦爱情失败就疑心整个生命无意义。相爱者可在多个层面上为对方开发此意义潜能。柏拉图的著作已涉及女性智慧的这些层面，柏拉图对这些层面或褒或贬，此处不一一缕述。

在身体层面，可体验性爱的意义，爱神埃洛斯无论何时均得到性爱的满足，还指望攫取其他层面；在心灵层面，情感联系可以超越现在而让整个一生感到满足，并非一定要有亲密的肉体接触；在精神层面，因思想和思想交流而产生“柏拉图式的爱情”，它所营造的共处关系可独立存在，不与肉体和心灵要素结合；还有一个超验层面，系指共处关系超越所有的现实有限性，开启无限性和可能性的视野。按相爱者受其指导的理念不同，他们的爱情在个别或多个层面上表演。为了使爱情既具备稳定性又具备灵活性，重要的是把爱情建立在多于一个层面的基础上，通过变化另一层面去对付某个层面上出现的困难。在各层面来回摇摆，充分利用人性，由此产生经历体验的丰富性。各层面的彼此过渡是分不清界线的，各层面均有同样的价值，给它们排序也不是依据其重要性，肉体层面也不是“最低等”的。

性与性爱：爱的身体技巧

爱情的肉体层面主要与性有关，也就是围绕性所发生、以此为出发点和终点的一切事情。一旦思想、情感和行为单独或综合以某种方式涉及性，它们就获取了一种特有的张力。然而，根据性启蒙和性解放的观点，这个生活领域的关键，是赋予性自由以适当形式，开发一种有意识的性生活技巧。它提醒人们要熟知自己和他人的愿望和需求，也要熟知可能随之发生和真正发生的种种问题，以便用新的思想去克服。此生活技巧不单局限于开发性事这一方面，也是对整个生活技巧的锤炼。所谓整个生活既关乎性，又关乎应对日常生活；既关乎快乐，又关乎痛苦；既关乎生又关乎死。

个人具有广阔视野，就能找到“性对于人生有何意义”这个问题的答案，就能在性技巧上得到锻炼，确确实实地“做爱”，正如在其他文化中已形成概念。诚然，性欲乃人之天然禀性，但它需要文化和个体的培训，尽可能精妙地探明其本质。为了掌握性知识，提高性技巧，可对各年龄段的人提供性教育和性培训（雷娜特—贝雷妮克·施密特/乌韦·西勒特：《手册》，2008）。这种技巧，其能力首先在于获取“什么是可能的”知识，然后学习“怎样做”，最终凭借演练和重复、体验和思索开发出对性事的敏感度，“怎样做得最好”，以获得最大满足，有效排除偶尔的失灵。

天赋的先决条件在性爱技巧中到处插手干预，它们是不可轻易改变的，部分地固定在人脑这个“爬行动物脑”的最古老部位，控制着心跳频率、血液循环、呼吸和面部表情，并对关键性的刺激作出反应，其时脸色发红，血压升高，心跳加速，气喘吁吁。“爱情的化学”（海伦·菲舍尔：《我们为何要爱》，2004）饶有兴味地表明发生之事的分子基础，比如香味分子开始并反复出现“讨好”对方，这分子散发嗅觉吸引力，荷尔蒙分子在脑细胞之间获取各种信号，对接近香味的需要进行调节。热烈情感随荷尔蒙的增加而增强，具有类似于可卡因一般的效果，在一种有望亲密接触的准备阶段使声音柔和、眼神迷离、皮肤光洁如玉。这一切完全自动发生：凡有荷尔蒙效应的地方就别问原因了。

两性求爱的差异是天生的，但也受文化影响。两性都喜欢沉湎于这种最强烈的关爱形式，但方式有别，且不一定出现在相同的时间："他的亲密关系不是她的亲密关系"（罗斯玛丽·韦尔特—恩德林：《激情与无聊，过渡时期的男女》，1992）。长期以来，宗教和传统对人的角色分配，是女人须适应男人的追求，这掩盖了求爱的差异；随着摆脱传统，差异公然显现，只能用彼此大的善意弥合差异。女人似乎宁愿看到一种游戏，她们若来了"情绪"就愿意参与，宁愿选择一种"没有结局的性爱"（埃娃·梅纳塞：《可饶恕的罪孽》，2009）。男人求爱是一种必须，他们有"压力"要释放，故不会轻易放弃追求。女人先要通过谈话探究自己的情感和思想是否与对方契合，然后才有可能委身于对方。男人对此理解过于容易，认为可随意拖住对方，除非被重要的东西阻挡。在漫长的求爱故事中，男人固执己见，有证实自己的实力和性能力的欲望。女人从前不得不习惯于服从和等待，随着妇女解放，她们开始向这种角色告别。认识这种差别是探究差别和作出让步的先决条件，以便应付在这个进步阶段男女从传统角色中解放出来而不断涌现的麻烦，这样"她"情愿，"他"也情愿；"他"学会不能自己想要，而是尊重"她"的愿望，哪怕"她"此刻恰恰不要……

无论男女，都必须为开始阶段和后续作出选择——同性恋关系亦如此，是否可以亲密接触，如何亲密接触：这选择常常不说出来，只放在内心，但对方"一定会有所察觉"。有各种选择供人使用，各选择之间的过渡随时都有可能。"开放选择"适宜于激情爱情，彼此随意将自己提供给对方，什么时候、什么地方、怎样进行都无所谓；"情景选择"适宜于友情爱情，相爱者们的重要之事，是安排好适宜的机会，原则上总愿意做彼此喜欢之事；“自由的义务选择”，在合作爱情中较容易，伴侣愿意履行“婚姻义务”，在非婚关系中也较容易，不是出于传统、习俗或宗教原因，而是根据自己的选择，是一种特殊形式的“平躺合作”。

职能爱情的“契约选择”是基于当事者对肉体功能的严肃关切，所以，他们的兴趣是用公开或不公开的契约对时间、地点、方式和频率作出规定，目的是打消顾虑，不致感觉自己被当成性伴侣利用。竞争性爱情的“好斗选择”，所谋求的目标是在性活动中消除积聚的侵略性。“封闭式选择”对于排斥性的关系以及拒绝对方的关系中具有典型性，不管是总体拒绝还是某种拒绝，也不管何种理由拒绝（比如头痛，太忙）。“抽象选择”可供虚拟关系使用，它使电脑色情成为可能，要求当事者具有很高的想象力，但不是总能得到满足。

性活动若开始进行，那么顺序总是一样的：“目光——（说话）——抚摸——吻——抚摸乳房——抚摸生殖器——拥抱性交”（诺瓦利斯：《论爱情》，总集，2001）。性交开始阶段也呈现差异，此为个体天性使然，但也因文化和个体不同而异，比如有些男人不需要热身阶段，有些女人则需要充分热身；男人要顺畅达到性高潮，女人则需要时间，时间的延长可获得某种意义而具有吸引力，使人较久地充分地享受整体肉欲体验，这体验在性交中比在其他任何别的地方都要宽泛：视觉、听觉、嗅觉、味觉、触觉、动感、体内感觉等整体感官不断增加感觉强度，积极主动地使性交成为一个综合艺术品。

普通生活里几乎不可能之事现在变成了事实：肉体化，彼此成了对方得意洋洋、“唾手可得”的肉体。在其他条件下使人腻味的东西这时却让人激动：紧密碰触的黏膜，本来是防止细菌进入体腔的，这时却让阳物突入潮润的洞穴，交换体液，彼此闻出它的气味（详见夏洛特·罗赫：《潮润区》，2008）。高潮临近时，差异又显现了：阴道性交大多给男性带来拯救的时刻，女人则还需要阴蒂刺激，这刺激属优秀的相爱男士的技巧，用手或阳物刺激。日本画家葛饰北斋1814年一幅彩色木刻所描绘的“海上少女之梦”，令人目夺神摇。最后，香味又参与其事，借助闻到卵细胞铃兰香味的嗅觉接收器，精子就找到通道了（汉斯·哈特/列吉纳·德：《铃兰现象》，2008）

性交也是另一种方式的交际、关注，一种获取对方关注的可能性，一种解除紧张的艺术手段。这时关系中的愠怒会自动消失，因为“身体参与说话时，一个拥抱便可化解最激烈的争吵”。这，阿多夫·克尼格男爵当时就了然于胸（《论交往》，1796）。性增强情感，有助于保持“紧密关系”：“他们就那样呆着，相互套入，彼此系泊，犹如被焊接，安详，自信，知道对方很可靠”（维伦尼克·奥尔密：《男人女人》，2005）。可测知的生理过程与心理效应相符，令人快慰的亲近和亲密与荷尔蒙的释放同步进行；荷尔蒙消除紧张，激发情绪，做爱的意义之一就是放松。美好的性事使人变美，淡定和爽朗，鲜有畏怯和挫败感。

性使头脑清醒，是创造力的源泉。在不适当之时，在没有时间没有地方进行性活动之时，性恰恰具有意义：“我头脑充实”，充实的头脑需要很多血液，剩下给海绵体的血液就少；如给海绵体供血，又对大脑有好处，它可借以休息获取灵感，被忽略的身体各部分因出乎意料地被关注则感到满足。性促进健康，使心脏和血液循环系统的疾病发病率降低，抗体水平提升，防感染能力得到改善，有助于疗伤。被释放的女性荷尔蒙刺激细胞的再生能力，使皮肤保持弹性和紧实的时间更久。

性交后还存在着男女间的差异，正如性交前可能遇到的麻烦一样。“他”不想再依偎、说话，只想睡觉，乃体力不济所致。在女性荷尔蒙增加时，男性荷尔蒙下降，肌肉收缩能力急速衰减，阴茎对性后游戏已无能为力。此时的裸体与性交前也截然不同：刚才丰满的，这时萎缩了；刚才散发天堂般香味的，这时不再好闻了。这个迟钝阶段或曰休息阶段与荷尔蒙的阻滞同步进行。男人要背过身去，女人却要更多的亲热。这可能另有原因：男人暗地里责备自己“放任”，“被情感征服”，现在“必须弄懂自己”。女人留在他身后，对这样的“爷们”不理解，觉得自己被利用，受伤害，说不定还埋怨自己干吗要参与这场游戏呢。

肌肤之亲过后是人的忧伤，“每种动物”、尤其是人在性交后“悲伤”。当事人彼此亲密度越少，交欢越是纯肉体性，他们就越是匆匆了事，各自分开。一种似乎没有原因的羞愧感压倒了他们，某些人在完事后还会用傲然的蔑视和讥诮羞辱对方，这样才不致独自承担那令人不快的羞愧感压力。还原成荷尔蒙的爱情只能是插曲式的，不会令人陶醉。“夏季爱情”归因于荷尔蒙中枢的冲动比冬季更活跃，真正的爱情是在经受住荷尔蒙“雨季”和“旱季”考验后余下来的爱情。

自身的性体验在许多方面是矛盾的，爱情的美学伦理必须对此作出回答：性是一部“愿望机器”，它总是产生新的愿望，愿望实现便销魂迷醉，亦即超越限度的陶醉体验，一种自我浪费、自我解放，与对方融合，距离感的消除，一再想拥有性，他们尽量考虑和实现彼此的愿望，这样做无疑是对的，他们超越平凡的现实，在无限的性感王国求索。首先，床是现实性与可能性之间的过渡场所，“礼俗行为”的“圣庙”。诗性地看，床是充满纯洁诗意的祭坛：浪漫主义者对此有无限梦想，希望一直躺在床上。然而，他们试图实现的“每日销魂”受到限制：销魂的极度兴奋不可能每天都有，它靠“非常规”赖以为生，想把它变成“常规”体验，那是无意义的。它是平凡中的例外，既要销魂又要平凡，这样才能重新获取性事的高强度。

此外还有既陶醉又痛苦的权利体验。性又是“权利机器”，这话有多层意义：当事者们的某一方意识到对方为满足需要而依赖于自己时，愿望的实现就与权利体验交织在一起了。自愿委身于对方的权利实施也可能被视为销魂体验，但问题是，权利的实施很少仅局限于性，床第之欢也会影响外部关系：“你大概以为我们之间有性关系，你就可以不要脸，胡作非为！”，这是电影《阳台前的夏天》中妮克直言不讳地对罗纳说的话。尤其是权利的实施超出所有界线，导致强制、压榨、处罚和强暴，这会造成很大的心理波动；倘若不加戒备和保护，性便是使自己和对方的生活遭受后果严重的传染和危险的权利。还有可能从惟一一次性交中产生新的生命，这个权利常常被忽视，这个新生命反过来会强有力影响“准父母”的生活。当令人心驰神往的诗意迷醉烟消云散、人们重返现实那平淡无奇的清凉土地时就立即清醒过来。相爱者们在肉体层面上摆脱不了可能与现实那令人痛苦的对立性。

作为愿望和权利，性的自身动力有时会成为完全改变某种关系的原因：愿望过后是失望，权利导致滥用和糟践。欲削弱这种动力，可供使用的是作为伦理要素的理性权利，因为不仅有恋爱女神埃洛斯所遵循的欲望选择——可能带来美好的或悲惨的后果，正如诗人们喜欢的那样，而且还有理性选择，即把理性当作与埃洛斯对立的权利，正如柏拉图试图建立的那一种，他把理性当成埃洛斯的一个类型来加以理解，即另一个抽象层面上的色情。这种选择使人除了具备纵欲能力外还具备禁欲能力，后者即一种与欲望保持距离的演练，此为个人和文化方面的头等成就，不致总是屈从于那一再催生新愿望的性欲；而且使人学会生活，知道不是一切愿望都可实现，况且对方也有别的愿望，也和自己一样不愿降格成为一部纯然实现愿望的机器。禁欲是一种审慎和节制的演练，用自制来抑制对他人施行权利，或抑制对方过高的权利期望值。

每个人都可以成为激情专家，善于极富魅力地安排欲望及后续事情，让对方一再知道他的需求，但也要学会禁欲，这样，在性欲亢进时用至少管住某个时段的审慎和克制为自由获取一个回旋余地，也为对方创造更多的自由空间。对方在没有期望压力的情况下静候本人的欲望被人发现，一旦对方的需求被认真对待，对方也就乐于迎合自己了。禁欲可弥补性欲冷淡，这是性欲休眠期，它没有不断被迫重复，性欲强度逐渐削弱。借助禁欲，一段时间彼此疏离可以忍受；此时，刺激在积聚新的力量，换句话说，禁欲是纵欲的准备阶段，禁欲的自我限制越久，突破限制的纵情就越强烈。所以，这不是不断“越界”和“挥霍”之事，正如许多人所理解的地质学上的“海侵”理论那样。长期的“海侵”并不会给人带来所希望的放任，只会像一场持续的革命，失败于同样的规律：耗费过多精力，最后疲惫不堪。

在纵欲与禁欲、在顺其自然的好色与有意识的贞洁之间呼吸，爱情便可存活下去，在爱神埃洛斯和理性的极端统治之间找出一条可走的道路。纵欲和禁欲的程度在自由的条件下不再是外部订立标准的问题，而是内心赋予其形式的问题。常被视为“惟一真实生活”的纵情，只不过是生活中一种可能性罢了，所关注的是重获纵欲中被焚的力量。性本身不再是规范，而是选择，包括有时放弃性，就是说，一种无性的生活也是存在的。伴随着性欲诱惑，爱情关系的其他层面也可得到更好的发展，肉体层面在某个时候或持续受损时可利用其他层面。演练放弃性能力对床第之欢以外的生活有益，与其说这种放弃不是出于道德原因，倒不如说出于存活下去的原因：集中精力实现少数几种或惟一一种可能性，这就提高生活质量了，要防止生活的随意分散性。

纵欲与禁欲、挥霍与克制、诚挚的奉献与嘲弄的疏离、明晰与暗示、实际交际与虚拟想象，它们的精湛游戏尽显情色技艺之特点，这技艺就是兴奋和刺激。将这技艺与性对立起来是没有意义的，它为性做准备，与性相伴随，而且当性消退时它依然存在。之所以有很多事和人被视为“富于性感”，这要归因于对性刺激的认同；即使情色没有性的关联，但它还是有刺激强度的。两人间无数的情色体验即使无性也意味深长：凝视对方，即使从远处；听对方的声音，即使在电话里；触摸，即使轻轻一碰；品味，即使匆匆一吻；嗅闻，即使闻闻对方留下衣服的气味；同行，即使无实际接触；在内心和身体上感觉对方，即使对方人不在场。情色甚至超越性欲，在与自我、与他人生活乃至与世界的关系中，情色变成了一种意义，即有意识地利用和享受共同关系及其所有层面的意义。在不再仅仅是性、而是情色生活艺术的框架内，性可以成为它力所能及的最佳：类似套曲的嬉戏曲，属于生活艺术品，犹如音乐中同名的多乐章艺术品，具备爽朗欢笑和舞蹈的特性。借助耐心的训练、即借助禁欲可以学会各种技巧，并建立各种习惯和礼仪，情色会让演出轻松起来。形形色色的心境营造、包装和化妆有助于营造情色环境；精神上有负担的男士很容易产生相反的愿望："亲爱的，请为我装饰一下你的身体吧"，詹姆斯·乔伊斯如是请求他后来的夫人诺拉·巴纳克勒(《致诺拉信》，1909年8月22日)。维也纳评论家卡尔·克劳斯讥讽道："女人重要的肯定不只是外表，她们的内衣也重要"(《格言与矛盾》，1901)。

肉体爱情不必总是满足政治标准的要求，彼此亲密交往在任何方面都可能"出格"。绘画、电影、尤其是文学作品中的淫荡描写无不起着兴奋和刺激的作用。相爱者们在相处不和谐时，可以动用各种游戏形式的"性助手"，前提条件是有意识地选择，没有任何强迫。卖淫一跃成为情色生活艺术范围内的服务行业，它的方式还可能超出肉体层面，卖淫者比治疗医生和心灵关怀者更赤裸更直接面对人，尤其面对男性生存的低谷和深渊，于是，性工作成了心灵的按摩和抚慰，即使目的不在这里也罢。

为了给不同的需要——即给婚前、婚中、婚外和婚后的"嬉戏曲"幽会以及职业性交场合提供场所，于是就出现了日本的爱情旅馆、巴西的汽车游客爱情钟点旅馆，阿根廷的"目标"旅馆，世界其他一些地方也都可以找到这类场所，如果家里的空间过于逼仄、或道路过于遥远的话。有某事值得庆贺，这便是情色生活艺术的组成部分了，共庆节日成了重大事件，成了对关系、生活和世界的肯定，这呈现玫瑰红色彩的美妙时光让人柔情万种或狂风暴雨般地尽情消受。

公元三世纪出现一本读物，名曰《性之歌》，它是古印度北方富裕家庭中年轻人的性手册，也是设身处地为对方着想的指南。通过心灵和精神交流可提高诗性的性享受。这种性享受嵌于日常生活各要求之中，超出了单一维度。情色超越性，这确保开发出人性中心灵、精神和超验的各个层面。与暂时的肉体满足不同，爱情多层面的体验所关切的是人生的满足感，即对整个人生的满足感。尝试体验这种扩大化爱情形式的人越多，就越能对另类文化的产生作出贡献。

情感与抚慰：爱的心灵艺术

爱情若超出“一夜”，情感就牵涉进来，完全不取决于爱情的肉体层面。尽管肉体层面也是情感所特有的，这可从荷尔蒙的波动中测出，然而情感的基础是唯能论。物质的肉体与超物质的情感都需要一种“处于工作状态”的能量，使其振奋、“鼓舞”。运用“能量”这个概念可能引起争议，但要找出一个与此有关的更好的概念很难，因为一切物质，不管有无生命，都从某个东西中产生，不可能无中生有。唯能论填补了一个空间——并非所有的人都相信这空间的存在，它的真理也不是很容易得到维护的。此处只能做一个姑且认为可信的阐释，在事关更好理解生命现象时不轻易放弃这种可信。

人的存在可从这能量的力量中去寻找，能量实体化后过渡到肉体。潜能属于可能性的存在层面。也许是能量场的增多导致肉体物质化，带有高电压的能量，这是一种把粒子变原子、把原子变分子的力量。情感以一种使情感产生的力量为基础。如果说情感的肉体层面与化学有关，那么唯能层面则与物理有关，与几乎看不见摸不着的能量运动有关。

与物理的能量形式比如辐射能、磁能、化合及电磁波能、电能和热能相类似的，是人的能量体验形式，比如扩散力、吸引联系、激动等所产生的热，甚至高热，但这些能量与物理能量不可等量齐观。

在许多文化传统中，这颇成疑问的能量被称为“灵魂”，被理解为生命的呼吸、生命力的居所。但希腊文“psyche”不可与现代的“Psyche”（心灵）混淆，后者已成了神经元关联作用的化身。阐释适宜于Seele（灵魂），测试适宜于Psyche（心灵）。这关乎一个或同一个现象的唯能论方面和物质方面。人们通过阐释和测试力图理解十分抽象的、在很大程度上摆脱意识的灵魂和心灵的关系。这两种方法在心理学的广阔领域被应用，彰显人文科学与自然科学之间内部对立极性的特点。

肉体在时空方面均有清晰的轮廓，心灵与肉体不同，它形象模糊、无明晰界线，犹如遥不可及的天体。在空间上，心灵与肉体有一个关系点，完全可回撤并藏于此点，但又可任意超出此点，心灵可能的辐射和扩散力大大超出了肉体活动的范围。心灵的模糊形象在时间上似与肉体的时间有着某种关系，但这种关系不是固定的。如果说心灵是能量这一阐释是贴切的话，那么心灵就不会失败于老化的过程；所以，心灵在老化的躯体里仍感觉年轻，使人很难同意这种老化。大家都同意灵魂不朽，原因是能量不灭，没有什么东西从它那里失去；会灭的只是那能量的外在真实形式，即肉体。心灵除了在个体灵魂中的个性特点外，它本身并无什么独特之处。不妨将心灵底蕴理解为没有终极的空间，“一个无终极的越界之物”（卡尔·雅斯帕：《普通精神病理学》，1946），它充满一种取之不尽的能量，人在某些时刻会感觉到它，皮下会有异样的自我感觉；在陌生的环境里，人会感觉自己置身在一个不恰当的地方。

每个个体的天然本性中似乎都有一定量的能量，它起激发的作用；还有一定量的能量贡献给文化和社会环境；具有决定意义的一定量的能量产生于它自己，最有效的是同他人一道产生。尤其是爱情体验、哪怕是对爱情的向往也会激活心灵的能量；为何那么多人觉得若无爱情——尽管爱情会随之带来诸多麻烦——就无生活价值，其原因正在于此。爱情毕竟是生活的万应灵药，能让人体验那令人惊异的心灵阔度，仅仅取决于彼此敞开心扉，于是就拥有比自己能量多得多的能量。爱别人就是为自己蓄能；一旦人们相爱，他们似乎就被能量的波涛淹没，感到那心临九霄般的“极乐”；若爱情终止，便觉自己如同“瘫痪”一般，因可怕的空虚而绝望，坠入太虚幻境。

爱情成为唯能论问题，这突出表现在彼此关注的这个例子上。关注出于好心，是施予和奉献的要素。随着能量转向对方，关注就增强了爱情；若能量背向对方，就导致了爱情缺失，给生活造成麻烦。随着能量转向对方，就增加了彼此的尊重；随着冷漠的心态和能量背向对方，就增加了彼此的歧视。关注的能量哪怕只是短时转移，脱离这能量的人也就怀疑起爱情来了，这也不单单局限于某种脆弱的关系：“你不爱我了！”与之相联系的迷惘情绪不是很容易被克服的，因为有太多的东西遇到危险：能量是生命，能量转移就使人质疑人生，能量缺失时才显出它的重要：一旦出现唯能瓶颈，人就患上了活动贫乏症，力量就枯竭，当事者立马就会有“被焚烧”之感。

所以，人一辈子都要守护自己的能量场，并设法开发出新的能量场。在爱情关系中，人在危急情况下也会试图强行将对方的关注引到自己身上，用暴力夺取对方不情愿放弃的能量，打起一场符合规律的争夺能量之仗。这样的战争本该以合作取代对抗，以便早早收场，但不是每次和每个时候都能办到。寻求亲近，是啊，为获取亲近而打仗，这可理解为寻求能量的需要，没有这能量生命迅即凋零。纯粹的肉体亲近尚未表明能量数量不等的心灵沟通是否可能：“我的身体马上进入你的，噢，但愿我的心灵也是！”乔伊斯在都柏林逗留时，夜间还匆匆赶赴邮政总局发信，希冀在此层面上与其情妇契合（《致诺拉信》，1909年9月5日）。因为亲近的要求，心灵空间可能会变得十分狭隘，以致彼此产生令人心痛的摩擦。害怕亲近，就是害怕对方对心灵的约束、占有和伤害，这样就有可能断绝能量流。能量场的每种状况所关切的，无非就是人们寻求彼此亲近或避免彼此亲近；亲近在某种情况下是惬意的，在另一种情况下则令人难堪。在某种关系内亦如是。相爱者们必须在吸引力（寻求亲近和惧怕失落）与离心力（害怕亲近和寻求自由）之间重新寻找自己的路：这就是“爱情物理学”。

能量若在运动，人就可体验到它。正如几何学空间可通过身体运动测知一样，唯能空间也可通过以情感表现的心灵活动测知，在心理学方面，可当成下意识予以阐释。个体的心灵在运动中苏醒，它如同身体运动一样，有强有弱，但心灵活动常常是暧昧难辨的，所以，人并非时时刻刻都清楚，自己感觉到的究竟是什么。但人依赖的是情感，因为情感起着激励和推动的作用，给生活和行动提供能量。随着心灵之间的能量交流，情感会加深平时显得很浅表的那种关系，会建立种种联系——变成与社会和世界交际的基石，情感通过一定量的能量传递各种信息，包括内心的和外部的状况、机会和危险等。感觉敏锐的联系可能飞速变成交际，它克服任何距离，让人想起量子物理学中“交叠的光子”现象。只有用唯能论的交际才可解释清楚，人为何能克服遥远距离而感知对方的情绪，听见对方静默的呼唤；两人为何经过久久等待，在同一时刻让某个消息到来，并在这个消息到来时说：“真奇怪，我刚才正好想到你啊。”知道其中的奥妙不重要，重要的是增强对这种关联的敏感性，将它纳入生活范围，千万不要贬低它，认为它是“超感性的”。同他人的情感联系维系着个体的共同生活网，对个体起支撑作用。

感觉是一种感知心灵抽象财富的可能性，在爱情中，此心灵抽象财富被感觉的程度与在其他任何关系中截然不同。如果说肉体方面关系到的是做爱，那么在心灵层面涉及的就是感觉爱，这爱的能量在情感——起引发和刺激作用——中找到它的表达形式。情感加深爱情，生活和爱情从情感中获取张力。爱的能量熊熊燃烧，情意浓时便是关系的红火之时。凡是希望心灵空间拥有丰富活动的人都拥有可靠的爱情关系。从情感联系中也可推测出意义，我们终于弄明白人为何硬要寻找意义：原因是能量注入共同关系中，非共同关系就不注入；一个人关注情感就会把能量提供给另一个人，而且也要分享对方的能量，目的是使自己在对方所表示的情感中重新振作起来。

人处在有能量注入的关系中可保健康，能量被封锁就会生病。快乐的情感和无所挂虑，它们释放出巨大能量；而受伤害的情感、悲怆和苦难，它们使能量冻结。然而情感不可能总是充满浪漫，“积极”，它也会变得“不浪漫”、“消极”。谁都不喜欢“消极”，但它又无法消除。心灵因同情和体恤别人而广阔，因拒绝别人而拘束。相爱者在无拘无束的旷达中感受强烈，有过错的情绪则束缚和压抑他们。轻浮的情感使“我”显出越界的本相，直至自我醒悟，以羞惭之心重建“我”之界桩。相爱者有时竟在同一时刻，在向往安全与要求自由之间，在被对方吸引与重返自我之间、在感到满足与再度失望之间来回摇摆。

情感经受时间的考验会从一个极端跳到另一极端，在激情与冷漠、爱恋与寡情、满意与不满、自信与怀疑、信任与畏怯、柔情与烦恼、和解与愤怨、雅量与嫉妒、热情与悲伤之间经历潮涨潮落。惟有情感的逻辑才懂得稳健的平衡，定期关切个体关系生活中尖锐的矛盾对立。某个方面愈凸显，对立的另一方面就愈较劲，按照矛盾对立的规律来说，一直会导致极端的情感振幅，从而引起双方的情感错乱，这就需要治疗，使情感振幅与个体的理解能力更加协调。人的能量海洋、情感生活的波涛起伏无不与荷尔蒙含量的波动有关，潮汐规律是它们所特有的现象。

浪漫主义意欲强调情感，以此制造一种平衡，即面对现代社会缺乏情感的平衡。但这也彰显那些颇成疑问的情感特点：不确定的真实性，极大的摇摆性，这明显表现在“愿望”这个问题上，掀起情感波澜的情感应该是“真实的情感”，然而这情感的真实性是个很难回答的问题。倘若能量在情感的表达形式中“一起振荡”、情感就不是一个冷冻的空壳，那么这情感就是真实的。但真实不真实缺乏客观的标准，所以主观印象很重要。“美好的情感”是人们所希望的，希望它尽可能长存；如不可能长存，“那也只好作罢”。美好情感达到顶点就是对对方怀有炽热情感之时，但相爱者会很快怀疑这炽热情感的剧烈波动。没有人比浪漫主义者对此的体验更强烈，他们每天的情感起伏给自己平添许多烦恼。他们与别人和世界协调一致便情绪高涨，否则就感到抑郁：“噢，我情绪高昂的时间多么少啊！”（诺瓦利斯：《论爱情》，文集，2001）。

在情感生活里，惟一的连续性是情感强度的起伏。能量的每一次迸发都会感到愉悦，接下来的能量递减会引起不快，甚至痛苦，这情感也懂不同的能量“水位”。即使是暴风骤雨、波涛汹涌般的激情，也终是落潮接踵而至。最值得追求的，莫过于那“大海般的情感”，两人徜徉其中，彼此渴望得到“全部的你”，一旦实现，就再也不会相忘：“因为幸福而不愿退回岸边”（赫尔曼·范费恩：《你知道那是咋回事》，歌曲，1973）。两个波浪交叠地出现在浩瀚的能量之海，犹如真实海洋出现巨浪将相爱者“我”淹没：体验到极度兴奋的融合后，继之便有“完全失去”自我的畏惧，于是分头回撤，希冀重新找到契合的对象。也许还公开或暗地责备对方，说对方自私而过多地占用了“我”的心灵。

情感还抛出了权力这个问题。人人都喜欢独自利用心灵空间，排除他人情感。思考着的自我介入权力游戏既带着压抑的情感又带着解放的情感。压抑情感的规范就是要求人们抑制和否定情感，这在现代社会的进程中已被解放的规范所取代，后者教导人们不管何时何地何种情况都要“彰显情感”、“放纵”情感，让它不再满足于做生活能量之海的汹涌波涛中漂亮或不怎么漂亮的泡沫，而是让它宣称要独自统治生活。“臣仆”从此甘愿听从情感的命令，而最愿听从命令则是在建立或解除关系之时，为此，爆炸性情感、不动情感和省去情感就完全足够了。

权力问题在激情、亦即在浪漫主义爱情动用那种唯能运动时影响最为强烈。浪漫主义爱情既能心悦诚服地奉献，也能痛苦地接受，所以才有如下意义双关的说法：“爱情无异于基督受难——我们欧洲的特产”（尼采：《善恶的彼岸》；尼克拉斯·卢曼：《爱情，一种演练》，2008）。在解放的热情中痛苦被忽略，解放引起情感的肆意释放。解放的情感促进自尊，却常常导致对他人的轻视，这与解放的种种后果相符；此为实施权力的独裁形式，爱情伦理的任务就是要对这权力进行调节。

在情感解放后，调节的任务是对自由划定界线，这是个体要做的事，不必遵从既存的规范。感情艺术成了爱情心灵艺术的要素，要实现它需要借助一种禁欲，即借助一种行为方式的演练。此行为方式可在易动情感和情感过度兴奋与不动情感和省去情感之间、在对情感的感知和表达与放弃感知和表达之间来回波动。口头的或非口头的感知和表达是治疗学十分关切之事，目的是促使某种情感的耗尽，使被这情感利用的能量重新在其他地方迸发出来。耗尽心力的愤怒给柔情让位，反之，温情脉脉的生活一旦耗尽也给愤怒让位，所以，温情“也不是一种持续的状态”（托恩·勒迈尔:《温情》，1975）。

艺术性地对待情感，就是让情感在迸发与省略、在表达与沉默之间得以呼吸，给情感的矛盾和权力诉求腾出空间，不要破坏它们。表达情感不意味着任意放纵情感；抑制情感也不是为了压抑情感。为了“呼吸”，重要的是培养心灵具备像河蚌一样的能力，让心灵能适时地开合。张开时，心灵可被触摸，但也可能受伤害；闭合就是保护心灵免受伤害。最容易达到心灵与周围世界的宽广沟通还是在内心想象的王国里，危险在于会失去对外部现实的所有情感。个体心灵在长期的体验和思索过程中培养了一种敏感，知道什么东西在什么情况下合适，何时何地如何平衡情感在开放和封闭时的“过”或“不及”。

一般而言，情感的释放或约束是自发的，但要有意识地借助身体、心灵、精神、甚至超验的各种抚慰。抚慰制造情感。拒绝抚慰使情感冷却，接受抚慰使情感“沸腾”。一只手、一种关注、一句话可抚慰心灵，使心灵能量运动起来。抚慰越是来自奉献能量的心灵，能量的运动越是强烈。为使能量流动，心灵必须离开、至少部分离开体内驻地，为此可利用感觉器官，能量通过感官爆发出来：通过闪亮的眼睛、微笑的嘴唇、说出的话语、令人产生依赖感的香气、珍馐美食般的味觉、抚摸的手，紧贴的嘴唇、尤其是吻的快感体验等。几乎没有别的东西像吻一样使情绪激动，吻将相爱者带入物我两忘的恍惚状态。

心灵能量进入对方的心灵，其途径是通过皮肤表面出现能量闪光的信号，以及通过所有的感官。被抚慰的对方看到爽朗的笑容、听见说话的语调、吸入香气、品尝滋味、感受手和唇。相爱者善于从彼此脸上、表情和手势上知道，他们的关系在唯能领域到了何种程度。他们彼此抚慰的方式也不都是令人惬意的，而呈现出鲜明的反差：皱眉与微笑截然不同，做出难看的模样表示对某种美好东西新的向往，争吵增强和谐意识，令人厌恶的气味和难闻的口气释放出躲避力。说到底，不受欢迎的、纠缠的和强制的抚慰要与尊重别人划清绝对界线。

心灵能量的获取还通过第六感官，经由听觉、味觉和触觉。第六感官亦即运动感官，它记录和调节身体的各种运动，对方被运动触动，或觉舒适，或觉厌恶。在身体深处还有个第七感官，亦即所谓“腹部感觉”的体内感官，能感到相爱者之间、朋友间以及关系不甚密切的人员间的能量交流。身体，尤其是腹部无数的传感器似乎在起着“天线”的作用，经由它们传播和接收能量；它们能超越人们分隔的时空，使其感觉到对方及对方的心灵共鸣。即使心灵以“超感官方式”彼此交流，这种感官也是积极主动的，它能领会个体内心及人际间最细微的唯能运动。人们通过第七感官尤其能感觉到某一充电氛围的炽热和某一暂时冻结氛围的寒冷，能感知他们之间什么东西“正在酝酿中”，哪里“闪着火花”，哪里没有“火花”。“人情热能”通过各种抚慰而产生，想到对方、与对方一道感觉，给对方充电使之“温暖”；若将能量从对方身上抽走，对方就置身于一个毫无生气的空洞的空间里，颇觉孤独和“寒冷”。这会在大脑那个对物理热能和“人情热能”均能作出反应的部位留下痕迹。

就肉体层面说，抚慰的艺术对于心灵沟通大有裨益，因为肉体抚慰能克服与心灵这个看不见摸不着的模糊物打交道时遇到的困难：在经由身体的曲折路上，心灵便于触及，这是一种应用身心医学形式，选择身体作为心理和心灵的出发点，以取得对心灵的反作用。陷于停顿状态的心灵能量会通过对皮肤表面的触摸重新流动起来。放松身体会消除心灵的紧张，让心灵重新开放，激励它表达思想情感。理疗医生都熟知此中三昧，外部治疗变成内心治疗。各种形式的理疗成了心理治疗的附加形式。

抚慰是爱情心灵艺术和情色艺术的要素，它帮助获取的刺激使被抚慰者有“电击感”，让他感觉自己是被肯定的：抚慰制造美。对抚慰的急切欲望也可能是性交的原本诱因，但这欲望不是单单通过性交就能得到满足的。当身体抚慰使心灵能量活跃起来时，它便赋予肉体以灵魂，另一种感觉的具体化能量便流遍全身，自己完全“融入其中了”。如无抚慰，便有失去灵魂、能量脱离身体之虞。

抚慰如此重要，堪称人之本性。做人取决于对抚慰的体验，每个时代、每种文化概莫能外。不抚慰任何人、任何东西、自己也不被人抚慰的人会变得完全不自信，甚至不知道自己是谁。抚慰乃一种关注形式，不可或缺，关注让身体不致枯萎，心灵不致干涸，这体验深深植根于人心：我若在感官、心灵、精神、甚至超验等方面抚慰别人或被抚慰，我就感觉我活着；反之我就活不下去，就感觉不到生活了，心灵的广阔天地就烟消云散了。

十七世纪的哲人笛卡儿有句名言：“我思故我在”，这话的意思或许可以这样表述：“我抚慰我在，我被抚慰我在”。这名言说的只是“我”思，不涉及“被思”；抚慰之事与这名言不同，一开始就有“被抚慰”之意，就是说，被我抚慰的对方和事物也参与其事。这绝不是把思想的作用变小；抚慰、尤其是相爱者之间的抚慰，不仅限于肉体和心灵，还有精神方面的抚慰。思想对肉体和心灵的影响非同小可，这个思想层面还要发生一次变化：在心灵空间，从感觉层面过渡到精神层面，后者从谈话、思想和阐释中可体验到。

对话与阐释：爱的精神艺术

可理解为思维和阐释的精神与心灵共享肉体基础，大脑皮层内的神经元及其网络使人具有语言、抽象化、意志和智慧思考的能力。正如几何空间可从物体运动测出一样，心灵空间可从情感的活动中测出，精神空间可从思想活动、从用概念固定的阐释活动中测出。精神的东西从潜能无穷的心灵空间的能量中吸取营养，此能量不仅从情感、而且从思想中表现出来，情感和思想二者不断相互影响：情感替思想染色，用“美好情感”激励和鼓舞思想，或用“不良情感”折磨和困扰思想；用勇气强化思想，或用畏惧使思想停顿。思想反过来也给情感染色，对情感作出评价，认为哪些情感受欢迎，哪些情感不利；要么对情感不加干涉，听其自便；要么敦促情感自制。

尽管情感和思想在同一个能量场产生，但二者明显有别：情感在下意识和无意识里暧昧难辨，它无意识地影响思想，思想则有意识地影响情感。思想与情感不同，能脱离当下的经历体验，好似从外部观察到某一情况，并在同一时刻、在之后或预先对这情况进行周密思考。对某一现实做思考和设想，“我”就能理解各种实际关联，并用语言和概念同他人对关联加以探讨，或设想出导致变化的种种可能性。沉思默想是做人的本质特点，思考进而有了自知之明。最终，那奠定思想之基础的能量意识到自我，影响自我，以图自我变化。

这开辟了爱情的第三个层面：肉体层面涉及做爱，心灵层面涉及感受爱，第三层面便是涉及对爱情的思考和阐释。此层面不是“必须”，而是相爱者想赋予爱情某种意义的一种可能性，取决于他们的天性、文化影响及个人观念。倘若为此层面费时费力过多，那也可放弃之。若一方这样看，另一方却那样看，看法截然不同，那就需作出基本选择，要么赞成要么反对这种爱情关系。精神关爱层面可能被特别强调，因而自感满足，此层面或与其他层面结合，一如詹姆斯·乔伊斯所为，此君曾如醉如痴地谈论对情妇的“精神之爱”，还情意绵绵献诗于她，同时有一种“野性的动物欲求”将他向情妇那里驱赶（《致诺拉信》，1909年12月2日）。相爱者们努力在精神层面上交流，这导致彼此一道思考是赞同对方或不赞同对方，以及以不同方式在思想上抚慰对方。“精神抚慰恰似魔棒抚慰”（诺瓦利斯：《论爱情》）。爱情作为思想关爱——历经肉体和心灵的种种变化而得以保存——远比炽热的性欲和波动的情感持久和稳定。有意识地关爱对方与毫无毅力地被某种激情征服，二者不可同日而语。爱情在精神上可以长存，可带有或不带有强烈情感。当肉体枯萎、情感失去激情源泉时，只要坚持关爱那一息尚存的精神力量，那么爱情仍可维持下去。柏拉图的著作赋予精神层面以特权地位，这是不无道理的；很久以后，莎士比亚也要求爱情不做“时间的傻瓜”（莎翁第116首十四行诗）。

倘若承认了这个层面的重要性，那么当六神无主、失望和绝望情绪占优势时便可对关系做出自我思考、阐释并重新取向。精神层面变成爱情的变化层面，它脱离身体和心灵的直接体验，给下列问题留下了回答的余地：我们身边发生了什么？我们真的要去那个地方、即被外部必需、内心强制和矛盾对立推动去的地方吗？是否存在与肉体性欲、心灵及混乱情感不同的东西？与非现代文化——也即与被传统、习俗和宗教的陈规所决定的关系形式不同，在现代文化中总会有这类取向问题被提出，因为在因时代强制而产生的变化中，相爱者们并非一成不变，其爱情关系鲜能保持原样。所以，关系的后调整成为必要，需要未雨绸缪，在爱情关系有朝一日似火山爆发、带来解构性破坏之前，力图正确对待对方的变化，并建设性地将此变化纳入关系中。

关系的后调整，首先应在对话里进行。若关系持久，那它必然是一次

“长时间的对话”，一如尼采所言，其他一切与这对话相比都是“暂时性”的（尼采:《人性的，太人性的》)。谈话内容和思考的时间为对话的生命，哲理思考的时间可成为共处的礼仪要素，在黄昏时分得到维护，黄昏时刻，上天魔术师赋予人们灵感，他玩着色彩游戏，从淡蓝、深蓝直到变为夜的漆黑，使人停止活动，灵感也许受到畅饮过多醇酒的启示。这样的时刻并非要刻意安排什么活动，最好是闲聊、唠家常，无需刻意安排时间、地点和机会，只是不要让大众传媒独占这些时光。相爱者彼此诉说各自的体验和思考，维持“现状”，附带把快要变平淡的关系提升至另一层面。精神交流释放增强共同生活的新能量，在受伤处产生疗效。

在这样的时刻，双方都是对方的蜂房和“哭墙”。所谓蜂房，是因为享受对方的到场和关注，甜似蜂蜜；所谓“哭墙”，是因为一切恼怒都可倾诉，不光是对方惹起的，还有与对方无关的恼怒都可一吐为快，旨在忘却。什么都谈，什么都不做评判，也不必解决什么问题。彼此不光为自己一起思考，一起阐释，正如爱情初期一样理所当然，以后再找时间解决问题。自由诉说具有净化心灵的力量：用诉说换来轻松，摆脱一切羁绊。此后还要明白，哪些情绪已随诉说化解，哪些尚需持续调理（米歇尔·卢卡斯·穆勒:《情侣对话》，1988）。

随着共同思考开发出性爱艺术的第三个层面，既从大量的感性生活及情感、又从思考和阐释过的互相关联中获取意义。“谈话的线索”很有意义，更不用说相爱者借助“阐释和解释技巧”共同找到的意义了。阐释首先针对体验，不光是损伤性的体验，而是一切的体验——重要的或不重要的、重复的、经过琢磨的，哪些关系可以从中看出，哪些个人生活和共同生活的体验具有什么意义，可由此得出哪些结论，哪些未来的变化值得期许？通过反复交谈，那些显得重要的体验就找到位置了，它们将进入自己的和共同的历史，其余的体验可以忘却。有些人对体验从来不加研究，因为他们“总想向前”，不愿后顾，待到那些东西堆积如山，他们就不堪重负了。

相爱者们力图借用阐释来理解当下的处境，当某种现实，其当他们的关系面临绝境时，他们会竭力寻找规避的可能性。若阐释没有活动余地，任何现实都会变得冷酷无情，爱情的精神源泉便会枯竭。若用新的阐释看到了诱人的前景，冷酷无情的现实又会躲开。出现阐释差异不足为怪，两人之所以在所有问题上做相反的阐释，这大概是为了满足两极对立的律则吧。他们在共同做决定的准备阶段相互撞击、相互争吵，最佳的情况是双方谋求妥协。双方的阐释一致了，就要对这阐释加以认识和研究，这阐释涉及三个范围。

首先涉及对个人生活的阐释，这是对个体的人格意义、内心活动的研究工作。这工作本属于个人，但与对方对话会使这工作更有效、更周全。对方在场迫使我聚精会神，他提问我就要回答，而答案不是一个人容易找到的。彼此交流和讨论促使我认识自己：什么是我的强项和短板，什么是矛盾对立的，什么是既定现实和可能性前景、天性和特点、看法和设想、理念和概念？我能做什么，什么东西我无能为力？哪些无能为力的东西可以接受，哪些做不了的东西我想改变，用何手段改变？

在认识自我的基础上，对方帮我、我帮对方对自我核心定位，包括至要的关系和体验、理想和梦想、目标和价值、性格特点和习惯、焦虑和伤害以及值得肯定的美好事物。这在情况剧变时具有决定意义，此时一切均遭质疑，因迷惑不解而出现精神重新定向问题：我已达到什么？我还有什么打算？什么对我真的重要？我还需要什么？我想给、我能给对方什么？这一切可与对方共同审议和仔细权衡，找出我做什么或放弃什么的理由。对自己自信和自知的“我”能在很大程度上迎合对方，不会因为自己的缘故而畏怯。“我”对于锤炼内心方面存在的困难很了解，并在这方面能帮助对方。只有那个“我”、亦即不明白对己关系的“我”才感“困难”，他对他人的关系也就“困难”。

与自我交织在一起，还涉及对共同生活的阐释，涉及有关共同的意义和与对方关系的研究工作。这里重要的是认识两人的共同生活，包括身体、心灵和精神层面，认识两人不同的长处和短处，能做和做不到的、对应和矛盾、既定的东西和可能性前景、偏爱和喜好、重要的和不重要的、看法和设想、理念和概念，这一切均为两人所特有，与下列问题密切相关：什么东西可以接受，谁该做哪项改变工作？谁觉得什么必要，什么不必要？谁觉得什么是正确的，什么是错误的，什么东西很滑稽很尴尬？对“规则”做何理解，谁需要、需要多少“规划”？谁关心“规则”？对个人而言，什么东西被认为是工作、自由和休假？对两人而言，自由、关系和爱情意味着什么？共同生活如何建立在此基础上？倘若我真的被爱，那是在哪个层面上？我爱自己吗？对方对于我而言是无足轻重吗？我和对方需要怎样的亲近，以便有更多秘密生活的体验？或需要怎样的疏离才不致在拥抱时使自己窒息？爱情“到底”是什么？为何有爱情，爱情为何而存在？能放弃爱情吗？爱情为什么会有如此多的欢愉和痛苦？能消除痛苦、只留欢愉吗？还有别的爱情理念吗？如何实现另类理念？

彼此的看法和阐释是进一步对共同生活做定义的基础，以此确定两人生活的共同核心，借助下列问题：

一、对我们而言，什么是最重要的关系，比如与孩子、兄弟姐妹、父母、祖父母、朋友和其他人的关系？

二、什么是并且一直是我们的共同体验？我们关系的固定组成部分是什么？

三、什么是我们共同的理想和梦想，什么是我们的信念、特殊的道路、目标、向往——几乎是关系的惟一组成部分？

四、什么是我们特别尊崇的共同价值？哪些价值在可疑情况下具有优先地位，哪些价值即使在冲突情况下依然有效？

五、在对立冲突时，什么是我们要细心维护的共同本性和习惯？

六、什么是我们必须应对的共同焦虑、伤害以及破坏性体验？

七、什么是我们共同生活赖以为取向的共同美，什么是值得肯定的东西——它使一切起分离作用的东西相形见绌，可从中汲取新的力量，借助它可摆平一切负面的东西？

对自己和两人的生活做阐释和给出定义，不是抽象地在各点上打钩，而是镶嵌在讲述自己和共同生活的故事中。讲述制造出“讲述的意义”。讲述关注时间连续这根红线，把种种体验和思考依次排列，只有在无事可讲之处才产生无意义的真空，在此，个体及其关系消失了。讲述应是把经历体验之总体予以缩简，使基本保留下来的各点有个令人信服的顺序；讲述应是扣人心弦的，要有戏剧化倾向，使经历体验之事增值；讲述永远不要结束，要有所变化；讲述应被保留下来，要以物件象征化，一枚戒指、一首歌曲、一块布料、一个日期，它所体现生活和关系的故事，即使对方不在也体现他的在场；讲述涉及爱情关系的“为什么”和“从何而来”，即涉及爱情因果关系，它以偶然和必然那无法消解的游戏将有情人撮合在一起。讲述还涉及爱情关系的目的：我们为何目的走到了一起，我们要去何方，或者，这条共同的道路已是目的了吗？目的这层意义应在彼处寻找：为他人而存在，共同担任使命，履行责任和义务，顺应某种必然，比如绝不抛弃对方，共同分担生活，经受生活与爱情各阶段的考验而共同发展。

还有“其他生活”让相爱者们忙碌不已：他们在彼此交流和探讨中致力于共同阐释人生与世界、探寻由偶然、必然、交际、经历、喜悦、烦恼、理念和想象等组成的人生之关联，探寻这个每天都在堆积的人生大杂烩之意义。此处的关键又是对人生和世界的认识，要尽可能广泛收集各种信息，获取事物的实践及理论知识。两人根据各自的视角对这些信息和知识做自我理解，形成一个共同的广泛的看法，既涉及日常生活又涉及生活整体，当地的、地区的、国内的和世界的生活，还涉及社会、文化、历史、科学、经济和政治等。

对条件和可能性——两人在其范围内活动——的纯认知并非一成不变，对人生和世界——两人在其中做长久的安排——所下的定义也势必受以下问题折磨：当下发生了什么？背景是什么？这一切会导向何方？这对我们的生活意味着什么？从这大大小小的故事中可以看出哪些意义？对此，一个受欢迎的回答，是谈论在面对这个令人迷惘的、甚至充满敌意的世界时必须维持两人的共同生活，于是他们选择默然朝那个必须经受无时无刻不在的日常生活考验的方向撤退。自己的爱情在一个荒谬的世间依旧创造出意义来，这爱情成了生活的目标。但其他的回答也有可能：相爱者们也可从生活和世界的无数关联中找出意义，沉浸在关联的丰富性之中，这种丰富性，人们因日常生活贫乏而容易忽略。

精神层面也懂得愿望这个问题，因为思想会引起纯愿望的思想，阐释会导致纯愿望的阐释。自己与他人、生活和世界共处的愿望只在情感里才被发现，慢慢形成愿望概念，在语言表达中获得具象。愿望开启种种可能性，此为愿望的目的功能。倘若思想和阐释不向现实作强制性的、目的论过渡，不向实际行动过渡，那么，最不起眼的愿望也会失败。凡可能性都是可以想见和阐释的，但并非都能变成现实。即使“我们是一对”这个美好想法也只是表达这个愿望而已：硬性配对的人不可能彼此投契。相爱者们为了彼此的关系希望在语言表达中消除焦虑和担忧，但更重要的似乎是回答下列问题：“我们”在现实中意味着什么？在日常生活中，“一对”这概念背后隐藏着什么？心里老想着被期许的正面东西快快到来，对存在的事情和情况美言文饰，当爱情感到满足，又希望负面的东西快快中止。但除了爱，总不免存在恼怒、不快、伤害和不幸；生活不断受到疾病、痛苦和死亡的威胁，世界堪称深不可测。

此外，思想和阐释还赋予人们驾驭现实的力量，借助思想和阐释可发现各种关联，但并不受其迷惑，也可对各种关联重新进行思考并陶醉其中。对现存的关系要从头至尾仔细思量，对过往的关系要详加考虑，对未来的关系要预先估计，得出结论并预设各种变化。思想借用有意识的精神能量来影响心灵的无意识能量，并力图对后者进行操控。凭借思想和阐释可增强能量交流和生活情感，抑制焦虑和恐惧。倘若用思想的力量将情感排除，那么情感会在某时借用某种力量返回，这力量不再允许人做清晰思考。思想上的关爱足以刺激自己和对方的情感，它应走在情感关爱的前面。一种思想和阐释不管说出还是没有说出都使两人间的能量场发生电离作用，以至瞬时能觉察正面或负面的情感，这力量使自己由思想产生对自己、他人、关系甚至对人生和世界的看法。

为了限制思想和阐释的愿望及权力诉求，精神层面需要特殊的禁欲，就像肉体和心灵层面那样。思维的自我一方面放纵自己的思想，另一方面要收回自己的思想，目的是给肉体感官和心灵情感留出空间。出于这样的考虑：感官印象比单一的思想捕捉现实更多；情感能更加可靠地指明，自己和他人的能量在何处流动，在何处停滞，在何处需用思想来加强对其抑制或限制。重要的是，至少要检验阐释游戏的可信度，出发点是阐释的多样性：种种可能的阐释永无终极，总有别的问题被提出，总有别的真理被挖掘，总有新的关联被发现和制造。无人能全部认知世界、他人和自己。所以，对话的线索是永远不可中断的。

这应是“美好的对话”，不可或缺的先决条件是相互理解。对话依赖谈话技巧，应熟练地、尽可能精妙地表达思想情感，用语言或不用语言。面向对方，用话语、概念、表情、手势和声音对对方产生影响，让对方喜欢，或使对方厌烦，弥合或扩大同对方的距离，让对方看出是关爱还是疏远，看出自己是积极应对还是心不在焉。要更为认识自己声音的可变性，将声音理解为一种进行过调适的乐器，其演奏是为了引人瞩目。一个人也不光是用声音说话，身上的一切都在说话，所以，下面的问题就十分重要：我如何从总体上去影响对方？我的身体、姿态和服饰在说些什么？我从对方身上感知到什么？对方如何在影响我？

外表印象预先确立某事可以如何理解，然后，当“如何”敞开时，一切关注就指向“什么”。用“如何”将关注引向“什么”，这种可能性不是白白被赠予的。口才不是说服人的技巧，更不是让人相信的技巧，而是关注攀谈对象的技巧，是关心对方、给对方提供理解和说话可能性的说话方式。然后，无论交流思想情感、相互探讨还是共同克服困难就容易了。目标不是意见一致，而是达成协议；不是同意，而是妥协，即承认对立矛盾；但仍能共同行动和共同放弃。

口才作为关注的技巧和说话方式，它还包括一种审慎，这样才不致随便脱口而出，发表对某一被深切关注之事的看法，而要仔细地观察对方，增强敏感度：谈什么，何时谈，以何方式谈。“彼此交谈”虽作为解决问题的办法深受欢迎，然而按布莱塞·帕斯卡的话说，世上许多问题产生于人不能适时封住自己的嘴巴：说到得意处，许多平时憋在肚子里的话就脱口而出。所以，沉默也是说话技巧的一部分。认识沉默的重要性，以及在何种情况下运用何种沉默，这是一个人的天性和文化影响的问题，也是个人要确立以不同方式沉默的问题：轻松或满足地、急切或耐心地、紧张或期待地、过度紧张或充满敌意地沉默。

有意识地限制说话有种种理由：说话的动力会随着它的表达而失去强度，随着它喜爱的细节而让听者的热情消失。希望在瞬时将某事的各个方面、将赞成或反对某观点的全部论点都讲给对方听，这是不可能的。说话的含义不是参与谈话者当下能全部明白、而是“之后才想得起来”。所以，沉默是讨论和交流的要素，目的是在宁静中再作自我思考。再者，一时的沉默可让人转向早就用言语宣布过的行动，而没完没了的讲话只会导致空话连篇。

对肉体、心灵和精神各层面予以观照，就更加明白什么是爱情，爱情需要懂得性、情感和对话。技巧在于评估自己，并与对方达成默契，什么时候、在何程度上进行哪个层面的交流。只有在体验和思考的过程中才能达到可靠的敏感度。“在爱情中变聪明”，这话的意思是要更准确地觉察眼下该做什么，什么重要或不重要，什么时候说话或不说话，什么时候行动或不行动才合适，什么时候可以宽容，可以伴随矛盾而生活，这种智慧随着不同的经历体验而增长，有高潮、低潮，有满足、失望，有被克服和克服不了的平庸和挑战。在热恋期，人缺乏智慧，这时充沛的能量不需要什么智慧；在爱情成熟期，相爱者们在斗争中已耗去过剩的能量，他们于是倾心于智慧，以新的方式，无条件地、心平气和地相爱。

神的体验：爱的超验艺术

两人在肉体、尤其在心灵层面，有时或长期体验到一个“超越现存的”范围：“两人若心心相印，他们之间的有限性界线就取消了”（贝蒂娜·阿尔尼姆：《向往总是有理》）。这个范围应如何准确地加以描述，还是搞不清楚；但是，“超越寻常”这几个字已给这非同寻常的超验体验命了名。在迈入无限之境时，一切有限的现实悉数后撤，“爱情的玄学”超越物理和化学进入人们的视域。在这超验层面，这体验不是“制造”出来的，而是自动产生的，否则就不具备这种体验。这体验的可能性条件倒是可以反复准备的。当相爱者做爱，或者感觉、思考和阐释爱情时，这种体验会突然而至。它是否只是幻觉，这不重要，重要的是它对相爱者产生了怎样的影响：他们不再感觉自己囿于个人的生活——个人的灵魂与之相连，而是感知一种包罗万象的存在——他们本来就置身其中。在感觉这个高尚的存在之时，一切在概念上可以领会的固定之物均溶化于能量之海，“自我”似在其中消融，于是产生了人的安全感。

同另一个人相遇、交谈，这已经超越了自我，为最低程度的超验体验做了准备。在相爱者之间，这体验可能极度增强，所以说，爱情便是在各方面的超验：与对方一起，我拥有比我独自一人多得多的能量和可能性，我经历比我一人更多的生活，我能从对方预知无限性的范围：对方屈从的那种有限性与我自己的有限性已不是同一个东西。当我有朝一日死去，我会在对方的怀抱里挣脱死神的魔掌，即使肉体不可能超越死亡，但灵魂和精神可以超越它，生命扩充进入无限。“爱情的无限观念”系指这种扩充，它促使浪漫主义者诺瓦利斯写出欣喜若狂的颂歌：爱情是万物趋之若鹜的惟一，是“宇宙亘古不变之物”；情妇乃情夫的具体形象，“宇宙的缩写”。实用主义的浪漫主义适宜于有限性，也可用它的方式开启无限性，亦即将有限性和无限性、现实性和可能性当成万事万物中的对立性要素加以理解。

这话题涉及宗教吗？爱情与宗教有关吗？在现代，爱情对轻视所有宗教的人而言也是世俗宗教的体验。当对爱情的崇拜取代爱神时，爱情甚至成了人生惟一的意义。爱情可能成为宗教，这就提出了宗教该做如何理解的问题。拉丁文religo，意思是"我向后连接"，向后与某物发生关联。某物不是个随随便便的东西，而是本质的东西，它是什么，这是阐释的问题，其阐释结论记载在宗教教条中。反正是涉及超越人之生存、人之现实和有限性的东西。这种超越界线——超越时空对人而言再普通不过、向后与某种源于无限的可能性发生关联，都可理解为宗教。

倘若人们渴望一个没有界线的天际线，让思想和感觉不致撞在有限性的墙壁上，那么，他们大致可在爱情中觅到此境：对方的容貌就"意味着无限的东西"，伊曼努尔·勒文纳斯如是说（《伦理与无限性》，1986）。只要愿意，谁都可以从中看出传统意义上的无限性东西，神圣的东西，简而言之看出"上帝"，看出万物之基础的、取之不尽的创造性能量之标志。通过对方体验无限性、神性和上帝，抑制因有限性而滋生的悲伤，这就是人们在爱情中所追求的东西。他们的关系真正变成对上帝的礼拜仪式，是他们讴歌的对象，正如约翰·塞巴斯蒂安·巴赫1744年在第133首"康塔塔"[1]中所表现的："我欢悦，在你心中"。

这种宗教与传统意义上的信仰没有关联。为了不至于和传统宗教相混淆，有些人宁肯提两人交往中可以体验到的"灵性"、长时获取的灵感和灵魂。与宗教信仰类似，这"灵性"的核心即超越孤独，在关系中感觉自我，知悉一切，并以此方式体验"心有灵犀一点通"的协调与安全。根据这种假设，

1 康塔塔：抒情合唱，包括独唱。——译者

一切有限性的事物和生物均产生于一种无限维度，它充满能量和种种可能性。现实范围的种种存在都显示出这种维度，其依据是浪漫派唯心主义魔幻公式，弗里德里希·荷尔德林在书信体长篇小说《许佩里翁》(1797/1799)第一卷末尾援引赫拉克利特的话将此公式宣布为“美的特质”。

人们在各种差异中想起被称之为“精神”的东西，它在体验爱情能量和非同寻常之物时是可能的，爱情能量已超越日常普通生活。这“神圣的力量”或曰“宇宙的能量”把万事万物连在一起，所以对相爱者而言，万事万物都充满了意义。一切都贯穿着关联，深感满意的体验助人获取感知与认知的关联，它们存在于自我内心，存在于与他人、生活和世界的关系中，以及与超越这一切、体现其广博意义的某种可能性维度的关系中。意义的丰富就解释清楚了：为何相爱者在欣喜若狂中误以为自己到了疯狂的边缘：过多的关联促致意义的爆炸，炸毁了事物通常的秩序。

察觉这一潜能，情色艺术便日臻完美。爱神埃洛斯代表对无限存在之能量的体验，在肉体结合时变成了神圣体验，相爱者感到肉体融合，回到可能性的大海，继而在此海中消解，结合时抽搐、震颤和叫喊表明身体躯壳在能量冲击下有破碎之虞。在法文中，把两人交合的高潮称为“小死亡”，这话听起来似乎死亡比受局限的肉体生命重要，换言之，支撑生命的先验能量突破了界线的重要性。情色、宗教和灵性在此时彼此过渡，在犹太教的神秘教义中，性交被理解为神圣的行为，是与某“神”一起做事，此神对于轻佻并不介意。这事载于《圣经》关于古犹太人爱情和婚礼的描述中，情色和宗教的比喻性话语不可分割，比如：“你的怀抱宛如硕盘/它永远不缺混合酒”。现代诗歌在表达情色欲望时，也不放弃宗教的象征：詹姆斯·乔伊斯称同情妇的关系为“礼拜仪式”，他恰恰在圣诞夜想起她怀中那“模糊不清的圣物”(《致诺拉信》，1909年12月24日)。

这合为一体的神秘体验对做爱产生影响，更不用说对思想和情感产生影响了：思想和情感的无限阔度和取之不尽的能量唤醒了人的神性，将人的灵魂和精神变成了“上帝的明镜”。个体觉得自己内心的无限性就是自己的宇宙，所以他觉得同对方的亲密交欢成了潜在的宇宙体验，两个孤独的人在宇宙无极限的范围内结合证明了个体同万物的命运关联。在肉体结合之时，在感觉、思考和交谈之时，在关系的“紫红色时刻”——奥斯卡·王尔德在一封信中如是称谓，时间不单单是静止了、简直就不存在了。时间在无极限空间里不再与相爱者有关，他们在水乳交融中忘记了自我和现实，取而代之的是神圣的体验，那无极限的、失重的永恒体验。爱情不会化为有限性和必死性，而是叫人体验无限性和永恒性。

爱情的超验维度具有如此的魅力，以至于人们把一些无极性、不可实现的愿望都投向它。相爱者最为向往的，莫过于永远保有这个人间天堂。然而，那些颇有满足感体验的人却免除不了这一事实，即必须重新体验所有的层面，既要面对无限性又要面对有限性，既要面对欢悦又要面对恼怒，既要面对喜事又要面对悲伤，既要面对痊愈又要面对新的伤害。生活的困难不是在这个天堂了结，倒不如说在这里开始，这情况自亚当夏娃绵延至今，无人对此负有责任。人们希望从“负面的东西”中解脱、从一切尴尬、棘手的困境——个体生存任由此境摆布——中解脱、从个体那囚牢似的自我存在中解脱，这希望在生命过程中断然不可实现。人浸润在无极限中倍觉欢欣，但接下来便是恐惧，那倒回有限性的恐惧。“人人对此十分清楚”，“但无人知晓/如何避开那延伸至地狱的天幕”，莎士比亚第129首十四行诗中如是说。

意欲整个一生、而非一时地解救爱情，这只会平添辛酸和失望，并且常常使对方承受尴尬的体验。许多浪漫主义的爱情关系，其问题就出在这里。但人们还是一如既往、孜孜不倦地梦想永无止境的爱情，为了乞求恒久的“人与宇宙的和谐”，似乎连天上的星星也可摘下，而对凡人幸福一概鄙夷不屑（翁贝托·加林贝蒂：《爱情之事》，2006）。凡破坏现存关系的额外关系均可做如是辩解：这是人对无限的“真正爱情”的绝对追求。即使对于破坏的后果怀着真诚的遗憾，但这破坏毕竟突破了界线。

对爱情超验维度的体验，这个赐予相爱者一种魔幻的力量，渴望爱情时如此，实现爱情时更是如此。这力量从“超越的”空间流向他们，它大大超出普通的平凡的力量，为高强度的体验准备了一切。面对无极限的体验，秉持谦恭的态度才是适宜的，然而情况却刚好相反：人们误以为拥有了异常丰富的意义，这误导他们做出炫耀性的姿态，好像不懂此体验的人都很“无知”、值得同情似的。他们在同他人交往时往往忘记评价的多样性形式。米歇尔·蒙田在《散文》结尾处说，他“总是看出两个密切交互作用之事”，亦即“超验的思维与下界的行动”，那时是宗教狂热的十六世纪。

面对超验带来的过度兴奋，禁欲主义赞同有时需限制无极限体验，拒绝无极限行为。在合为一体的神秘时刻，时间停止了；但在分开的清醒时刻，时间嘀嗒声响又清晰可闻。两人间存在的可能性越多，就越是感到自己被抛回到简单的现实中。两人间从无差异到出现痛苦的差异，亦即两极对立性，达成一致后又产生分歧，从中见出一种可以呼吸的爱情状态，学会在两者之间摇摆不定的生活：此为爱情超验艺术的使命，旨在实现内心的极度幸福，其基础乃是内心有一个善良的使者，犹如柏拉图著作中的埃洛斯，能助人获取有限性与无限性之间的各种范围。比较容易做到的是接受那些非常平凡的时间，平凡的时间也产生非凡的爱情。相爱者从超验体验中汲取力量，帮助他们克服爱情面临的最大困难：平凡的生活。

实用的罗曼蒂克：日常生活中爱的艺术

恋人们恨不得乘船去一个孤岛，在那里可沉湎于爱情的崇高情感。比如去地中海中那个位于伯罗奔尼撒半岛以南的基斯里亚岛，四周瀚海无垠，波涛澎湃，希腊神话中的爱神阿佛洛狄特就是在此浮出海面的。画家安托伊纳·瓦特奥从未到过此地，却绘制出一幅登舟去基斯里亚岛的图画（1717年，藏巴黎卢浮宫），图中一派悲怆氛围，仿佛画家已知那个天堂与他描绘的有所不同，它要的不止是百里香和迷迭香的芬芳，还要狂风怒号的岩岛上的简陋生活。恰恰是恋人们一开始就无比向往的那种私秘共处会随之带来挑战：生存的各个层面必然相互转换，从那些未定、无极限、使恋情陶醉的可能性中产生出某种不怎么迷人的现实，因为这现实是有限的、确定的。这就是爱情实体学，凡现实的，也就是令人痛苦的，人在各方面感到受限制，失望不可避免。对方的理想形象让位于实际的体验："他到底是怎样的一个人"。永恒的妇道（永恒的夫道）将我们吸引，永恒的平凡又将我们拉拽下来。

爱情每次向实体过渡都很困难，因为浪漫的相爱者拒绝对此做出思想准备。日常生活是一种破坏万丈激情的平庸状态，从"倾慕的爱情过渡到生活的爱情"（沃尔夫冈·汉特尔—奎特曼：《爱情，日常生活与我》，2006），真正的浪漫主义者从中嗅出一丝对爱情的背离："美妙而崇高的情愫"与"日常生活的桎梏"严重对立（赫尔曼·黑塞：《荒原狼》）。所谓的日常生活，就是起床、洗脸、早餐、上班、给孩子吃穿、购物、回家、烧饭、吃饭、做清洁、看电视，喝点小酒、就寝：都是不怎么令人兴奋之事。爱情不能没有张力，所以爱情不喜欢平庸、单调，小说、电影和戏剧对平庸和单调也不屑一顾。一切关注都落在魔幻般的爱情开端、幸福的或可怕的爱情结局以及戏剧的高潮和低潮，可是现实生活里的爱情不可能总是大呼小叫的性欲高潮，也不可能总是瞎喊乱叫的恼怒。爱情在开始阶段、在高潮和低潮时一般不会发生问题，发生问题的是在没有戏剧性的时光，这些时光不会因为人们拒绝它们而缺席，相爱者当然想竭力避开，然而与这些时光抗衡的情感激动是要耗费能量的，所以迟早要回到比较节俭的能量水平上来。即使最美好的激情，一旦开始延续，平庸也就如约而至。假如相爱者不是一开始就把平庸纳入爱情范围，那么爱情便有陷于停顿的危险。

对平凡之意义的思考可以助人获取另一种对待平凡的态度。在不断变化的世界上，平凡担当一个越来越重要的角色，即维持的角色。在处理不可避免的日常事务时必然出现重复性程序，它使人们获得亲密情感并为共同生活提供支撑。平凡虽减少爱情的完美，但那些较小的、实用的部分毕竟对日常生活更有用，甚至偶尔的无爱也起着必要的对比作用。爱情并非天天成功，平凡为共同生活的继续——哪怕爱情暂且休息一下——准备了一个环境。当相爱者不得不从疲惫中休养生息、或者有其他事务急于处理、或者某时需经受分离考验之时，爱情借助平凡仍可维持呼吸和生存。平凡是同样东西的永恒重复，具有同样的任务、同样磨人的规律、同样重复的麻烦。其理由是：平凡乃制造现实的机器，其生产十分困难，不可能每次重新发明，所以人们总是沿袭已有的方法。现实都是琐碎之事，它与总是期待机遇的可能性相反，会随时变成另一种现实。熟悉的现实只不过是现实中的一种罢了。平凡确保可靠的现实至少可以维持下去。

可是，机械性地制造现实、做了许多事看起来似乎又什么都没做，这就是平凡生活的核心问题，其中潜伏着危险：正是日常现实那些理所当然之事危害着两人的关系，激情不知不觉在削减，对激情的需求在悄然增长，并且某个时候会不期而至地表现出来，抑或默默地走向别处。当沉默统治两人的日常生活时，他们内心的呐喊之声越来越响，于是争吵被引爆。各方对此都没有预料和防范。兴许由于这个原因，日常生活又被称为“灰色”，即潜藏着一个灰色范围，包括隐蔽的发展倾向、不可见的变化、神秘的事件等。而且，对此谁都没有责任，谁都没有做过什么；但双方对此变化过程听之任之，所以都难辞其咎。由此看来，重要的是：不可总是无忧无虑地接受日常生活，而应对它有所质疑，并且力图对它做些改变，比如任务分配、过程的安排等，哪些规定继续适用，哪些例外情况可能出现？谁来确定如何处理这事或那事？谁做哪些工作、谁对什么负责？若某个东西与自己的兴趣相抵触，那应如何协商？如何经受“空虚时光”的考验？

不是存在而是日常生活决定意识，所以对爱情而言，与平凡为伴、安排日常生活比感受纯粹的存在更重要，这种感受如果经受不住平凡的考验，那是没有意义的。伴随平凡而生活，这保护爱情不致在平凡中消亡。若放弃对日常生活做实际安排，那么此处或彼处就会出现如闪电一般的情感，然后随着日常矛盾的递增，恼怒便出来主宰，再往后就由仇恨来掌控了，直至一切了结：这是浪漫主义的悲剧。若爱情涉及的不单单是爱情，还涉及种种无法摆脱的日常生活，那么爱情的活力就更旺盛。日常生活不被关注、不被双方体验，这事恰恰发生在那种为反对平庸而进行的无谓斗争和徒耗精力的爱情关系里；种种日常生活问题受到必要的重视，这样就打开了一个关爱彼此的自由空间。在相爱者的大军中，浪漫主义者也是极有可能保持其关系的，条件是参与实际的日常生活，理应关注那些被他们斥为庸俗、但对维持关系具有决定作用的“最琐碎最平凡之事”。

人们需要一种特殊的爱情态度，即：不怨恨平凡，而是参与平凡、与平凡共处、赋予平凡以意义的生活态度。谁对平凡采取消极态度，谁就不得不为克服平凡而大耗精力；反之，对平凡采取积极态度，心甘情愿适应平凡，就不大会感觉它是千篇一律的老套。正是迁就平凡的态度才是超越平凡的前提条件，这积极态度能与平凡达成和解。支撑这态度的观点是，平凡的持续尽管久远，甚至很久远，但不可能永久，因为生活和共同生活都有时间的局限性，然后就发生与电影《真切》（美国，2004，麦克·尼科尔导演）相类似的过程。影片中那位女摄影家安娜曾一度委身于非婚的诱惑，但最后还是回到正出差外地的丈夫身边。这对伉俪像以往一样睡觉，丈夫打鼾，她给他盖被子，谁也没觉得丢失什么：一个四边形的激情故事，带有诱惑、纵欲、失望与和解的结局，是莫扎特作品《人人莫不如此》（1790年首演）的新版（其配乐令人忆及此事）。

为了实现从辽阔的可能性王国向狭隘的现实过渡，爱情需要对共同生活的空间和时间作出安排。首先必须安排地方，这地方是爱情在空间上的关联点。相爱者待在此处就是待在家里。安排地方、自己界定共处的空间条件，这是现代人摆脱居住的传统和习俗带来的结果，也以此方式赋予自由以某种形式，而不是让这自由放任自流。坚守此地就给爱情关系创造了一个宁静的处所；两人分开时，这处所也可通过两人定期相会和网上虚拟共处来取代。找到了一个实际的地方，就要详细确定如何装修，其标准是美，要把此地变成爱之邸宅和安乐窝，它涵盖幸福的所有层面，是抵御“外部生活”突发的匪夷所思之事的庇护所，具备幸福感和安全感各要素的小环境，具备生活丰富性的洞天福地。此中既有幸福情感，也有不舒心之事；既有爱情，也有争吵；既有共处，也有疏离；既有热闹，也有灰色平庸；既有活力充沛的生活，也有患病痛苦的时光，最后的年迈终老之地。

若相爱者意欲居住、而不仅仅“栖身”，这样，居所便具备为开发相互关系的各种意义了。这些关系是生活的支撑点：此地的感性生活体验将爱情提升为生活，别处均不能与之比肩。感性体验也关乎自己与世界的关系，室内有美丽的景致，熟悉的声响，特有的气味，饶有情趣的事情，舒适可人的接触，对家庭和被爱者的情感关系为精神层面的意义提供了保障；对室内物件的情感关系，比如用来布置环境的家具、器具、杯子、枕头等，这环境反过来又影响居住的相爱者，对意义的赋予大有帮助，所以，相爱者身边尽量不要摆放可有可无、与他们无关的器物；对自然界的情感关系在此地也很重要，因为居所融入周边的生态环境和景观中。

意义也可在精神关系中得到体验。精神关系在居所、对话时，或在带着本人思想的独处比如阅读一本书，或在一间经过特殊装潢只为自己所用的房间里得到维护和促进，这是面向他人的基础。居所尤其能为维护和促进超验关系提供空间，此关系在现实的有限范围与可能的无限范围的关联中找到意义：小壁龛可作静思和祈祷之用；某些宇宙的东西进入日常生活，从感觉上确信自己置身于广博的关联中，居所也就出现在另一维度中了。

日常生活也要求安排时间。两人间一个经常性的任务是在时间安排上达成一致，需要考虑时间的约定、妥协和平衡。两人共做和商讨某事的时间、两人分开休息的时间都要定好。现代人拥有的时间很少，这就需要做“时间规划”，安排好各自的工作，为实现双方的美事留出充裕时间。从数量上说，“灰色时间”无疑统治着日常生活，但共处的时间有质量，那是情色的“玫瑰红时光”，浓烈情感的“红色时光”，聚精会神对话的“蓝色时光”，全然忘却自己的“紫红色时光”，还有许多颇为满意的“浅黄绿时光”，用此调色板抵御嫉妒的“黄色时光”和“黑色时光”易如反掌。

借助日常生活的礼俗很容易安排“循环的时间”岛屿，礼俗使梦幻的夜间世界与清醒的日间世界之间的过渡变得容易，使之容易的还有下列过渡：梦想获取的可能性与当下现实之间、自身世界与他人世界之间、独处与共处之间、职业工作与家庭工作之间、工作时间与业余时间之间的过渡。借助晨昏礼俗、问候与告别礼俗、用餐、工作休息和讨论的礼俗。礼俗给予生活和共处——哪怕在出现麻烦的时间里——以支撑和构建，用礼俗可以欢庆重复出现的日子、春之节庆、夏之良宵、秋之漫游、冬之黄昏。在高昂和恶劣的情绪、喜悦和愠怒的永恒波动中，在让相爱者彼此亲近的美妙情感的迸发中，在他们彼此疏远、情感暂处低潮、气氛紧张时，礼俗也给共同生活以支撑。

生活习惯绝不会增加生活和爱情的负担，更不用说去减轻负担了，因为在习惯上很多东西是自然而然发生的。建立生活习惯，使习惯循环的时间增多，这样就可腾出精力来处理非习惯之事和非凡之事。如果说爱情的艺术不是以延续激情为目的，那它的目的就是将激情要素和激情时刻置于日常生活的习惯里。以情感、也以习惯为基础的爱情能更好地应付生活挑战，因为生活习惯更温馨、更持久，它关心爱情关系的持续，正是在这个意义上它很重要。大凡赞同习惯的人都感觉在习惯里安全，而不必老是去逐猎新鲜的玩意儿。爱情的开始阶段是个美人，然而支撑这美人度日的却是习惯。对方一些不良习惯甚至也被喜爱，以至对方不在时会感觉若有所失。“我爱你”，这习惯用的表白似乎可译成：“我对你十分习惯，所以不能没有你。”

除安排空间和时间外，日常生活还有许多工作要做，不做就会堆积如山，包括自身的工作，朋友、家庭和公民的工作，休闲工作，尤其是职业工作和家庭工作。再生产和生产的关系常常被证明是很有问题的。一方面，共同生活需要生产和制造物质资源（生产），另一方面，正是这工作依赖于身体、心灵和精神力量的再生，而再生只有在亲密的家庭里才有可能（再生产）。家庭劳动即家务，要关心衣食的供给，处理各种关系和事情，没完没了的衣服要洗，餐具要拿进拿出、摆放、整理：这是希腊神话中西绪福斯的劳作，非有福之人所能想象。家务不是自治的王国，倒是他治的王国，因为它逼迫你做。“做家务”就是与无数混乱之事作斗争，要赢得这场斗争，只有靠多重辛劳、付出时间以及苦苦思索出来的逻辑，如是周而复始。其中也包括不受欢迎的、没有产出的生活管理，比如同一些机构打交道，银行、租金、税务、保险等事务。然而正是家务把现代生活中漂泊分散的个体撮合成“我们”，并善于在混乱事务中创造休闲岛屿，重新安排生活，这种生活不仅奉献给他定的工作，而且也奉献给自定的工作和共处的活动。

那么，谁负责关心必要的财源？谁购买食品和日用品？谁烧饭？谁摆餐桌？谁洗餐具？谁洗烫衣服？谁铺床？谁做纳税申报？这些分工总有待商定。男女双方若都是多面手，那么分工就比较容易。每项工作都需要技能，可通过练习、实践、别人的建议和各种手册获取。

如何调节共同生活，这在现代家务分工已不是传统、习俗和宗教层面上的问题，取而代之的是个体的界定，双方不要老是搞重新分工，那会浪费精力和时间。个人的爱好对分工有好处，余者可商量、妥协和赞同。若出现新的不满，那就从头再来。从原则上说，任何分工形式都是可能的，包括传统分工，即一个主外一个主内；或者不分工，谁都不具体负责某事。要是这两种形式都不能执行，那就只好详细分工了。

有些问题不是某种关系的特殊问题，而是许多关系都会出现的问题，迟早要受到考验。遇到此类问题麻烦就大了。还有，钱的问题不是小事，要是两人的钱不是放在一起共用，那么看电影、上餐馆吃饭谁付钱？休假费用，谁付，付多少？如果建立了家庭预算，钱的问题就更大，尤其是在两人都有自己的收入、都可支配钱的情况下：谁来管钱？钱如何分担？钱用在何处？干职业工作的一方给干家务的一方多少钱？共同确定谁承担哪些预算部分，这样做很有意义，不至于在每个细节上老要商量。即使某一方独自承担家庭费用，也要善意地向对方说明，对方也有权使用一部分家里的钱。常见某些有财力的一方，初始很慷慨，让对方分享钱财，可后来容易变小气，执意详知钱的去向，把花“他的”钱同贯彻他的利益挂钩。

小事情在日常生活中所起的作用也不可小觑，小事也会造成麻烦。比如鞋子、书籍、杂志、肥皂、牙膏等物品的使用也要定规矩，否则会破坏气氛。初始，这些东西可能在室内随意摆放，然后有一方把它们摆放到位，还尽量不因为自己爱整洁而影响两人关系，可对方却不以为然，认为这都是鸡毛蒜皮的小事，不值一提。于是隔三差五会发生矛盾，不单单消耗精力，还有可能导致夫妻反目。调解争吵不要指望和依靠呼吁，说物件摆放要有“恰当的”秩序，可对方偏偏在“不恰当的”秩序中感到舒适自安，奈何！为了避免烦恼，各自确定自己房间的秩序即可，至于共同房间的秩序只好由那位不怕收拾麻烦的一方来确定了。倘若情色影响力在两人关系中还起作用的话，那么需由某一方关心那些具有情色效应、具有香味特点的物品摆放。各方都应参与日常事务，而不应让一方独自承担，这样，应付其他事务的余地就更大了。

除了钱和小事情，第三个问题是性。此问题在某些关系中难有令人满意的答案。爱不可能每日每夜都那么热烈。柔情枯竭的夜晚是乏味的，当初自然而然产生的那种欲望及满足现在越来越少了。“我很累！”、“你总是累！”，想当初，相爱者那种“不论何时何地”的大度，现在却只有某一方还需要，另一方却认为这问题不重要了。两人遵循各自内心的需要，或听从欲望催促，或感到欲望灭绝。卧室成了爱情关系的战场，为获取对方的性而斗争，一个不祥的魔圈自然发展下去：因为不再有性的亲密，于是气氛紧张。如果说当初性是释放柔情之物，那现在性缺乏就成了扼杀柔情、释放怒气之物了。

性的规律性和礼俗化对化解不和谐良多助益，这样就不必每天每夜纠结于回答性问题：何时，何地，如何，多久，频度等。在这方面沿袭“常规”很省事，因为各种规范和标准是公开的，尤其是关于频度这个尖锐问题，在古代就有希波克拉特斯这样的医学权威、后来又有马丁·路德这样的宗教权威给出同样的答案，后者写过一句给人印象殊深的韵诗：“每周两度云雨，不伤男和女”。一些现代民意调查机构对德国数千人进行过性交频率的询问，得出与此相吻合的平均值为：“每月八次”。如果说这个频度对健康特别有益的话，那也无需硬性遵从，一对夫妻一天两次或一年两次都是可能的，视各人情况而定。性爱的伦理不是完成某项标准，而在于两人一致的满足。

同平凡打交道还会抛出愿望和权力问题：接受、甚至喜欢平凡这种积极的态度可能导致只愿平凡、沉湎于平凡那一览无余的局促和有限性中，正如画家雷内·马格利特所为，他同夫人若尔热特在布鲁塞尔市郊埃塞格海姆大街135号度过多年时光；广告节目Daily Soaps提供服务，以满足人们在被他们视为纷乱不堪的世界寻找一个符合标准的小房的渴望。然而，日常交往的亲密又有可能导致零距离关系的制约权，亦即“私密专制”。社会学家里夏德·塞纳特1977年提出的这个概念，系指人把自己限制在最亲近的环境里，将视角局限在私密关系上，老是盯着小集体而无暇顾及大社会。专制始于日常生活的私密性，一个人的活动无法逃脱另一个人的眼睛。当两人间的一切事情都必须一道做，不允许有任何细小的秘密，都愿私密确保强烈的情感，营造多多益善的亲热之时，两人就习惯于自觉自愿地强化这种专制。专制伴随以下事实得以贯彻：每种表情、姿态和行为都以秘密的性交为归依，在两人的观念中，造成性交的可能性是评定爱情是否存在的决定性标准。

个人在如此亲密条件下已不可能要求拥有自己的私事。为了各方都不被彻底看透，彼此应保留各自的私人领域。凡是被看透的东西都变得索然无味。亲密度愈大，神秘的光芒愈减，一时的兴致过后，接着便是长时的无趣。某物隐蔽的丰富性不被耗尽才能保持兴味长久不衰，才具有不断对它做新阐释的种种可能性，才获得重要意义。否则就存在这一危险：由于彼此倾吐私密，连一件秘密也不为自己保留，这样，彼此的尊重就化为乌有：“对别人透露自己的秘密，就成了别人的奴隶”（格拉西安：《箴言》237）。因裸露而失去魅力，这就是那些夫妻的问题所在，他们认为彼此尽可能裸露就是爱，不懂得恰恰是亲密过度导致彼此疏离：“爱情引入亲密，但亲密的爱情每前进一步，尊重就后退一步”（格拉西安：《箴言》290）。过度亲密常常击碎礼貌和体贴的华丽外表，显现出文明的外表何等脆弱。然而文明需要人们彼此保持最低限度的距离，也需要一种放弃，即放弃赤裸裸地实施权力。在日常相处易出危险的关键点上，常有权力问题在微燃，有时则暴燃，发出熊熊火光。

爱情为何如此困难：权力问题

“我永远不会让你痛苦”，这话是相爱者在欢乐时刻信誓旦旦说出的；在别的时刻，话就得反过来说了。欢乐会逼出痛苦来吗？许多爱情传记都提出这个问题。根据三岛由纪夫小说改编的电影《欲望教育》（本诺伊特·雅克奥导演，法国，1998），此问题显得尤其尖锐。女主角多米尼克年逾不惑，误以为自己与欲望无缘，不料遇到一个帅小伙，此人很讨人喜欢。他，出卖肉体；她，购买服务。本来这只是灰色日常生活中一种游戏、或曰一种“变变口味”而已。她在宾馆房间里买到欢乐后理智地同他告别：“我不知道，我们是否还能相见”。但她的欲望炽烈燃烧起来，无法控驭，他呢，情况也一样，于是弄假成真。两人不得不学会如何应对此事，“欲望教育”第一课就是：“我们必须适中”。但他们都做不到，可以预见的后果是：两人世界发生矛盾冲突。他只知自己的要求，用残酷的“直奔主题”待她，坚持拥有无限自由，甚至采用“最后通牒”，“异常冷酷地”逼迫对方就范，“否则你就吃苦头”。她通晓人生的矛盾性，一面对他奉献万般柔情，一面又对他极度冷淡——冷淡的残酷性并不亚于他的“直截了当”，最后，他一走了之，逃进阿拉伯世界，那是他的出生地，也是陌生地，终究坠入迷茫。两人都因爱情和失望而战栗。小伙子离开时不说原因，只是劝慰她：“别哭，你，真是个了不起的女孩。”

相爱者像梦游人似的，却能十拿九稳找到伤害对方的办法，能敏锐察觉对方能量喷涌的“热点”，极易受伤的“软肋”，喜欢使用终止爱情的整个套路，先是小声暗示终止的可能性，然后大声宣布，旨在有效击中对方最敏感部位，撤消原先慷慨提供给对方的种种特权，无视对方的愿望，尤其是性要求，说对方不配拥有自己给予的评价和尊重，最终同对方说“bye-bye”。在“欲望教育”中，有关痛苦的课程传授如下知识：爱情存在之处，不可以扩张权力，权力应理解为对人和事造成的影响，是能量的一个方面。可能性的影响就已发生作用了，遑论真实性的影响；人们有意和无意在实施权力：受伤害者感知到的终止爱情，也可能就是原先的施爱者本身感觉到的“不能再爱”。权力的吸引力体现在下列各方面：让自己的兴趣、愿望和需求畅通无阻；感觉自己的强势；用扩大影响搞自我扩张并获得自我的重要性，权力在权力施行者和被施行者之间制造一种极强的关系，更大的诱惑是借助权力制造用其他方法不可能制造的另外的关系，从根本上说，权力的实施，其特点是双方面的关系，有别于统治关系，统治关系是单方面的，统治者为所欲为地贯彻己意，牺牲对方。

许多相爱的人们有一种信念占主导地位：权力在他们关系中不谋求任何东西；这倒是令人高兴之事。可是，当他们的兴趣、愿望和需求不再一致、两人都在思谋怎样让对方“明智”起来时，情况就立马发生变化了。权力对于爱情本身而言，压根就不是什么陌生的东西，这无疑助长了权力的突变：自己对对方怀有的欲望变成了对对方的占有时，爱情权力就表现在对人施加的影响里了，这样释放出来的非同寻常的能量使得“他”或“她”平时根本意识不到的性格表露出来。当爱情对相爱者是一种授权，他们感到共处比独处时强大，这时的爱情是当作“天国权力”被体验的，它大大超出了两股力量的叠加，对什么都可以容忍，对什么都提出质疑也无所谓；反之，当爱情导致对相爱者权力的剥夺，这时爱情表现出来的则是“地狱权力”了。

在许多情况下，相爱者施爱的强度不同造成他们在权力关系中的差异：我在对方内心激起了对方对我的情感，我就赢得了控制对方的权力。回应对方的爱、满足对方的欲望和愿望，这些全都掌控在我手中。这也同样适宜于对方对我的权力。拥有更多权力的是这个人：较少败于爱情权力，较少依赖对方，较少受伤害，也大多感觉不到自己是否伤害了对方；拥有较少权力是这个人：施爱较多，易受伤害，担心失去爱情，不愿伤害对方——除了绝望之时，施爱过分的一方出于害怕被遗弃的心理，有时也会产生动用权力的念头，在极端的情况下离开对方，至少以“bye-bye”相威胁。

两人间的权力游戏在所有层面上以各种形式发生，施加的影响也是来回变化，并非总是以一目了然的形式，而是伴随着种种追求、许诺和微妙的诱惑。明显看得出来的是情绪不佳、终止爱情的威胁以及厉害的讹诈形式。在肉体和情感层面上，诱惑始于对方希望看到的和颜悦色，用对方中听的甜言蜜语，用对方喜闻的香味，给对方提供珍馐美味，温情脉脉地抚摸对方，使其渴望力度更大的抚摸直至实现肉体交欢。

讹诈始于不给对方好脸色看，提高嗓门讲话，不安排任何香味，使对方在食色两方面感到饥饿，粗暴回绝对方抚摸，甚至说“摸你自己吧”，尤其奸刁的是让对方看到世间的乐趣而不可得，或者只能享受一星半点。

在心灵层面上，能引起对方正面情感的真实情感成了诱惑的权力工具，以关注、喜悦和柔情形式出现的能量影响着对方的能量，给对方供“热”。较高的能量使对方更容易迎合自己，满足自己在肉体、心灵和精神方面的需求。抛开关注，表达恼怒，这样会使对方失去能量，感到“冷”的袭击，在情感丛林中感受从未领教过的那种卑下。心理暴力旨在给对方增添痛苦，使其“难受”。如此，自己的兴趣就得到强调和贯彻了。甚至疾病也可用来做权力工具，以迫使对方迁就自己，最后以自杀相威胁，以达此目的。

在精神层面上，思想交流是相互影响的形式，条件是二者参与。一个不容置疑、特别有效的诱惑手段是表示理解对方；而讹诈的粗暴手段是否认对方的精神能力，用尖刻的话语（“只有你才这样笨”）和其他有目的的“针刺”，直到不与其谈话，中断任何“交流”。严厉核查对方，责备对方的一切全做错了，这样就谈不上“交流”了。刻画并展示对方的行为丑相，说对方是多么不值得期许，逼使对方转向。权力游戏甚至不排除超验层面，权力游戏懂得制造令人心醉的无限性体验的最佳条件，这种体验能征服对方，能更好地实现自己的愿望。相反的做法是把对方扔回到他的有限性上去，破坏可能产生极度兴奋和超验的一切条件，包括肉体抚慰、情感冲动和思想交流，使对方深受超验玄学之苦，任凭寂寞摆布，最终在寂寞中失去自己。

重要的是，对权力游戏必须予以关注，而不是一味否认，说它不符合人们所希望的和谐。孟德斯鸠在十八世纪言简意赅地提到权力的基本问题——在爱情中也很明显——："永恒的经验"证明，"大凡拥有权力者，无不受滥用权力的驱使"（《论法的精神》，1748）。他的回答不同于实用主义："为使权力不被滥用，就必须用权力制约权力"。如果说使用权力不可避免，那也应避免单方面过度使用权力，这或许就是爱情伦理的出发点，其目标是权力的适中使用，寻求可以共同接受的解决办法。这不仅是参加权力游戏的主动方之事，也是被动方之事。在权力问题上，光号召平等无济于事，必须实现平等。

个人要达到权力适中，就得首先自我立法，字面上的意思是自治，用自我力量控制自己的权力，控制自己对对方过分的权力要求，同时也拒绝对方过分的权力要求。自己行使权力易于获得对方的尊重，而不是乞求对方的"施舍"。如此，自己同自己交流、同对方交流就更有自主性，与对方的关系就能达到平衡。自己的权力产生于对自我内心的权力游戏有着清醒的认识，产生于用妥协和协商的办法达到自我矛盾的平衡。自己竭力拥有性欲权力，这是一种挑战，随着"性教育"可以给予此权力一定的空间，但一旦权力过分就要抑制。"体验课程"服务于此，要在弯路、岔路和错路上完成这一教程，伴随着失望的期许、痛苦的拒绝和懊悔的重选方向。这一教程受"思考课程"的支持，这些课程通过对事物关联的认识、通过改变行为方式的演练使自己有能力在对方不允的情况下限制自己的性欲；另一方面，倘若对方的性欲没有引起自己的反响，也要限制对方的性欲。

与自我立法相适应的是夫妻间的立法，目的是对权力关系作出界定，摆脱主流、传统、常规和宗教的权力分配。随着人们越来越不受传统陈规的束缚，夫妻双方重要的是要弄清他们的关系，力图达到权力的适中，可借助日常生活最不起眼的小事进行演练。也不能排除“天然权力”这个因素，它源于双方那具有权力意识、也具有行使权力能力的天性；或者对权力问题漠不关心、对一切全都赞同。还有一个因素是“文化权力”，即两性间的权力分配纵然在解放时代也是自然而然被执行的，对此谁都不予思考（京特·杜克斯：《两性关系的权力踪迹》，1992）。然而，具有决定意义的因素乃是个人制定并学会限制的“个人权力”。个人有意识地使用权力，反过来影响在权力分配方面那些天然和文化的既定规范，并且印证和加强权力，对权力做另外的阐释和更正。

夫妻双方的权力分配，并非“大政治”中的三权分立，但两人间“小政治”的权力分配更难，可依据下列问题予以讨论：

一、谁决定共同生活的基本路线、行为规范和家政措施（比之于立法权）？

二、谁承担何种任务，谁具体决定购置何种物品（比之于行政权）？

三、当基本路线未予重视、行为规范遭破坏、购置不当物品时，谁对争议之事做出裁决（比之于司法权）？

四、谁在这些利害关系中担任批评角色（比之于“第四暴力”，现代社会“批评的公众”，孟德斯鸠当年未曾想到）？

人都喜欢把立法权揽到自己身上，但这事要取得对方认同；司法权双方均可保留；至于批评，谁都无法阻止，所以几乎找不到某种批评尺度能保障批评不起消极和折磨的作用。权力分配必须集中在行政权上，此权谁都不能独断专行，但也不可能总是磋商，因为在日常生活中许多问题是瞬间决定的，每件事情、每个答案不可能都重新商议。务实的方式是，行政权中的权力分配与日常生活中的分工并行不悖，分工可摆脱传统模式（女主内，男主外），现代社会里允许更细的另类分工，直到两人认可的平衡，然后再平衡，这是因为没有最终的解决办法可供借鉴。

部分和整体的权力平衡对于两人关系的成功是至关重要的。在有争议的问题上，成功的平衡最好包括“顺序的平衡”，即这个人某时有“发言权”，另一个人某时也有“发言权”。重视这个“顺序”、不剥夺对方行使个人权力的机会，这样才有可能造成一种良性循环的相互关系，一方在某个有争议的问题上做出让步，要相信在某个时候也会以同样方式让步。倘若长期不让步，可先用温和态度、再用严厉态度提醒，告之单方面有可能改变甚至终止关系。出现“即兴权力”、亦即某一方施加瞬时性的影响以实现自己的利益和兴趣，这时最易达到权力平衡，因为在下一时刻什么都可以彻底改变。“习惯权力”具有较大的稳定性和较多的麻烦，它以习惯力量为支撑，某一方长期地行使此权力，好似理所当然，因为“事情就是这样”，或者经过争论被“永久”地固定下来。倘若这种固定不是建立在公开或内心一致的基础上，那就是某种不大容易改变的统治和爱情的缺陷了。

相互行使权力是维持爱情生命的应有之义，它使两人间的权力保持流动。两人自治关系中的民主权力的标志是权力的可逆性，权力问题上的平等。由于两极性的缘故，一方常常会抵制另一方的利益和兴趣，不赞同另一方的观点。关系缓和后又出现新的紧张。最恼人的莫过于共处中那个最活跃的东西，必须有勇气，重新打破意见一致，因为生活就存在于“两极之间的波动”中。正如某人所言，他本人在这方面就遇到过极大的麻烦（赫尔曼·黑塞:《疗养客》，1924）。

与大政治一样，小政治中也很难做到把矛盾当成不可或缺的东西加以接受，甚至当成有充实作用的东西加以肯定。永恒的波动可能挫伤活力，致人迷惘，因为他们不明白原因何在。人是复杂的动物，他们的关系是“综合性的”，要使这关系保持旺盛的生命力，这需要费很大的气力。在和谐遭到持久的破坏时，除了重新弄清关系、讨论、协商和争论，此外别无他途。其他的可能性，比如就此分手、或指望下一次情况就会完全改变等应该予以放弃。

间或发生争吵是不可避免的。争吵而不破坏关系，反而有加强关系的作用，那么这“争吵的艺术”就属爱情伦理范围之事了。这艺术虽不意味着该吵时沉默，但也不等于逢场必吵；不是必须避免争吵，但也不是寻机龃龉。争吵并不代表整个关系出了问题。但人在争吵时并非总能将“事情层面”和“关系层面”分开对待，人总喜欢用事实来讨论关系。争吵艺术的基础是把互相冲突的意见和旨趣当成两极性的正常组成部分来看待，这样就比较容易做到既维护自己的观点，又照顾对方的观点；才能做到从外部观察，进而对情况作出评价，绝不要非“获胜”不可，而要寻求保全两人“颜面”的妥协。要明白争吵是为了达到新的一致，也要明白，这种一致不可能持久，归根结底一句话：争吵绵绵无期，争吵只在疲惫时睡去，但愿它睡得久一些。

若双方能明确用“是”回答下列问题：我从根本上肯定对方吗？肯定与对方的关系和肯定对方的其他方面吗？那么，争吵就不会发生什么严重的问题，与对方共处的价值也会引申到所热衷的权力问题上，争吵也会捆绑在寻求新和谐的努力之中。清晰地确认对方是自我定义的一项任务，它释放力量，以战胜关系中存在的困难。要承认对方的弱点和差异，这样才可避免起瓦解作用的持久的争吵。内心的否定会导致一再责备和冒犯对方，破坏同对方的沟通（米歇尔·克伦：《爱情、争吵与和解》，2003）。

以相互赞同和默认为先决条件，两人的权力关系可为民主式，也可为单边统治式，这是两种不同的形式。依某种观念，贵族式统治是优等人行使的权力，他也视对方为优等人，他被委托承担“决策者”的角色，因为他能作出最佳的决定，花钱又合理，最能对外维护自身的利益，证明自身聪慧，他顾及别人，他谨慎、周密和富于前瞻性。亚里士多德认为这是男女间的最佳关系，不过他也认为，女人如果嫁妆丰厚，她也可担任领导角色。

专制统治是截然不同的单方面形式，即男主人丈夫，或女主人妻子强力行使权力，他或她被认可、甚至被要求随意贯彻其己意，而对方只有跟从的份儿，像奴隶一般。两人的权力游戏可以接受这种形式，这或许就是爱：爱情关系不受对称关系的约束，自由选择的非对称关系也具有生命力；在普通的爱情关系中，自觉自愿当奴隶也可以“服务于爱情”。

在这两种权力关系中，根据自己的选择——让“不再选择”暂且搁置——自主地屈从更强的对方，把自己完全托付给对方，让对方“占有”自己。令人向往的是，更强的一方具有“自我反思的统治”意识，控驭、限制和不滥用其权力；但谁也不能担保不出现滥用。泽露雅·沙莱夫在小说《爱情人生》（1997）中描写女主人公雅拉邂逅一男子，她乐于被他所爱，他激情似火，但缺乏感情，也不浪漫，一味占有和自私。直到他缺乏反思、统治毫无节制之时，她才如梦初醒，欲摆脱关系，可惜为时已晚，所受的伤害无以复加。自觉自愿的屈从可能令人快慰，因为它让人经历强烈的情欲，还省去自我选择的艰难，但也可能自讨苦吃：饱受凌辱，甚至走投无路。

说到底，单方面的专制强权尽管在所有的文化里“都很流行”、在男女关系里被贯彻，但很有可能违背另一方的意愿。在肉体层面行使强权，这有据可查；心灵层面的强权同样存在问题，但不易确证；现存关系的结构强权也不易看清，人被这种关系所迫采取自己不愿选择的行为方式。爱情伦理的中心问题是：当关系中的一方行使强权、而受害的另一方不同意，那怎么办呢？在何处精确划定界线呢？越界又当如何呢？严重的问题是“他”和“她”无缘无故地使用强权，比如出手打人、恶语伤人。使用暴力者也许出于绝望，就是说，他对另一方施加影响，采取其他办法无效，但还是硬要获取权力影响；再就是施暴者不自信，无力控制自己。

在防止暴力发生这件事上，爱情伦理同其他伦理一样，也是软弱无力的。世间不存在不伤害心灵的生活和关系，随着彼此的亲近，危机也与日俱增。恰恰是排除一切伤害的努力会导致恶果：最小的伤痕会变成巨大的灾难。

关系中的痛苦在所难免，有人说“痛苦乃是需要”，是“人最深切的需要之一”（丹尼斯·德·鲁热蒙：《爱情与西方国家》，1939）。然而，伦理的一个重要目标是限制强权、伤害和痛苦。当这些东西出现时也不必过于当真：不必接受每种伤害，不必承受每种痛苦，尤其在看不出任何“意义”、看不出同自我关系和同对方关系有何牵连之时更不要接受和承受。坚持拉丁文中的古训“别用暴力，用言语”进行争论，这对“限制”大有益处。自己放弃使用暴力更能获取对方的信任（扬·菲利普·雷姆茨马：《信任与暴力》，2008）。

倘若发生了伤害和痛苦，爱情伦理要求施者和受者实行一种“黄金律则”：施者承担责任，承认过错、道歉、补过；受者宽恕、原谅。此为“中庸伦理”（克劳斯—米歇尔·科达尔勒：《走近原谅理论》，2006）。也许，受者易动报复之念，这是可以理解的，但这充其量只是自我满足，于和缓关系无补。关系的和缓倒不如说由宽宏大量促成。若对方有了“悔意”，并且明示多么需要别人宽恕时，做到宽大为怀就不在话下了。然后，气恼和愤怒冰释，不致长期毒化自己和彼此间的关系。

若爱情伦理不起作用，爱情突变为暴力，而受者无以自救，那就只能求助于社会伦理了。现已成立类似于“女人之家”和“男人之家”这样的机构，它们帮助受肉体和心灵暴力伤害的人摆脱困境，实现本该享有的爱情权利。爱情绝不是许多人认为的那样，是个没有权力的领域。爱情需要一个完全被确定的权力：被爱的权力。

存在被爱的权力吗？两人间的权力与公正

经验表明，哪里有权力游戏，哪里就需要一种反权力，以平衡权力关系。两人关系亦如是。在现代社会，夫妻间发生的一切事都处于大家庭的监控下，但这并不能保障人们不受滥用权力的侵害。那时，滥用权力在文化领域是合理合法的，或者说至少是被容忍的。在现代社会，夫妻爱情关系完全回撤到私密范围，在此情况下，他们相处很随意，这是所谓“自由爱情”带来的后果。自由爱情摆脱了宗教和世俗的规范，但尚未找到自由的形式。尽管个体有责任控制自己的权力行使，但总有失控之时，这时就需要一种反权力，即受国家保护的法律反权力，以抵制权力的滥用，承担着赋予自由以形式的重任。它不仅摆脱宗教、国家和集体那些过时的要求，而且也限制人际关系和爱情关系里可能出现的种种对自由的新要求。

从原则上说，人权和公民权也适用于爱情关系和家庭关系。提及此事也许并非多余。人之尊严不可侵犯，它禁止有伤尊严的相处方式。个性的自由发展权在关系中也有效，当对方的权力受到损害，此发展权也受到限制。生命权和身体不受伤害权阻止人们使用暴力；男女平等权不光与国家和经济有关；集会自由权可理解为同他人聚会权；个人行动自由权、自由择业、迁徙、表达意见权、知情权、信仰自由权，居处（或居处中自己的房间）不受破坏权，凡此均涉及爱情关系。通讯、邮电和长途电话保密权，包括电子邮件、手机短信和手机储存，以及财产权都在相爱者之间行之有效。个体可以决定提出或行使某种权力，或放弃某种权力，尽管在个别情况下会抛出这个问题：是自愿放弃还是因对方施压而放弃。

在民主社会，对所有人都“合适”的权力是通过所有人的立法产生的；它涉及所有人的“自我立法”，他们通过普选决定立法机构的组成。“在自由国家，被赋予心灵自由的每个人都由自己统治”，孟德斯鸠如是认为（《论法的精神》），他预先找到了这些人的代表人物，选民们“令人诧异地选举了他们”，因为选民们准确判断出那些可疑人物及其作为。代表人物中，还有那些受萨穆埃尔·普芬多夫和约翰·洛克哲学影响、首先要求人权和公民权的人。1689年颁布的《权利法案》，其影响已超越英国范围，1776年《美国独立宣言》的影响更大，1789年由法国国民议会通过、1948年由联合国通过的《人权宣言》，其政治影响十分深远，它带有全球性的诉求。一个国家的宪法保障人人享有人权和公民权，这些基本权力形式也限制国家和他人对个体行使权力，国家权力的立法和执法机构被委托维护这些基本权力。

然而，民主权力的基础是个体的伦理道德，它先行于民主权力并伴随民主权力的实施，这一理念是依据个体的要求，即要求一种美好的、没有歧视和凌辱的生活。个体为实现此理想不惜投入整个生命。这权力并非自我目的，它是为公正这一价值服务的，而公正价值又源于个体的伦理道德。同他人关系中如果存在明显的不平等，导致出现严重的、不可忍受的歧视，那么，对生活就不可能抱肯定态度了。为获得更多的平等而斗争，人们首先提出个体所需的“自然权力”，由此产生不可侵犯性和理所当然性，也就拥有编成法典的、具有普遍保障作用的权力并确保其行之有效。即使谁也不敢断定公正无可挑剔，但公正依旧不可放弃。它是主导性的理念，也是用来评判现实的具有决定意义的概念。主观的公正感觉没有客观标准也行，它可以变成公正意识，判断什么可以接受、什么不能接受，什么不足，什么“过了头”。当发生必须断然否定的不公之时，公正的感觉就可利用自身的可信度了。

但什么“是”不公正的，什么是可以改变的，用何手段改变，对此一直存在着争论。许多东西取决于争论的出发点：公正是“团结大众的黏合剂”，说到底，社会的团结就是以公正为基础的；以粗暴的不公正为基础，这样的集体和社会就有解体崩塌之虞。以此观之，公正问题历来属于伦理的大主题范畴，在西方始于苏格拉底的思考和亚里士多德的伦理。此问题对个体生活至为重要，个体乃人类集体中的最小形式，“我”的身体、心灵和精神需要得到同等的照顾，需要感觉在爱情关系中被公正对待。在爱情的每个层面上都存在个体的自我利益和兴趣，自己要与促进公正关系的规则和尺度绑在一起，因为不公正关系迟早会以某种方式反过来影响自己。感到未受公正对待的人会觉得自己的生活不值得肯定并予以漠视，这样也会漠视他人的生活。这其中潜藏着个体和社会在公正问题上的爆炸力。

所以，远在动用国家权力机构之前，关心公正就成为个体伦理的使命。个体在理解“何为公正”时形成了自己的看法，参与大众的意见，又以旨在获得公正的实际行为推动整个社会有关公正的讨论。与此有关的疑问总是层出不穷：何种原则在关心公正时应起主导作用？由此引导出哪些一般性规则？在个体生活和社会生活中，公正的具体实现究竟是个什么样子？若光是谈论国家和社会必须关心“政治领域的公正”，那么，个体关心公正的重要性就容易被忽略。公正是一种诉求，不仅关乎“社会”、“制度”和各种“关系”，而且也关乎自我及其与他人的关系。个体道德的重要性并未消失在“社会机构的道德”中。倘若自己不给力，他人又怎么会有公正行为呢？倘若社会成员不把公正这一价值变成自己过日子的生活要求，整个社会又怎么会关心公正呢？在生活艺术中，的确存在这一禁令——尽管是自己强加的：不给他人提要求，也不努力去实现这要求，只有给他人提出公正要求，才能替自己后来提出种种设想打下基础。

人们在爱情关系中所关心的公正或许是“个别情况的公正”，在社会层面上还从未达到过的公正。要点是相互告之对公正的理解并加以讨论，部分也涉及对文化的理解。为了用“正确的公正”去抵消感觉到的不公正，有必要回答下列问题：存在不存在关系中施与受的大致平衡、存在不存在同等的财产分配、经济负担分配和同等的权力分配？双方能否使用同等的权力分配，这些权力能否以相同的方式实现？双方有没有同样的机会发展自己，或者，什么东西阻碍此发展？谁受优待，谁被亏待？有时还是一直都这样？谁拥有更多的财产——他本可交出一些给对方的？谁的负担更重些，他能承受更重的负担吗？双方的利益和兴趣能得到同样照顾吗？双方的任务能得到同等的分配吗？双方都参与抉择、意见得到对方重视吗？出的主意被接受吗？提出的顾虑被核查吗？有没有一种对称的交流，表达意见有没有同等的条件和机会？有没有建立额外关系的同等权力？满足对方的期望或让对方的期望落空，这两者有没有大致的平衡？在什么地方一方对另一方不公，如何使不公得到补偿？在什么场合这类问题可拿出来讨论并有答案？若无一致的答案，那又当如何？

公平公正的原则对爱情伦理行之有效。此原则的确定是基于自我义务，而非基于那必然带来种种后果的“自然义务”。人人做自我选择，以获取自己认为是美的行为方式和关系，不管出于关心对方的利他原因，还是出于利己的兴趣。待对方要像待自己。向对方要求给自己提供关爱、关注、时间和金钱等资源只能同自己提供给对方的一样多，这样才公正；不要求对方做力不能及之事，放弃自己那些可能造成亏待对方利益的行为，这样才公正；此外，在要求特权时，自己应努力谋求适度平衡，这样才公正；彼此相处时，被视为普泛化的公正乃是对规则框架——被认可为公正——的尊重，即便在忠诚问题上发生争吵也应如此。

公正原则要求人们尽量用对方的眼睛观察，设身处地、换位思考，因为自己希望于对方的，无异于对方希望于我的：“你要是我，你会怎样感觉、思考和商讨？”以此方式产生同情和理解，减弱权力的行使。这是两人关系和整个社会关系实行公正的中心观点。具有决定意义的艺术手法是视角换位，在瞬间把自己置于对方的内心，体察对方的心灵底蕴，这样就不会盲目谴责对方和自以为是了。尼采曾设想，“有感知各色人等的触觉器官”者最易做到公正。戒绝高傲，这一智慧教导人们，不要把自己的观点看成是惟一有效的，也要严肃认真对待他人的观点。

用天平来比喻，平衡就成了公正的象征。但天平从来不是静止的，它一会儿倾向这边，一会儿倾向那边：这是公正可呼吸的尺度。永远达不到完全的平衡，这，不光归咎于人际关系普遍的不完美，也归咎于平等本身那声名狼藉的多方面矛盾，双方衡量平等和不平等的尺度是不同的、矛盾的；平等本身也是矛盾的，因为每个平等会产生新的不平等，这合乎规律。我厚待对方，给予对方特别的关注，让对方行使权力而抑制自己的利益，以使对方活跃起来（"情感行动"），可是这样做的后果是亏待了自己；平等与自由的关系也是矛盾的，因为维护平等就必然限制自由，更多的自由又随之带来更多的不平等：我比对方拥有更多的行动自由，我就拥有更多的"社会交际"和建立其他关系的可能性，我在这些关系中受人尊重。我这样做公正吗？此外，平等也是矛盾的，因为只有承认不平等才会更多地去关心公正，比如，一方承受的负担更重，就要用较大的报酬去平衡这个负担。作为个体和夫妻应怎样考虑两人间的不平等呢？一种关系究竟需要多少不平等才不致因为太多的平衡而造成关系的无聊呢？

关切两人公正关系时所遇到的困难使人感到，打造一个公正社会是何等艰辛。个体、集体和社会对公正的关切，其目标是不断寻找那种保障美好的、值得肯定的生活与共处的生活方式。这种生活方式如果因为不公正——至少一方认为是这样——而遭破坏、甚而毁灭时，寻找和打造这种生活方式就更加困难。拥有权力，意欲获得权力，不管是法律意义上的还是非法律意义上的，尤其是双方都坚持其权力，这才对重新构建这种生活方式有用。在日常生活层面，个体间的大多数矛盾不大会触及法律问题，倒是会提出公正问题，这时，当事双方需要有智慧和妥协的意愿，以达到可承受的平衡；或需要有顾问、治疗医生和协调者的智慧，以调解达成生活和共处的重构。

然而，由“被爱的权力”造成的困难最大。人们最喜欢要求被爱的权力，在思想和言语中最喜欢提及此权力。“权力”乃是着重要求的表达，而不是纯愿望，希望通过对方、但不是强迫对方来实现这权力。从主观角度看，爱情的大问题不取决于我的“爱”，而取决于对方主管的“被爱”：爱情需要对方的爱，但不是人人都有此幸运，解决此问题的简单办法是：“你若想被爱，那就爱别人吧。”自己爱激发对方爱，如此，自己终归被爱了。人人都希望被爱，越是无条件地被爱越好，但最大问题在于，不是人人都想施爱，遑论无条件。无条件之爱失败太多，其原因正是无条件施爱者遇人不淑，没有得到同等的被爱，以致在自己的爱中失落。

有个主意可行，此事不难。当“被爱”减弱或干涸之时，在某件重要之事——对方认为此事至关重要——迎合迁就他，向他许诺美事以唤醒他的爱情；当这个主意无济于事时才提出某种权力，按主观想法，这权力无论如何是存在的，对方内心有一种适当答复的自然权力。莎士比亚在第117首十四行诗中提到，爱情中建立“功绩”的人可以要求这“高价买来的权力”，然而这权力不是他要求就生效，而要对方承认才生效。对方承认了，就使要求的一方免去请求的立场，因为谁有权力，谁就不再是请求者，这样，两人在这充满善意的关系中承认彼此的权力，都感觉这事很美，原因是彼此体会到被爱。

反之，若缺乏这种善意，得出的结论就是不存在被爱。许多编入法典的权力原本就是自然权力，但爱情权犹如幸福一样永远不可能成为要求权，不能用判决和行政权强迫任何人去爱某人。假如被爱的一方不答复施爱的动议、不对施爱者承认被爱的权力，两人就不可能发展关系；即使存在关系，这关系迟早会破裂，哪怕施爱者坚持其权力也是枉然。

爱和被爱保持平衡，这爱情是幸福的；但也有罕见的例子，没有回应的爱情也可能被看成是幸福的，此爱情只知爱，不知被爱，它为个别卖力的施爱者免除了双方之爱的麻烦和尴尬。难道真正的爱情完全不需要被爱吗？在许多情况下，没有回应的不幸爱情是无数现实戏剧的素材，当然也不都像歌德《少年维特的烦恼》(1774)中的灾难性转折，该作的主人公维特在绿蒂拒绝他的被爱权力后自杀。古斯塔夫·马勒与阿尔玛·申德勒之间的真实爱情也是因为没有回应而导致不幸的悲惨结局，两人关系中，作曲家久久没有承认妻子的被爱权力，反而要求她"无条件"献身于他，甚至禁止她本人作曲，她的精力应完全为他所用。妻子指望丈夫把她变成一个"更优秀的人"。当她觅到第三者时，马勒赠给她成堆成堆的礼物，也真诚地欣赏她的作品，以弥补她的被爱要求，但一切都白费心机(弗朗索瓦丝·希罗德:《阿尔玛·马勒，被爱的艺术》,1988)。

与被爱的权力——必是一种自然权力——不同，对被爱的拒绝是不折不扣的要求权：拒绝被爱的权力保护受者免遭施爱者对人权和人之尊严的干涉和冒犯，它给"追求"划定一条外部界线和内心界线。追求者的关爱是一种带有毫不掩饰的权力要求之爱，常常不存在任何先行的关系，但也有在单方面解除关系之后发生的。不情愿的被爱者若不顺从，追求者就会想尽一切办法对付：爱的海誓山盟、电话、电子邮件、暴力威胁，心理恐怖，追求者竟然认为这些东西是爱的明证。要改变这类追求者的内心想法，最好找医生治疗，但他们对此无心理会；更有效的办法是以罚款和以刑事处罚相威胁。德国刑法第238条规定对下列人员的处罚："给他人造成无端麻烦者：一、顽固地寻求与他人在空间上的亲近；二、设法用电话或其他交际工具，或经由第三者强行与他人交往，且对他人造成严重影响。"

在某种关系中还存在一种自然权力，亦即"不要以这种方式被爱的权力"，此权力有时会在共处中提出，比如，"不要这么无精打采"；"不要这么绝对"，这是担心爱情会走向反面；"不要这么单方面"，意思是不要把爱情局限在某个方面，比如肉体；"不要这么硬性要求"，比如肉体纠缠，或心灵与精神要求。还有"不要强迫被爱"，法律保护人们不受强暴；法律也保护下列关系：其中一方从初始的温情到完全变样，另一方视对方为形同陌路，并践踏所有的伦理。

爱情了结时怎么办？

事事都有终了之时，爱情亦如此。彼此没有肉体的亲近，没有情感与精神的交流和超验体验，爱情就结束了。爱之初关爱对方，结束时爱情衰减，对自己、对对方都十分冷漠。但爱情结束还不是分手的理由，爱情结束不等于两人关系的结束。这关系还可保留彼此的善意，包括感激情怀，即感谢彼此共同经历的风风雨雨，共同战胜过的各种挑战。而且，这关系还可以在习惯的基础上继续存在——习惯即使没有私密的肉欲、情感、交谈和超验也过得去。在习惯的丛林中，爱情的了结毫不显山露水，就是说，共同历史的连续性线索还可以续编下去。余下的东西是，教育孩子的共同责任，共同项目的工作，为某个目标应尽的义务，有能力关心物质基本条件的一方要让另一方在无爱情况下至少生活无忧。

如果关系中的某一方不想这样过下去，那么关系就随爱情了结了。在他（她）看来，结束的理由很多很多：失望情绪再也得不到弥补，历经多年爱得不到回报，关系中美好的、正面的东西太少，性欲缺失，情感封冻，长期无话可谈，生气、争吵、无聊、冷淡、拒斥、责备等“负面”东西堆积如山，又苦于找不到“正面”东西来抵消。施与受的不平衡加剧，也别指望未来会达到平衡。兴趣与爱好的差异、亲与疏的需求差异难于克服，对方以前吸引人的各个方面不复存在，一度散发的魅力谜一般地蒸发了。此刻才明白，对对方的爱的确属于“不当”了。这些理由往往又因为与第三者的相遇变得更加有理了：从此人那里得到了情欲满足，有情感和语言的交流，预示着未来生活的完美，尽管还得忍受一阵子生活的艰辛。迄今的生活不能继续下去了！不必再隐忍接受一切，不必一辈子屈从于命运！在厌倦这种关系的人看来，现代社会的自由不啻为希望；在以恐怖结束与没完没了的恐怖之间，他（她）宁可选择前者。

对方却相反，对方看到了坚持关系的理由：关系使他获得过亲密，而在其他地方只有咄咄逼人的陌生；关系给他提供过与另一个人的亲热，而一旦离开此人只能形只影单；关系使他与对方一道安排过生活，分离则造成生活方方面面的不确定性。共同的习惯帮他获得过安全感，关系协调一致曾是生活的美好所在和支撑框架，而一旦这习惯了的生活解体，那生活就失去意义了。分离令他痛彻心扉。所以，许多人还长时固守那内部早已不复存在的关系，其原因正在于长期的精神与物质方面的交流，对方已成了自己的一部分，分离时自己有被撕裂之感，如同阿里斯托芬作品中那个球状人被宙斯主神劈开一样。既然一切不顺，以前为何不倾力维护关系呢？毕竟没有谁被强逼去遵从那些隐藏在流行说法里的规范，"放弃"是个标准词，但我真要放弃吗？对方真要放弃吗？如是，那么可以接受；否则就存在坚持下去的可能。放弃的人不是两手空空吗？总是放弃等于失去支撑物。

把现存关系视为自我不可分割的组成部分，这是自我思索和定义的问题，但现代自由无异于灾难，因为人随时都可摆脱关系，这种可能性不会提醒任何人设法自救。

两人都有一个基本选择：尽管发生了不快之事，关系还存在吗？关系彻底完结了吗？对方还能被肯定和尊重吗、即使不是每时每刻、每个方面？起决定作用的还是反对这种关系的人，反对的理由可以简化为一个：他（她）不想再这样过下去了，这造成外部解约前的"内心解约"，遇到"不顺心的"细微琐事就火冒三丈，然后又说出绝情的话："我觉得，咱们还是一段时间不见为好"。这时想挽救为时已晚。曾几何时，他们聚精会神于某项任务和目标；或共同对付某个对手，这完全掩盖了当时存在的不和谐；现在目标达到了；要么是长期未能如愿，过去将两人维系在一起的东西就分崩离析了，对立和矛盾骤然显现，共同的东西几乎荡然无存。两人都认为自己"有理"、正确，受对方的欺骗和虐待，深感失望，成了“牺牲品”。他们过去谁都离不开谁；而各自对关系灾难性演变均难辞其咎，但这些东西他们都想一概忘掉。

只有在战争年代和恐怖时刻，伦理的基本原则才类似于爱情终了时被消除得如此顺畅和彻底。倘若两人在此情况下依旧感到离不开爱情伦理，那么，公平原则仍可最后一次用来做公正的标准：失去爱情时的公平，应是及早让对方知道自己的想法，让对方有所准备或做可能性的干预；当爱情的终结不可避免，这时的公平，应是请求对方共同解除关系，使对方不致因为单方面分手而遭受被抛弃的屈辱，那将是一生的梦魇。公平尤其不能让分离之路过于短促，比如发个手机短信“就此了结”！短信的便捷意味着公然的蔑视，骤然拉开距离瞬时就将对方抛进落寞之中。此后的公平是，不用虚拟手段折磨对方：出于低俗动机，把“已成过往”的私密行为录像放到网上；也不要急于把同“新结交”者的合照放到本人网页上。最大的公平是，在分离后不要把对方排除在生活之外，每隔一段时间进行一次合作或友情交往，以此显示不忘旧情和过去长期的亲密关系。

无论如何，公平和正派可缓解被离弃者当下无时无刻不得不经受的残酷性。令人惊异的是，爱情破裂阶段与面临死亡的阶段颇类似，就像伊丽莎白·屈布勒罗斯在她1969年起的各种著述中所描写的。分离总有点儿像死，这更适宜于被爱过的对方分离，是他主动要离开的。对于承受离别痛苦的一方而言，心灵死亡远比肉体死亡可怕。与爱情的死亡相比，真正的死亡倒不值一文，所以，在爱情苦闷的漆黑之夜，自杀的念头极易滋生，很多人就真的自杀了。爱情伊始等同于新的生命；爱情终结无异于死亡。此处又要提出这个问题：爱情了结后还有某种生活吗？只有熬过各个阶段才有新的生活。

一、不承认既成事实。受害者感到自己像变成石头似的，以为自己经历了一场噩梦：关系难道完结了？不，这不是真的！现在怎么办呢？怎样克服寂寞情绪呢？生活范围变窄了，连呼吸都感到困难，没有一点儿力气，随之而来的是荷尔蒙的激剧变化，由于缺乏肉体接触和心灵抚慰，“键合荷尔蒙”停止分泌，代之而生“紧张荷尔蒙”，食不甘味，夜不成眠，免疫力锐减。在爱情初始阶段，彼此的眼神、表情和情感同时发生，真令人心醉神迷；爱情结束时，这种同步变成绝对不同步了：一方认为爱情已死，受伤害方却不赞同；提出了结的一方十分镇定，被抛弃的一方则六神无主，呈现明显不对称性。从根本上说，不对称性即是目的的不对称，一方为自己打开通向新的可能性的大门，开辟新的生活；另一方则被推回到惟一的可怕现实中，看不到前途，听凭命运摆布，感到生活无意义。

二、出现情感紊乱。情感不断变化，具有暂时的破坏性。除了让情感宣泄外，别无他法。恰在此时，自己又被一种久疏的激情所支配，“在你离开我的此刻，我比任何时候都爱你”，玛丽琳·弗里达·卡洛1925年12月27日致信她青年时代的恋人亚历杭德罗如是写道。每条肌体纤维、每个心灵震颤、每个思绪无不在向渐离渐远的人呼唤；此刻，远离者又像爱情初始时一样完美无瑕了，不怎么美的方面也变美了。遗憾的是，这美再也不能共享，这夺去了生活的所有意义，于是心生悲哀，对损失扼腕痛惜，对爱情和对方的失望无以复加，甚至对人生毫无期许了。在爱情的余绪中还夹杂着追加的责备：当初的选择是错误的，要是选择另一个人就是另一番情景、另一种前途了。同这个人错失了良机，是他造成了现在的惨状。愤怒和仇恨一股脑儿发泄到这个不值得尊重的“背叛者”身上。可是过不久又说：这些都会马上过去的，谁的过错，这问题不重要；爱情关系同所有的现实一样乃是迷宫：迷宫外的人不想进，迷宫里的人不想出。抑或，过错是否要由自己担当？任何地方都无真理，无可信之事，有的只是欺骗。自己最后由对方左右，真叫人蒙羞，更倍感羞辱的是，过去共处的施与受均一文不值。于是，复仇的情感占了上风，“人的一切恶毒、阴谋、虚伪、谎言、伎俩和卑鄙均出于这个原始渊薮，人干的这些勾当，其创造能力堪称永不枯竭”（霍斯特·彼得里：《离弃和被离弃》，2005）。

三、使人萎靡的被动变为主动，果断地进行斗争。一切或可得到调整，把可以扭转的都扭转过来。很久以来，被抛弃的一方所缺乏的是商谈，现在取决于商谈！既然一切都已公开，阻碍变更的东西或可改变！把朋友和熟人动员起来，这对挽救关系大有帮助。让他们建造通向对方的桥梁，向对方施加影响：“转告她吧，我向她问候/转告她吧，我很好/别向她提起我流泪……”（乌多·于尔根斯：流行歌曲，1965）。发誓对自己以后的行为作出保证，让对方确信会有一个真正的开始：我若再有一次机会，我将尽心尽力，从此不让对方失望！一方面下大决心，一方面可向精神和宗教机构求助，甚至与之订约：未来永远尊重对方，以此报答当下的帮助！别让这斗争没有结果，否则力量会衰竭。这样的话，此前只被绝望统治的地方也许会燃起希望之火。

四、必须经受住最后的希望和绝望的考验。在最后绝望之前，受伤害者还得再次相信对方会改变主意，说不定某个时候“一切又会变好”。生活和爱情只与一个人紧密相连，没有这个人，一切爱和生活都成了问题，爱情终结必然造成生活的局限性，被抛弃者失去了保护，受寂寞煎熬，爱情之外再也看不见任何东西，这恐怖的展望不禁让人泪水涟涟，简直“把灵魂从体内哭出来”，正如俗话所说。说“时间疗伤”也无济于事，在这种情况下，时间只会加深创伤，当生存的关联破碎时，本可疗伤的爱情只会起伤害作用，迫使人体验人生的无谓和荒唐。至于着眼于未来，说此事会导致新的转机和新的生活，这在当下也不可能，那就意味最后的绝望，绝望的后果是最大地减轻负担，因为眼泪将过去生活里的重负“洗掉”了。重要的是，给极度悲伤留出空间，由悲伤产生与生活的重新和解。现在也是到了将爱情意义缩小的时候了：“爱情并不像人们所想的那么重要/爱情只是生活的一部分/生活的其他部分也不差”（流行歌曲：《爱情常常被拔高》，1996）。

五、重新找回自己。承认关系失败，承认失掉了与对方相关的那种魅力，这是告别幻想、回归现实和找回自我的先决条件。重要的是给心灵留出时间做自我抚慰和治疗，不止数周、数月，甚至数年。同挚友交谈至为重要，即使他们的支持无助于改变自己必须独立应对的局面。身体活动能重新产生源源不断的能量，要外出活动分散注意力，要保持自己的习惯，这能给一时失去支撑的生活提供支撑。工作帮助甚大，因为工作给爱情和生活的罹难者提供救命的压舱石。

心胸豁达，研读文学、哲学、宗教和科学书籍，以破除身陷其中的狭隘。用书面文字与自己沟通，记下经历之事和内心活动，以此倾吐胸中块垒，更清晰认清自己、善待自己，重新思考自己、发现自己，尤其发现自己未被对方利用的那些方面。问自己哪些事情做错了，这个很重要，这样就可以尝试做正确的事情，但也不必拷问和折磨自己，而要寻找那些不再与对方相关的美好之事。也许还应该对自己的经历怀感激之情，这经历纵然痛苦，但也有助于自身的发展，增强了对关系中重要之事的敏感度。对这些有个确切的认知不是比糊里糊涂地生活和预期更好么？以此为基础，就可安然同意分手，不再受失落和痛苦的牵累，可面向其他的人。

爱情的艺术是不完美的。本该永恒存在的爱情却让人更多地体验它的局限性；爱情可以疗伤，但也可能造成深切的伤害。这，在许多文化的歌谣里都有吟唱，比如桑巴文化。由芬兰导演米卡·考里斯梅基执导的电影《我生活在巴西》（2002）中所说："谁学会爱，就得学会哭。""爱情学校"准备了这一课，只有传递那情绪相同的音乐旋律在超越痛苦并给人以安慰：它们是永恒的能量和维度的感性表达，在这维度里，伤害和局限性最终被取消。重新感觉那给人以支撑的连续性更加使人相信，凡爱情都不是随某个爱情的结束而结束的，同对方共处结束但无终极的爱情本身并未结束，它具有不可摧毁的力量，充溢着欢乐和痛苦，如同人生一样。爱情中被体验到的那种能量并未化为乌有，它倒流进入总体潜能中，从中产生另一爱情，爱情就是这样呼吸生存的。那种从大整体割裂开的感情委实痛苦，但它毕竟过去了。结束某事便开始某事，结束一种爱情便开始另一种爱情。

时下，爱情永不枯竭的潜能以各种方法和不同形式更具现实意义：不光存在于与某人的热情交往中，也存在于家庭关系、朋友之爱、对同事和同代人的“一般”之爱，乃至对敌手之爱；存在于对所有生物之爱、对自然和文化之爱；对人生和整个世界之爱；对超验维度之爱。对于个体而言，重要的是及早关心多方的爱，要创造条件获取属于自己的丰沛之爱。

爱的多种多样性，以及对它们的共性和特性进行更准确的观察，这是另一本书的任务了，亦即另一本关于创意爱情和与人交往的生活艺术的著作的任务。

威廉·施密德作品年表

《生态学的生活艺术：个人能为地球上的生活做些什么？》,2008,苏尔坎普出版社

《幸福》,2007,岛屿出版社

《生活的丰富性：幸福的100个片段》,2006,岛屿出版社

《平衡的艺术：生活艺术的100个侧面》,2005,岛屿出版社

《善待自己：论与自己交往的艺术》,2004,苏尔坎普出版社

《美好的生活？生活艺术导论》,2000,苏尔坎普出版社

《生活艺术的哲学》,1998,苏尔坎普出版社

《德国与我们何干？——随笔集》,1993,苏尔坎普出版社

《寻觅一种新的生活艺术》,1991,苏尔坎普出版社

《欲望花园的哲学》,1987,苏尔坎普出版社